AGATHA CHRISTIE POIROT SELECTION

APPOINTMENT WITH DEATH

AGATHA CHRISTIE POIROT SELECTION

APPOINTMENT WITH DEATH

죽음과의 약속 애거서 크리스티 장편 소설 | 정연희 옮김

황금가지

APPOINTMENT WITH DEATH

by Agatha Christie

정식 한국어 판 출간에 부쳐

나는 한국에서 우리 할머니의 작품을 정식으로 출간한다는 소식을 듣고 무척 기뻤다. 할머니가 1920년부터 1970년 무렵까지 오랜 세월에 걸쳐 집필한 작품들은 21세기인 지금 읽어도 신선하고 재미있다. 등장 인물들이 워낙 자연스러워서 요즘 사람들과 다를 바 없고 이들이 등장하는 상황과 장소가 전 세계 사람들의 애정과 향수를 자극하기 때문이다. 한국 독자들은 이번에 새로 나온 정식 한국어 판을 통해 그 동안 접하지 못했던 애거서 크리스티의 일부 작품들을 읽을 수 있을 것이다. 덕분에 한국에 새로운 세대의 애거서 크리스티 팬들이 탄생할지도 모르겠다는 생각을 하면 가슴이 벅차다.

애거서 크리스티는 대표적인 두 명의 주인공으로 기억되는 작가이다. 14권의 작품에 등장하는 마플 양은 영국의 작은 시골 마을에서 평온한 나날을 보내며 뜨개질과 수다로 소일하는 미혼의 할머니이지만, 놀라운 기억력과 날카로운 두뇌 회전으로 주변에서 벌어진 살인 사건을 해결한다.

그리고 마플 양과 상반되는 성격을 지닌 에르퀼 푸아로는 자신만만하고 콧수염을 포함한 자신의 외모와 벨기에라는 국적에 대한 자부심이 상당하다. 그는 이집트와 이라크를 비롯한 세계 각지에서 수수께끼를 해결하며 『오리엔트 특급 살인*Murder On The Orient Express*』, 『나일 강의 죽음*Death On The Nile*』, 『애크로이드 살인 사건 *The Murder Of Roger Ackroyd*』 등 애거서 크리스티의 여러 대표작에 모습을 드러낸다.

황금가지의 대담하고 참신한 표지와 전반적인 디자인 덕분에 작품의 성격이 잘 살아난 것 같아 기쁘다. 또한 한국 독자들이 할머니의 원작이 지닌 참된 묘미를 느낄 수 있도록 충실한 번역을 위해 애써 준 점도 높이 사고 싶다.

할머니의 작품이 20세기의 그 어떤 작가들보다 많이 팔리고 있는 이유는 나이와 국적에 상관없이 읽을 수 있는 재미와 감동을 갖추었기 때문이다. 모쪼록 한국 독자들도 황금가지에서 선보이는 애거서 크리스티 작품들을 즐겁게 감상하기를 바란다.

매튜 프리처드

애거서 크리스티의 손자

ACL 이사장

리처드 멀록과 미라 멀록에게

그들이 페트라 여행을 잊지 않기 바라며

차례

정식 한국어 판 출간에 부쳐 5

제1부

1장 13
2장 20
3장 34
4장 39
5장 44
6장 59
7장 71
8장 81
9장 94
10장 105
11장 120
12장 124

제2부

1장 145
2장 152
3장 163
4장 175
5장 189
6장 209
7장 216
8장 226
9장 234
10장 240
11장 248
12장 257
13장 266
14장 272
15장 281
16장 300
17장 316
18장 323

에필로그 333

제1부

1장

"너도 알잖아? 그 여자는 죽어야 해."

의혹의 목소리는 밤공기 속에 떠올라 잠시 허공에 머물러 있다가 어둠을 타고 사해로 밀려 갔다.

에르퀼 푸아로는 창문 손잡이를 잡은 채 잠시 가만히 서 있었다. 그는 곧 이맛살을 찌푸리며 단호하게 창문을 닫아 불길한 밤공기를 쫓아 버렸다. 에르퀼 푸아로는 바깥 공기는 바깥에 두는 것이 가장 좋고, 밤공기는 건강에 특히 해롭다는 믿음을 갖고 자랐다.

푸아로는 커튼을 치고 침대로 걸어가면서 혼자 싱긋 웃었다.

"너도 알잖아? 그 여자는 죽어야 해."

예루살렘에 도착한 첫 날 밤 탐정 에르퀼 푸아로는 우연히 그 수수께끼 같은 말을 엿듣게 된 것이다.

"내가 가는 곳마다 어김없이 범죄의 냄새가 풍기는군."

푸아로는 입속말로 중얼거리고는 입가에 미소를 머금은 채 소설가 앤터니 트롤럽의 일화를 떠올렸다. 트롤럽은 대서양을 건너던 도중 승객 두 사람이 그의 시리즈 소설 중 최근작에 대해 토론을 벌이는 것을 우연히 엿듣게 되었다.

"아주 재미있게 읽었지. 하지만 그 진절머리 나는 노파는 좀 죽여 주면 좋겠어."

한 남자가 선언하듯 말했다.

소설가는 만면에 웃음을 지으며 그들에게 다가가 말을 걸었다.

"신사분들, 어떻게 감사를 드려야 할지 모르겠군요. 당장 가서 그 노파를 죽여 버리겠습니다."

에르퀼 푸아로는 방금 엿들은 그 말에 어떤 배경이 깔려 있는지 궁금했다. 어쩌면 희곡이나 책을 함께 쓰고 있는 극작가들이 내뱉은 말인지도 몰랐다.

미소를 거두지 않은 채 푸아로는 생각에 잠겼다.

'언젠가 그 말을 다시 떠올리게 될지도 모르겠는걸. 나쁜 의도가 숨어 있을지도 모르니까.'

다시 생각해 보니 그 목소리에는 묘한 초조감이 강하게 배어 있었던 것 같았다. 격렬한 감정적 불안에 빠졌을 때 떨려 나오는 목소리. 남자의 음성, 어쩌면 젊은 청년의 음성인지도…….

에르퀼 푸아로는 침대 맡에 놓인 불을 끄며 생각했다.

'그 목소리를 다시 듣게 되면 알아낼 수도 있을 것 같군…….'

레이먼드 보인턴과 캐럴 보인턴은 나란히 서서 창턱에 팔꿈치를 올리고 머리를 맞댄 채 창밖으로 펼쳐진 깊고 푸른 밤 풍경을 내다보고 있었다. 레이먼드는 몹시 초조한 듯 다시 한 번 같은 말을 되뇌었다.

"너도 알잖아? 그 여자는 죽어야 해."

캐럴 보인턴이 살짝 몸서리를 쳤다. 잠시 후 그녀의 깊고 까칠한 목소리가 흘러나왔다.

"끔찍해……."

"이보다 더 끔찍할 순 없어!"

"하지만 난……."

레이먼드가 격한 목소리로 말했다.

"더는 참을 수 없어. 그럴 수는 없다고…… 이제는 뭔가 해야 해. 우리한테는 그 방법밖에 없어……."

"어떻게든 달아날 수 있다면?"

캐럴의 목소리는 자신감이 없었고 스스로도 그 사실을 잘 알고 있었다.

"그럴 수는 없어."

공허하고 절망적인 목소리였다.

"캐럴, 그럴 수 없다는 걸 너도 잘 알잖아……."

캐럴이 다시 몸서리를 쳤다.

"알아, 오빠. 나도 알고 있어."

순간 아주 잠시 레이먼드의 입에서 쓰디쓴 웃음소리가 새어 나왔다.

"사람들은 우리더러 미쳤다고 하겠지. 왜 거기서 벗어나지 못하냐고 말이야."

캐럴이 천천히 말했다.

"어쩌면 우린 미친 걸 거야!"

"그럴지도. 그래, 우리는 분명 미친 걸 거야. 아무튼 우리는 곧…… 어차피 사람들은 벌써부터 우리를 미쳤다고 생각하고 있을 걸. 마음을 가라앉히고 냉정하게 계획을 세우자. 어머니를 죽이는 계획을!"

캐럴이 날카롭게 대꾸했다.

"그 여자는 우리 어머니가 아니야!"

"그렇지, 맞아. 그건 사실이야."

잠시 침묵이 흐른 뒤 레이먼드의 차갑고 냉정한 목소리가 흘러나왔다.

"너도 같은 생각이지, 캐럴?"

캐럴이 침착하게 대답했다.

"나도 그 여자가 죽어야 한다고 생각해. 그래……."

그러다 갑자기 격앙된 목소리로 말을 이었다.

"그 여자는 미쳤어…… 분명 그 여자는 미친 거야……. 그 여자는, 그 여자가 제정신이었다면 우리를 이토록 괴롭히지는 않았을 거야. 우린 수 년 동안 '계속 이렇게 지낼 수 없어!'라고 떠들어 댔지만 계속 이렇게 지내왔어! 또 '조만간 그 여자는 죽을 거야.'라고 말했지만 그 여잔 아직도 버젓이 살아 있어. 그 여자는 죽지 않을 거야. 그러니까 우리 손으로……."

레이먼드가 침착하게 말했다.

"우리 손으로 죽이지 않는다면……."

"그래, 맞아."

캐럴은 창가에 기대어 선 채 주먹을 불끈 쥐었다.

레이먼드의 목소리는 냉정했고 아무 감정도 느껴지지 않았지만 살짝 떨림이 묻어나오는 것으로 보아 속으로는 몹시 흥분한 상태 같았다.

"너와 나 둘 중 하나여야 하는 이유는 알지? 레녹스 형은 네이딘 형수가 걸리고, 지니를 끌어들이는 건 말이 안 되니 말이야."

캐럴이 몸을 떨었다.

"가엾은 지니……. 너무 안타까워."

"나도 알아. 증세가 점점 나빠지고 있잖아? 그러니까 어떻게든 빨리 해결을 해야 해. 걷잡을 수 없이 나빠지기 전에."

캐럴이 벌떡 일어서서 헝클어진 갈색 머리카락을 이마 뒤로 쓸어 넘겼다.

"오빠, 오빠는 그게 그렇게 나쁜 일이라고 생각하진 않지?"

레이먼드는 여전히 냉정한 목소리로 대답했다.

"그래, 그건 미친 개를 죽이는 거나 마찬가지야. 세상에 해악을 끼치는 거라면 뭐든 막아야 해. 그길 멈추기 위해서는 이 방법밖에 없는 거야."

캐럴이 작은 목소리로 말했다.

"하지만 그들은, 그들은 우리라고 봐 주지 않을 거야. 전기의자에 앉혀 버릴걸……. 그 여자가 얼마나 악독했는지 설명할 길이 없으니 터무니없는 소리라고 생각할 거야. 한편으론…… 오빠도 알겠지만, 이건 전부 우리 마음에 달린 문제야!"

"아무도 모를 거야. 나한테 계획이 있어. 오래전부터 생각해 오던 거야. 우린 무사할 거야."

순간 캐럴이 돌아서서 그를 쳐다보았다.

"오빠, 아무래도 오빠는 뭔가 달라졌어. 무슨 일이 생긴 거야……. 이런 생각을 하게 된 이유가 뭐지?"

"왜 무슨 일이 생겼다고 생각하지?"

레이먼드는 고개를 돌리고 어둠 속을 바라보았다.

"혹시 기차에서 만난 그 여자 때문이야?"

"아니야, 그런 거 아니야. 왜 그렇게 생각해? 오, 캐럴, 말도 안 되는 소리 그만 해. 다시 그 이야기로 돌아가자. 그 이야기로……."

"그 계획 말이야? 그게 정말 좋은 계획이라고 생각해?"

"그래, 그렇게 생각해……. 물론 기회를 잘 잡아야지. 모든 게 제대로 된다면 우린 자유야. 우리 모두 말이야."

"자유?"

캐럴이 한숨을 내쉬며 별들을 바라보았다. 그러다 갑자기 고개를 떨어뜨리고는 서럽게 울음을 터뜨렸다.

"캐럴, 왜 그래?"

캐럴이 훌쩍거리며 말했다.

"너무 아름다워. 푸른빛의 밤과 별들. 우리도 그 한 부분일 수 있다면…… 지금처럼이 아니라 다른 사람들처럼 지낼 수만 있다면. 이토록 비정상적이고 뒤틀리고 잘못된 삶이 아니라……."

"전부 괜찮아질 거야. 그 여자만 죽으면!"

"정말 그렇게 생각해? 너무 늦지 않았을까? 앞으로도 지금처럼 비정상적으로 남들과 다른 삶을 살아야 하는 건 아닐까?"

"아니, 아니야. 아니고말고."

"난…… 난, 모르겠어."

"캐럴, 내키지 않으면……."

캐럴은 위로하듯 감싸 안는 오빠의 팔을 치워냈다.

"아니야. 난 오빠와 함께야. 끝까지 오빠의 뜻을 따르겠어! 다른 식구들 때문에라도. 지니 때문에라도. 우린 지니를 구해야 해!"

레이먼드가 잠시 침묵했다.

"그럼 그렇게 할 거지?"

"물론!"

"좋았어. 그러면 내 계획을 알려 줄게."

레이먼드는 캐럴 쪽으로 머리를 기울였다.

2장

새라 킹은 예루살렘의 솔로몬 호텔 라운지에 놓인 테이블 옆에서 한가롭게 신문과 잡지를 뒤적거리고 있었다. 미간을 찌푸리고 있는 모습이 무슨 깊은 생각에 빠져 있는 것 같았다.

키가 큰 중년의 프랑스 남자가 라운지로 들어와 잠시 그녀의 모습을 바라보다 테이블 반대편으로 걸어갔다. 눈길이 마주치자 새라가 살짝 반가운 웃음을 보냈다. 카이로에서 오는 도중 마땅히 짐을 들어줄 포터가 없어 곤란해 할 때 친절하게도 가방을 들어준 사람이었다.

"예루살렘은 마음에 들어요?"

간단한 인사치레가 끝나자 제라르 박사가 물었다.

"어떤 면에서는 상당히 끔찍해요."

새라는 한마디 덧붙였다.

"종교는 아주 묘한 거예요."

프랑스 남자가 흥미롭다는 표정을 지었다.

"무슨 말인지 알 것 같습니다. 어떤 종파든 서로 헐뜯고 싸우니까요!"

프랑스 인이지만 그의 영어는 완벽에 가까웠다.

"게다가 그토록 끔찍한 걸 건설했으니까요!"

"옳은 말이에요."

새라가 한숨을 지었다.

"오늘 어떤 데서는 민소매 옷을 입었다고 들여 보내 주지도 않던걸요. 전능하신 하느님이 직접 만든 팔인데도 그 팔을 좋아하지 않나 봐요."

새라의 목소리가 왠지 애처롭게 들렸다.

"커피를 주문하려는 참인데 같이 마시겠어요, 미스……?"

제라르가 웃으면서 말했다.

"킹이에요. 새라 킹이라고 해요."

"나는…… 잠시만요."

그가 명함을 꺼냈다. 명함을 받아들자 기쁘고 놀라운 마음에 새라의 눈이 동그래졌다.

"테오도르 제라르 박사님이세요? 만나 뵙게 되어 너무 기뻐요. 물론 박사님의 저서는 모두 읽었어요. 정신분열증에 대한 견해가 정말이지 너무나 흥미로웠어요."

"물론이라고요?"

제라르의 눈썹이 호기심으로 치켜 올라갔다.

새라는 조금 머뭇거리다 말을 이었다.

"그러니까 저도 의사가 되려고 공부하고 있어요. 얼마 전에 의학사 학위를 받았고요."

"아, 그랬군요."

커피를 주문한 뒤 그들은 라운지 한쪽 구석으로 자리를 옮겼다. 제라르는 그녀의 학문적 배경보다 이마에서부터 아름답게 물결쳐 내려오는 검은 머리와 사랑스러운 붉은 입술에 더 관심이 갔다. 또 새라의 눈동자에서 비치는 존경심을 보자 흐뭇한 마음이 들었다.

"이곳에 오래 머물 예정인가요?"

제라르가 자연스럽게 대화를 시작했다.

"며칠 정도 있을 생각이에요. 그 이상은 아니고요. 다음엔 페트라로 갈 생각이고요."

"아, 그렇군요. 나도 시간이 너무 많이 걸리지 않으면 그곳에 가 볼 참이었어요. 14일에는 파리에 돌아가야 하거든요."

"제 생각엔 일주일 정도 걸릴 거 같아요. 가는 데 이틀, 그곳에서 이틀, 돌아오는 데 이틀, 그렇게요."

"아침에 여행사로 가서 좀 알아봐야겠군요."

한 무리의 사람들이 라운지에 들어와 자리를 잡고 앉았다. 새라는 흥미로운 듯 그들을 쳐다보았다. 그러고는 목소리를 낮추어 말했다.

"방금 들어온 저 사람들, 지난 밤 기차에서 혹시 못 보셨어요? 우리와 같은 시각에 카이로를 떠났는데요."

제라르는 외알 안경을 들고 눈을 찌푸리며 라운지 저편을 쳐다보았다.

"저기 미국인들 말인가요?"

새라가 고개를 끄덕였다.

"맞아요, 미국인 가족요. 좀 특이한 데가 있는 것 같아요."

"특이하다니요? 어떻게 특이한가요?"

"그러니까 저 사람들을 한번 보세요. 특히 노부인을요."

제라르가 그들을 쳐다보았다. 날카로운 직업적 시선이 그들의 얼굴을 하나씩 빠르게 훑어 갔다.

우선 키가 크고 골격이 좀 엉성해 보이는 남자. 나이는 서른쯤 되어 보였는데 얼굴은 잘생긴 편이지만 어딘지 허약한 느낌이 났고, 만사에 무심한 듯 다소 묘한 분위기였다. 그보다 어려 보이는 청년과 아가씨도 있었는데 둘 다 용모가 수려한 편에 특히 청년은 그리스 조각상 같은 두상을 갖고 있었다.

'저 청년 역시 뭔가 문제가 있어. 그래, 분명히 신경 불안 상태일 거야.'

제라르는 이렇게 생각하며 옆에 있는 아가씨에게로 눈길을 옮겼다. 아가씨는 청년과 굉장히 닮은 것으로 보아 여동생임이 분명했는데 마찬가지로 불안해 보였다. 이 아가씨 외에 아가씨가 한 명 더 있었는데 그들보다 어려 보였고 금빛이 도는 붉은 머리는 후광처럼 빛을 내고 있었다. 하지만 계속 안절부절 못하며 무릎에 놓인 손수건을 쥐어뜯었다 잡아당겼다 하고 있었다. 그리고 또 한 명, 젊고 침착해 보이는 검은 머리의 여자가 있었다. 창백한 우윳빛 피부와 평온한 얼굴이 어딘지 루이니*의 마돈나를 연상시켰다. 그녀에게서는 불안함은 전혀 찾아 볼 수 없었다. 마지막으로 그 사람들의 중심에는…….

'맙소사! 저 여자는 소름이 끼치는군.'

프랑스 인 특유의 솔직함을 지닌 제라르의 마음속에 순간 거부감이 치솟았다.

무리의 중심에는 온몸이 퉁퉁 부은 늙고 일그러진 부처가 미동도 없이 앉아 있었는데 그 형상이 마치 거미줄 한가운데 도사리고 앉은 뚱뚱한 거미나 다름없었다.

제라르가 새라에게 말했다.

"라 마망(저 엄마), 저 여자는 아름다움과는 거리가 멀군요?"

그러더니 어깨를 으쓱했다.

"그보다는 뭔가 사악한 느낌이 나지 않아요?"

새라가 말했다.

제라르가 다시 그 여자를 찬찬히 살펴보았다. 이번에는 아름다움을 탐색하는 눈길이 아니라 직업적인 시신이었다.

"수종증에 심장병인 것 같은데……."

제라르는 유창하게 전문용어 몇 마디를 덧붙였다.

---

* 이탈리아 밀라노 출신의 화가.

"아, 맞아요. 저도 그렇게 생각해요."

새라가 그의 진단에 즉시 동의했다.

"그건 그렇고 저 노부인을 대하는 가족들의 태도에는 뭔가 석연치 않은 점이 있어요. 그렇게 생각지 않으세요?"

"혹시 저 사람들이 누군지 알아요?"

"보인턴 가족이에요. 어머니, 결혼한 첫째 아들과 그의 아내, 둘째 아들과 두 딸이죠."

제라르가 작은 목소리로 말했다.

"라 파미유 보인턴(보인턴 가족)이 세상 구경을 나왔군요."

"그런 셈이지요. 하지만 그들이 세상을 보는 방식에는 어딘지 특이한 데가 있어요. 그들은 아무한테도 말을 걸지 않아요. 더욱이 저 노부인이 허락하지 않으면 아무것도 할 수 없고요."

"가모장적인 유형인가 보군요."

제라르가 생각에 잠긴 듯 말했다.

"완전히 폭군 같아요."

새라가 말했다.

제라르는 어깨를 으쓱하더니 다들 알고 있는 것처럼 미국 여성이 세상을 지배하게 된 거라고 한마디 덧붙였다.

"예, 하지만 그 이상이에요. 저 여자는 가족을 온통 좌지우지하고 있어요. 완전히 손 안에 넣고 주무르는데 도저히 봐 줄 수 없을 정도예요!"

새라가 고집스레 말했다.

"너무 많은 권력을 휘두르는 건 여자들에게 좋지 않아요."

제라르가 진지하게 말하며 고개를 내저었다.

"하지만 여자가 권력을 남용하지 않는다는 것이 쉬운 일은 아니지요."

이렇게 덧붙이며 제라르는 흘끗 새라를 쳐다보았다. 그녀는 보인턴 가족을 쳐다보고 있었다. 아니, 그중 한 남자에게 눈길이 머물러 있었다. 제라르는 알겠다는 듯 프랑스 인 특유의 미소를 지었다.

'아! 그 때문인가 보군.'

그는 속마음을 떠보듯 물었다.

"혹시 저 사람들과 이야기를 나누어 봤나요?"

"예, 한 명하고요."

"저 청년 말인가요? 둘째 아들 말입니다."

"예, 칸타라에서 오는 기차에서요. 저 사람이 통로에 서 있기에 제가 말을 걸었어요."

새라의 태도에는 스스럼이라고는 없었다. 인간 자체에 관심을 갖고 있는 것 같았고 성급한 편이긴 했지만 친절한 성격이었다.

"말을 건 이유라도 있었나요?"

새라는 어깨를 으쓱했다.

"안 걸 이유라도 있나요? 전 여행하면서 사람들한테 말을 많이 거는 편이에요. 사람들한테 흥미가 있거든요. 그들이 무슨 생각을 하고 있으며 어떻게 느끼는가 하는 것들요."

"말하자면 현미경으로 관찰하는 거군요."

"그렇게 말해도 될 것 같네요."

새라가 인정했다.

"저 청년에게 말을 걸었을 때는 어떤 인상을 받았나요?"

"음."

새라가 잠시 머뭇거렸다.

"좀 특이했는데…… 말을 걸자마자 머리끝까지 새빨개졌어요."

"그게 그렇게 특이해 보였나요?"

제라르가 건조한 목소리로 물었다.

새라가 웃었다.

"그러니까 박사님은 저 사람이 제가 수줍음도 모르는 헤픈 여자라고 생각했을 거란 말씀인가요? 그런 건 아니에요. 그렇게 생각했을 것 같진 않아요. 남자들도 그런 건 분간할 줄 알잖아요?"

새라의 시선에는 솔직한 의문의 표정이 담겨 있었다. 제라르는 고개를 끄덕였다.

새라가 얼굴을 약간 찡그리며 그때 일을 이야기하기 시작했다.

"제가 그에게서 받은 인상은…… 어떻게 이야기를 해야 할까, 그러니까 흥분해 있으면서 동시에 겁에 질려 있었다고나 할까요? 굉장히 흥분한 것처럼 보였지만 좀 심하다 싶을 정도로 근심에 빠져 있었어요. 이제 좀 특이하게 느껴지세요? 제가 만난 미국인들은 좀 유별나다 싶을 정도로 차분했거든요. 똑같은 스무 살이라 해도 대체로 미국 청년이 영국 청년보다 사부아르 페르(사교술)가 훨씬 뛰어났었는데…… 그런데 이 청년은 나이가 스무 살이 넘어 보였는데도 그렇지가 않았어요."

"내가 보기에도 스물서너 살쯤은 되어 보이는군요."

"그런가요?"

"그런 것 같아요."

"그래요……. 박사님 말씀이 맞을지도 모르겠어요. 하지만 왠지 어리게 느껴졌어요……."

"심리적 부적응이지요. '아동'의 요소가 계속 남아 있는 거예요."

"그러면 제가 맞았네요. 그러니까 저 남자에게 어딘지 비정상적인 데가 있었다는 사실 말이에요."

제라르가 어깨를 으쓱하며 새라의 진지한 태도에 싱긋 웃음을 지었다.

"귀여운 아가씨, 우리 가운데 온전하게 정상인 사람이 누가 있을까요? 하지만 저 청년에게 어쩌면 노이로제 증세가 있다고 말해 둡시다."

"저 섬뜩한 노부인과 연관성이 많을 거예요, 분명."

"저 노부인을 몹시 싫어하나 보군요."

제라르가 호기심 어린 눈으로 그녀를 쳐다보았다.

"그래요. 저 여자는…… 오, 심술궂은 저 눈을 보세요!"

제라르가 말했다.

"아들이 매력적인 젊은 여성에게 마음이 끌리면 상당수의 어머니들이 그런 반응을 보이지요."

새라는 참기 어렵다는 듯 어깨를 으쓱했다. 그러면서 속으로 프랑스 남자들은 하나같이 성(性)에 강박증을 갖고 있나 보다고 생각했다. 물론 그녀도 심리학을 공부하는 사람으로서 모든 현상의 밑바닥에는 성이 자리 잡고 있다는 사실을 인정하고는 있었다. 새라는 익숙한 심리학적 사고에 따라 생각을 이어갔다.

혼자 생각에 빠져 있던 새라가 화들짝 깨어났다. 레이먼드 보인턴이 라운지를 가로질러 중앙 테이블로 걸어오고 있었다. 그러고는 잡지 한 권을 집어 들었다. 그가 새라의 의자를 지나쳐 원래의 자리로 돌아가려는 순간 새라가 말을 걸었다.

"오늘 관광은 많이 하셨나요?"

새라는 미국인 가족의 반응을 알아보기 위해 떠오르는 대로 아무 말이나 내뱉었다.

레이먼드는 엉거주춤 멈춰서서 얼굴이 빨개진 채로 초조한 말처럼 수줍어했다. 그러면서도 시선은 자신의 가족들 한가운데를 향하고 있었다.

"아 네, 그러니까, 그랬어요. 제가……."

그러더니 갑자기 궁둥이를 걷어차인 말처럼 허둥지둥 가족에게 돌아가 잡지를 노부인에게 내밀었다.

괴이한 형상의 부처처럼 생긴 노부인이 통통한 손을 내밀어 그것을 건네 받았다. 그 모습을 지켜보던 제라르는 노부인의 시선이 청년의 얼굴에 머무르는 것을 알아챘다. 노부인의 입에서 '흥' 하는 소리가 들렸을 뿐 고맙다는 말 같은 건 흘러나오지 않았다. 노부인의 머리가 약간 움직였다. 이제는 새라를 노려 보고 있는 것 같았다.

얼굴이 굳어 있었고 표정이라고는 찾아 볼 수 없었다. 그녀의 마음 속에 어떤 생각들이 오가는지 읽어내기란 불가능해 보였다.

새라가 손목시계를 들여다 보며 깜짝 놀란 듯 말했다.

"생각보다 시간이 많이 흘렀네요."

새라가 자리에서 일어섰다.

"제라르 박사님, 감사해요. 커피 정말 잘 마셨어요. 이제 편지를 좀 써야겠어요."

제라르가 일어서서 악수를 청하며 말했다.

"다시 만날 수 있기를 바랍니다."

"그럼요! 혹시 페트라에 오실 예정이세요?"

"그럴까 해요."

새라는 생긋 웃으며 돌아섰다. 라운지를 나가면서 그녀는 보인턴 가족을 스쳐 지나갔다.

제라르는 계속 그들을 지켜보다가 보인턴 노부인의 시선이 아들의 얼굴로 옮겨가는 것을 보았다. 청년의 눈길이 노부인의 눈길과 부딪쳤다. 이윽고 새라가 지나가자 레이먼드 보인턴은 의도적으로 고개를 반쯤 돌렸다. 새라를 향해서가 아니라 그 반대쪽으로……. 몹시 느리고 마지못한 동작이었는데 그것으로 보아 보인턴 노부인이 보이지 않는 끈으로 그를 조종하고 있다는 사실을 알 수 있었다.

새라 킹도 그의 외면을 눈치 챘다. 이성적인 새라였지만 어리고 아직 감정이 미숙해서인지 그 태도에 그만 불쾌해졌다. 어제만 해도 흔들리는 침대차의 통로에서 그토록 정답게 이야기를 나누지 않았던가. 그들은 함께 이집트에 대한 기록들을 비교했고 소년 짐꾼들이나 호객꾼들이 쓰는 우스꽝스러운 어투를 흉내 내며 웃음을 터뜨렸다. 그때 새라는 낙타를 모는 남자가 건방지고 뭔가 바라는 표정으로 '영국에서 오셨소, 미국에서 오셨소?' 하고 물었을 때 '중국에서요.' 하고 대꾸해 준 이야기를 들려 주었다. 자신을 쳐다보는 청년의 수줍음 가득한 얼굴을 보면서 얼마나 즐거웠던지 ……. 청년은 그저 착실한 고등학생처럼 보였다. 그 진지한 태도에 애틋함 같은 것도 묻어났다. 그런데 지금은 아무 이유 없이 촌뜨기처럼 수줍어하는 데다 무례하기까지 한 것이다.

'그와는 더 이상 부딪치지 않겠어.'

새라는 심통이 나서 생각했다.

새라는 자부심이 지나치게 강한 편은 아니지만 스스로를 상당히 괜찮은 사람이라고 생각하고 있었다. 자신이 남자들에게 단연 매력적으로 보인다는 사실을 잘 알고 있었으며, 모욕을 앉아서 당하고 있을 사람은 절대 아니었다. 그런 그녀가 그 청년에게 좀 과하게 친절했던 이유는 왠지 모르게 그가 좀 안됐다는 생각이 들어서였다.

하지만 지금 보니 그는 단순히 무례하고 건방진 촌뜨기 미국 청년에 지나지 않았다.

새라는 편지를 쓰는 대신 경대 앞에 앉아 머리를 빗어 내리며 거울 속에서 고뇌에 빠진 갈색 눈동자를 바라보았다. 그리고 현재 자신이 처한 상황을 곰곰이 생각해 보았다.

새라는 겨우 얼마 전에야 힘든 감정적 위기를 헤치고 나올 수 있었다. 한 달 전 4년 선배인 젊은 의사와 파혼했던 것이다. 서로 많이 좋아했지만 기질적으로 너무 많이 비슷했다. 당연히 의견충돌과 말다툼이 잦았다. 흔들림 없고 독단적인 그의 주장을 잠자코 받아주기에는 새라 자신의 성격도 만만치 않았다. 대부분의 여성들이 그렇듯 새라도 한때는 힘을 숭상했다. 다스림을 받고 싶다는 생각을 갖고 있었다. 그러나 그녀를 다스릴 수 있는 남자가 나타나자 그 사실이 조금도 즐겁지 않았던 것이다! 파혼은 상당한 정신적 충격으로 다가왔지만 새라는 현명하게도 단순히 서로 이끌린다는 사실이 평생의 행복을 보장해 주는 것은 아니라는 사실을 깨달았다. 그래서 다시 진지하게 공부를 시작하기로 마음 먹고, 공부를 시작하기 전에 모든 기억들을 털어 버리려고 일부러 신나는 휴가를 계획했던 것이다.

잠시 옛 생각에 빠져 있던 새라가 다시 현재로 돌아왔다.

'제라르 박사님에게 박사님이 이룬 업적에 관한 이야기를 꺼내도 괜찮을까? 그분은 정말 훌륭한 일을 하셨어. 내 말을 진지하게 받아주신다면 좋겠는데…… 어쩌면…… 페트라에 오신다면…….'

순간 그 묘한 촌뜨기 같은 미국 청년이 다시 떠올랐다.

그토록 이상한 행동의 원인은 분명 가족이 옆에 있었기 때문이리라. 하지만 그래도 경멸스럽다는 생각이 드는 건 어쩔 수 없었다. 그런 가족의 영향권 아래 산다는 건 사실 참으로 어처구니없는 일이었다. 그것도 남자가!

그러나…….

새라는 순간 야릇한 기분에 휩싸였다. 지금까지의 일들을 쭈욱 생각해 보면 뭔가 이상했던 것이다.

새라는 갑자기 큰 소리로 외쳤다.

"그는 구원을 바라고 있는 거야! 좀 더 알아봐야겠어!"

3장

새라가 라운지를 떠난 뒤에도 제라르 박사는 잠시 그 자리에 앉아 있었다. 그런 다음 테이블로 가서 최근 날짜의 《르 마탱》을 집어 올린 후 보인턴 가족에게서 약간 떨어진 곳에 놓인 의자로 천천히 걸어갔다. 호기심이 점점 커졌다.

처음에는 똑똑한 영국 아가씨가 가족 여행을 하고 있는 어느 청년에게 관심을 갖게 되어 그 가족 전체에 어떤 진단을 내리는 것이라고 생각했다. 하지만 지금은 언뜻 평범해 보이는 이 가족의 뭔가가 학자로서의 심오하고도 객관적인 관심을 불러 일으켰다. 분명 심리학적으로 흥미를 끄는 측면이 있었다.

제라르는 신문을 보는 척하면서 신중하게 그들을 뜯어 보기 시작했다. 우선 매력적인 영국 아가씨가 뚜렷한 관심을 보였던 청년. 그랬다. 분명 새라 킹이 호감을 가질 만한 타입이었다. 새라에게는 힘이 있었다. 심리적으로 안정돼 있으며 위트와 의지력도 있었다. 반면 청년은 예민하고 직관적이며 우유부단하고 타인의 영향을 쉽게 받는 유형으로 보였다. 기질적으로 보면 이 둘은 상당히 잘 어울렸다. 하지만 의사의 눈으로 볼 때 지금 청년의 몸 상태는 최고인데 그 이유를 도무지 짐작할 수 없었다. 해외여행을 즐기고 있는 신체 건강한 청년이 왜 신경쇠약에 걸린 것처럼 보이는 걸까?

제라르는 이제 다른 가족들에게 시선을 옮겼다. 갈색 머리의 젊은 아가씨는 분명 레이먼드의 여동생일 것이다. 두 사람은 서로 많이 닮았는데 호리하면서도 몸매가 좋았고 귀족적인 외모를 갖고 있었다. 손은 길쭉하고 모양이 예뻤으며 턱 선도 깔끔했다. 목은 가늘고 길었으며 머리는 전체적으로 균형감 있어 보였다. 그러나 이 아가씨 역시 불안해 보였다. 움직일 때는 불안한 몸짓이 무의식적으로 드러나 보였고, 눈동자는 짙은 그늘이 깔려 있으면서도 지나치게 빛이 났다. 말하는 속도는 숨이 찰 정도로 몹시 빨랐다. 조심스럽고 경계하는, 긴장을 늦추지 않은 태도였다.

'저 아가씨도 뭔가 두려워하고 있군. 그래, 확실히 뭔가를 두려워하고 있어!'

제라르가 결론을 내리듯 말했다.

제라르는 그들의 대화를 엿들었다. 굉장히 일상적이고 평범한 대화였다.

"솔로몬 마구간에 가는 건 어때?"

"어머니에게 너무 무리이지 않을까?"

"아침에 통곡의 벽에 가는 건 어떨까?"

"솔로몬 성전에는 물론 가야겠지? 그곳을 오마르 모스크라고도 부르던데 혹시 이유를 알아?"

"레녹스 형, 그건 솔로몬 성전이 있던 자리에 이슬람교 사원이 들어섰기 때문이야."

지극히 평범한 관광객들의 대화였다. 그럼에도 제라르는 이 대화 전체가 어쩐지 현실감이 없다는 묘한 확신이 들었다. 왠지 가면을 쓴 것 같았다. 가면 아래로 뭔가 알 수 없는 물결이 소용돌이치고 있었다. 너무 깊고 형체가 없어 말로 표현하기 힘든 어떤 것……. 그는 다시 한 번《르 마탱》으로 얼굴을 가리고는 그들을 몰래 훔쳐 보았다.

레녹스. 맏형인 것 같았다. 가족과 닮은 점이 있긴 했지만 분위기는 상당히 달랐다. 레녹스는 그렇게까지 신경불안으로 보이지는 않았다. 제라르는 그가 그다지 신경질적인 기질이 아니라고 결론 내렸다. 그러나 뭔가 묘한 느낌은 여전히 가시지 않았다. 그에게는 앞서 두 사람에게서 느꼈던 근육적 긴장감이 없었다. 그저 맥없이 느른하게 앉아 있었다. 제라르는 혼란을 느끼며 병실에서 그렇게 앉아 있던 환자들의 기억을 더듬어 보았다.

'지칠 대로 지쳐 있군. 그래, 고통 때문에 지친 거야. 저 눈빛은 다친 개나 병든 말의 눈빛이야. 묵묵히 견뎌 내는 짐승의 인내…… 이상해. 신체적으로는 아무 문제 없어 보이는데……. 최근에 엄청난 고통, 어떤 정신적 고통을 겪은 게 틀림없어. 그런데 지금은 그 고통이 사라져 버린 것 같은데……. 뭔가 일이 터질 때까지 잠잠히 견디며 기다리기로 한 것 같아. 무슨 일일까? 나 혼자만의 억측에 지나지 않을까? 아니야, 저 남자는 분명 뭔가를, 뭔가의 끝이 오기를 기다리고 있어. 암 환자들도 진통제가 고통을 줄여 주기를 바라면서 그저 누워 기다리기만 하잖아…….'

레녹스가 일어나서 노부인이 떨어뜨린 실 뭉치를 주웠다.

"여기요, 어머니."

"고맙구나."

감정이라고는 찾아 볼 수 없는 이 비대한 노부인은 도대체 무엇을 뜨고 있는 것일까? 얼핏 보기에는 두껍고 조야해 보였다.

'감화원 같은 데 보낼 벙어리장갑인지도 모르지.'

제라르는 혼자 상상해 보곤 빙그레 웃었다.

이번에는 가장 어려 보이는 아가씨에게 눈길을 돌렸다. 머리는 금빛이 도는 붉은색이었다. 나이는 열아홉이 될까 말까 했다. 붉은 머리와 잘 어울리는 투명하고 깨끗한 피부를 갖고 있었으며 좀 야윈 편이기는 했지만 아름다운 얼굴이었다. 그녀는 허공을 바라보며 혼자 살며시 웃고 있었다. 그 미소가 어딘지 모르게 호기심을 끌었다. 솔로몬 호텔과도, 예루살렘과도 굉장히 동떨어져 있는 미소였는데…… 순간 제라르의 머릿속에 뭔가 번득하고 떠올랐다. 그것은 아테네 아크로폴리스에 있는 여신들의 입가를 떠올리게 했다. 비현실적인 느낌의 묘한 미소, 낯설고 사랑스럽고 인간의 웃음이라 하기 어려운…… 그 불가사의한 미소, 그 섬약한 고요함에 제라르는 왠지 통증을 느꼈다.

그 순간 제라르는 깜짝 놀라며 그녀의 손을 주시했다. 그녀의 손은 테이블을 에워싼 식구들에게 가려져 있었지만 그가 앉은 자리에서는 뚜렷이 보였다. 무릎 위에 올려진 그녀의 손가락은 고운 손수건에 구멍을 뚫어서 갈기갈기 찢고 있었다.

제라르는 오싹한 기분이 들었다. 초연한 미소, 고요한 자태, 쉴 새 없이 움직이는 파괴의 손…….

4장

천식에 걸린 듯 한참 동안 기침을 한 후 뜨개질 하던 비대한 노부인이 마침내 입을 열었다.

"지네브라, 피곤해 보이는구나. 가서 자도록 해라."

지네브라가 움찔하더니 기계적으로 움직이던 손놀림을 멈췄다.

"피곤하지 않아요, 어머니."

제라르는 그 목소리의 음악적인 울림에 귀를 기울였다. 달콤하게 노래하는 듯한 그 음색은 가장 일상적인 대화에서조차 고혹적으로 들렸다.

"아니다. 피곤할 게야. 난 다 알고 있어. 넌 내일 관광에 따라 나서서는 안 될 것 같구나."

"아니에요, 갈 수 있어요. 전 말짱해요."

굵고 거친 목소리, 뭔가를 갈 때 나는 소리처럼 귀에 거슬리는 목소리로 노부인이 말했다.

"아니다. 그렇지 않아. 병에 걸릴지도 몰라."

"아니에요! 그렇지 않아요!"

지네브라는 격렬하게 몸을 떨기 시작했다.

그 순간 부드럽고 그윽한 목소리가 흘러나왔다.

"내가 같이 올라가 줄게요."

생각이 깊어 보이는 커다란 회색 눈동자에 검은 머리를 단정하게 틀어 올리고 말없이 앉아 있던 젊은 여인이 자리에서 일어섰다.

노부인이 말했다.

"그럴 것 없어. 혼자 올라가게 내버려 둬라."

어린 아가씨가 소리쳤다.

"새언니와 같이 올라가고 싶어요!"

"같이 올라갈게요."

젊은 부인이 한 발짝 내딛었다. 그러자 노부인이 다시 말했다.

"혼자 가는 걸 더 좋아할 거야. 그렇지, 지네브라?"

잠시 침묵이 흘렀다. 이윽고 지네브라 보인턴이 입을 열었다. 그 목소리는 밋밋하고 기운이 빠져 있었다.

"예, 혼자 가는 게 좋겠어요. 아무튼 고마워요, 새언니."

큰 키의 앙상한 소녀의 모습이 놀라우리만큼 우아한 몸짓으로 멀어져 갔다.

제라르는 신문을 내리고 보인턴 노부인의 얼굴을 자세히 바라보았다. 딸의 뒷모습을 좇는 노부인의 통통한 얼굴에 주름이 지며 묘한 웃음이 떠올랐다. 방금 전 딸의 표정을 바꾸어 놓았던 애정이 담긴 초연한 웃음은 찾아 보려야 찾아 볼 수 없었다.

그런 다음 노부인은 지네브라가 새언니라고 부르던 네이딘 쪽으로 시선을 돌렸다. 다시 자리에 앉은 네이딘은 눈을 들어 시어머니의 눈길을 마주보았다. 당황한 기색은 없었다. 노부인의 시선에 적의가 떠올라 있었다.

'늙은 폭군의 어처구니없는 횡포로군!'

제라르는 생각했다.

그때 노부인의 시선이 느닷없이 그를 향했다. 순간 제라르는 숨을 들이켰다. 이글거리는 작고 검은 눈이 그를 쏘아 보고 있었는데 그 눈빛에서 뭔가 힘 같은 것이, 그것도 아주 강하고 고약한 적의가 뿜어져 나오고 있었다. 제라르는 그 힘이 어떤 것인지 알고 있었다. 그것은 버릇없는 응석받이 폭군들이 부리는 터무니없고 시시한 변덕이 아니었다.

노부인의 힘은 강력했다. 적의로 번득이는 그 눈빛은 코브라가 뿜어내는 눈빛과 몹시 닮아 있었다. 늙고 쇠약하고 질병의 먹이가 되었을지는 모르지만 보인턴 노부인은 결코 무력하지 않았다. 노부인은 힘의 의미를 아는 여자, 평생 힘을 휘두르며 살았고 한 번도 자신의 힘을 의심해 본 적 없는 여자였다.

제라르는 언젠가 호랑이들을 부리며 굉장히 위험하고 화려한 쇼를 펼치는 여자를 만난 적이 있었다. 그 위대한 야수들은 느릿느릿 자기 자리로 기어가 수치스럽고 치욕스러운 묘기를 부렸다. 호랑이

들의 눈빛과 낮은 울부짖음은 분명 광포하고 비통한 증오를 표출하고 있었지만 고분고분 여자의 말에 복종하고 있었다. 그 여자는 젊고 오만했으며 어두운 아름다움을 지니고 있었다. 그러나 표정만큼은 노부인과 똑같았다.

'동퇴즈(조련사).'

제라르는 혼잣말로 중얼거렸다. 그러자 가족끼리 오고간 저 무해한 대화의 표면 아래 어떤 물결이 흐르는지 알 것 같았다. 그것은 증오, 소용돌이치는 어두운 증오의 물결이었다.

'사람들이 나를 터무니없는 망상에 빠져 있다고 생각하겠군. 팔레스타인에서 휴가를 즐기고 있는 저 평범하고 헌신적인 미국인 가족을 중심으로 흑마술 같은 이야기를 꾸며낸다고 말야.'

제라르는 이제 네이딘이라는 이름의 젊고 차분한 여인을 바라보았다. 왼쪽 손가락에는 결혼반지가 끼워져 있었다. 그녀가 잠시 맥없이 앉아 있는 금발머리의 레녹스에게 무심한 시선을 던졌는데, 그 순간 박사는 깨달았다…….

두 사람은 남편과 아내였지만 그 눈빛은 아내의 것이라기보다 어머니의 것이었다. 진정한 어머니의 눈빛, 보호하고 걱정하는 듯한 그런 눈빛이었다. 그러자 좀 더 많은 것을 알 것 같았다. 그 무리에서 네이딘 보인턴만이 유일하게 시어머니의 최면에 걸려 있지 않은 사람이었다. 노부인을 미워할지는 모르지만 두려워하지는 않았다. 노부인의 힘이 그녀에게는 미치지 않고 있는 것이다. 네이딘은 불행해 보였고 남편을 깊이 걱정하고 있는 듯했지만 그럼에도 자유로워 보였다.

제라르가 혼잣말을 했다.

'이거 점점 흥미로운데…….'

5장

이런 류의 상상은 평범하게 내쉬는 숨소리조차 엉뚱한 결과를 가져오는 법이다.

한 남자가 라운지로 들어와 보인턴 가족을 보고는 그들에게 다가갔다. 중년의 나이로 보이는 유쾌한 인상의 전형적인 미국 남자였다. 말쑥한 옷차림에 깨끗이 면도를 한 긴 얼굴, 느릿하고 쾌활하면서도 약간은 단조로운 목소리를 갖고 있었다.

"여기들 계셨군요. 여기저기 찾아다녔습니다."

세심한 성격인지 그 남자는 가족 모두와 악수를 나누었다.

"좀 어떠세요, 보인턴 부인? 돌아다니느라 힘들지는 않으세요?"

씨근거리기는 했지만 노부인은 꽤나 품위 있게 대답했다.

"별로 좋진 않군요. 아무튼 고마워요. 알다시피 건강이 몹시 안 좋아서……."

"아, 그러시군요. 안타깝습니다. 정말 안타까워요."

"그렇지만 더 나빠지지는 않았어요."

보인턴 노부인이 파충류 같은 웃음을 슬쩍 지으며 말을 이었다.

"며느리가 나를 잘 돌봐 주고 있답니다. 그렇지 않니, 네이딘?"

"최선을 다하고 있어요."

네이딘의 목소리에서는 아무런 감정도 느껴지지 않았다.

"그야 물론 그렇겠지요."

낯선 얼굴의 사내가 상냥하게 말하며 레녹스에게 물었다.

"그런데 레녹스, 다비드 왕의 도시를 본 소감은 어때요?"

"잘 모르겠어요."

레녹스는 냉담하게 아무 관심도 없는 듯 말했다.

"좀 실망했나 보네요. 솔직히 나도 처음에는 그렇게 느꼈거든요. 아직까지 많이 돌아다니지는 않았나 보죠?"

"어머니 때문에 구경은 많이 못 다녀요."

캐럴이 대답했다.

"하루 한두 시간 이상 돌아다니는 건 무리지요."

보인턴 노부인이 말했다.

"감당할 수 있는 만큼 다니시는 게 좋지요."

낯선 사내가 상냥하게 말했다.

노부인은 천천히 씨근거리며 웃었다. 흡족한 듯 그러나 야비하게 들리는 웃음이었다.

"나는 육체에는 굴복하지 않아요! 중요한 건 마음이지요. 그래요,

마음을 어떻게 먹느냐가……."

노부인의 목소리가 잦아 들었다. 순간 레이먼드 보인턴이 움찔하는 것이 보였다.

"통곡의 벽에는 갔다 오셨습니까, 코프 씨?"

"그야 갔다 왔지요. 그곳은 내가 처음 간 장소 중 하나였답니다. 며칠이면 예루살렘을 다 둘러볼 수 있을 것 같아요. 그 다음에는 베들레헴, 나사렛, 티베리아스, 갈릴리호 등 팔레스타인 일대를 둘러볼 수 있도록 쿡 여행사에 일정표를 좀 부탁하려고요. 굉장히 재미있을 거예요. 예라시에도 퍽 흥미로운 유적들이 남아 있대요. 다들 아시겠지만 로마 시대의 유적이지요. 붉은 장미의 도시라는 페트라에는 개인적으로라도 꼭 가 볼 생각입니다. 아주 특이한 자연 경관을 볼 수 있는 곳이에요. 사람들이 잘 가는 곳은 아니지만 그곳에 가서 제대로 구경하고 돌아오면 최고의 여행이 될 거라고 확신합니다."

레이먼드의 질문에 코프라는 낯선 사내가 길게 대답했다.

"저도 가 보고 싶네요. 굉장히 멋질 것 같아요."

캐럴이 말했다.

"한 번쯤은 꼭 가 봐야 해요. 그럼요. 가 보셔야 합니다."

코프는 잠시 말을 멈춘 뒤 보인턴 노부인에게 모호한 시선을 던졌다. 그런 다음 귀를 세우고 있는 제라르 박사의 귀에 들릴락말락하게 말을 이었다.

"몇 분은 저와 함께 가지 않겠어요? 보인턴 부인에게는 무리일 테고 또 당연히 몇 분은 부인 곁에 남아 있어야겠지만…… 하지만 이를테면 가족을 두 팀으로 나눈다면……."

그가 말을 멈추었다. 그러자 보인턴 노부인의 손에 들린 뜨개바늘 움직이는 소리까지 들리는 것 같았다.

이윽고 노부인이 대답했다.

"가족이 나뉘는 건 그리 좋은 생각이 아닌 것 같군요. 우리는 아주 화목한 가정이니까요."

노부인이 고개를 들었다.

"얘들아, 그렇게 생각하지 않니?"

그 음성에는 묘한 울림이 있었다. 즉시 대답이 튀어나왔다.

"그럼요, 어머니. 가족을 나눌 수는 없어요."

"오, 안 돼요."

"아니요, 당연히 안 될 말이에요."

보인턴 노부인이 예의 그 괴이한 미소를 띤 채 말했다.

"다들 나를 떠나지 않겠다는군요. 네이딘, 너는 어떠니? 너만 아직 아무 말이 없구나."

"저도 마찬가지예요, 어머님. 레녹스가 가고 싶어 하지 않으면 저도 안 가요."

노부인은 천천히 고개를 돌려 아들을 쳐다보았다.

"그러면 레녹스, 어떠니? 네이딘과 함께 가는 것이…… 네이딘은 가고 싶어 하는 것 같은데."

레녹스가 움찔하면서 고개를 들었다.

"글쎄 저는, 그러니까 저는 우리 가족이 모두 함께 지내는 편이 더 좋을 것 같아요."

"정말이지 헌신적인 가족이로군요."

코프가 다정스레 말했다. 그러나 그의 다정한 목소리에는 어딘지 공허함과 부자연스러움이 묻어 있었다.

"우리 가족은 우리끼리 지내는 편을 더 좋아하지요."

보인턴 노부인이 이렇게 말한 뒤 털실 뭉치를 감기 시작했다.

"그런데 레이먼드, 방금 너한테 말을 건 그 처녀는 누구니?"

레이먼드가 불안스레 몸을 움찔했다. 얼굴색도 화끈 달아올랐다가 곧 하얗게 변했다.

"저, 저도 이름은 몰라요. 어, 어제 기차에서 만났어요."

노부인이 무거운 몸을 천천히 일으키며 말했다.

"그 처녀와는 마주치지 않았으면 좋겠구나."

네이딘이 일어서서 의자에서 몸을 일으키는 노부인을 도와주었는데 그 능숙한 동작이 제라르의 관심을 끌었다.

"자야 할 시간이군요. 잘 자요, 코프 씨."

노부인이 말했다.

"안녕히 주무세요, 보인턴 부인. 잘 자요, 네이딘."

그들은 작은 행렬을 이루며 나아갔다. 그 누구도 좀 더 남아 있겠다는 생각을 하는 것 같지는 않았다.

코프 씨만 혼자 남아 그들의 뒷모습을 쳐다보고 있었다. 그의 얼굴에 묘한 표정이 떠올랐다.

제라르는 경험으로 미루어 미국인은 그 누구에게도 친절하다는 것을 알고 있었다. 그들은 영국인 여행객처럼 불편한 의심을 하지 않는다. 더구나 사람을 다루는 요령을 아는 제라르에게 코프 씨와 인사를 나누는 것은 별로 어려운 일도 아니었다.

'저 미국인은 지금 외롭겠지? 분명 대개의 미국인과 마찬가지로 친절한 태도를 보일 거야.'

이렇게 생각한 제라르는 명함을 꺼내 그에게 다가갔다.

명함에 적힌 이름을 보던 제퍼슨 코프의 얼굴에 감동의 표정이 떠올랐다.

"아니, 정말 제라르 박사님이세요? 얼마 전 미국에도 오셨지요?"

"지난 가을에 갔었습니다. 하버드에서 강의를 했지요."

"물론 알고 있습니다. 제라르 박사님 명성이야 그 분야에서는 굉장히 높지 않습니까, 파리에서는 선두적인 위치에 계시고요."

"과분한 칭찬이십니다. 사실은 그렇지 못해요."

"아닙니다. 이렇게 뵙게 되니 정말 영광이네요. 그러고 보니 지금 이곳 예루살렘에 유명인들이 몇 분 머물고 계시는군요. 박사님도 계시고, 웰던 경, 금융가 가브리엘 스타인바움, 또 영국의 저명한 고고학자 맨더스 스톤 경과 영국 정계에서 두드러진 활약을 보이는 웨스트홀름 부인. 참, 그리고 유명한 벨기에 탐정 에르퀼 푸아로도 와 있다고 하더군요."

"오, 에르퀼 푸아로가 여기에요?"

"지역 신문에서 최근에 도착했다는 기사를 봤습니다. 너나 할 것

없이 솔로몬 호텔에 와 있네요. 정말 훌륭한 호텔입니다. 실내 장식도 세련되었고요."

제퍼슨 코프는 이 여행을 한껏 즐기고 있는 것 같았다. 제라르는 마음만 먹으면 자신의 매력을 충분히 발산할 수 있는 사람이다. 이윽고 얼마 지나지 않아 두 사람은 호텔 바로 자리를 옮겼다.

하이볼*을 몇 잔 마신 후 제라르가 말했다.

"혹시 아까 대화를 나누던 그 가족이 전형적인 미국 가정의 모습인가요?"

제퍼슨 코프는 잠시 생각에 잠긴 표정으로 술을 홀짝였다.

"아니라고 해야겠지요. 전형적이라고 보기는 어렵습니다."

"아닌가요? 서로 매우 헌신적으로 보였는데요."

코프가 천천히 입을 뗐다.

"가족 구성원 모두가 노부인을 중심으로 돌아간다는 의미에서는 그렇지요. 그건 사실이에요. 아주 대단한 여성입니다."

"그래요?"

제라르는 코프를 부추길 필요도 없었다. 부드러운 목소리로 맞장구를 치는 것만으로도 충분했다.

"제라르 박사님, 솔직하게 말씀드리자면 저는 최근에 이 가족에 대해 아주 많이 생각을 한답니다. 괜찮으시다면 이 문제를 좀 말씀드리고 싶은데…… 제 마음이 편해질 것 같아서요. 좀 지루할지도

---

* 위스키에 소다수 따위를 섞은 음료.

모르지만 그래도 들어주시겠습니까?"

제라르는 전혀 지루하지 않을 거라고 대답했다.

제퍼슨 코프는 천천히 말을 시작했다. 심경이 복잡한 듯 깔끔하게 면도한 그의 얼굴에 주름이 졌다.

"솔직하게 말씀드려서 저는 좀 걱정이 됩니다. 보인턴 부인은 제 오랜 친구거든요. 그러니까 노부인이 아니라 젊은, 레녹스 보인턴 부인 말입니다."

"아, 그 매력적인 검은 머리의 숙녀분 말이군요?"

"맞습니다. 이름이 네이딘이에요. 네이딘 보인턴은 아주 사랑스러운 여자입니다. 결혼하기 전부터 알았지요. 그때는 정식 간호사가 되려고 병원에서 실습을 하고 있었어요. 그러던 중 보인턴 가족과 휴가를 보내게 되었고 그러다 레녹스와 결혼한 겁니다."

"그랬군요."

제퍼슨은 하이볼 한 모금을 들이켠 후 이야기를 계속했다.

"먼저 보인턴 가족의 내력에 대해 이야기하는 게 좋겠네요."

"좋습니다. 매우 흥미롭군요."

"그러니까 작고한 엘머 보인턴 씨는 두 번 결혼을 했습니다. 꽤 유명한 분으로 아주 매력적이셨지요. 첫째 아내는 캐럴과 레이먼드가 걸음마를 배울 때 세상을 떠났습니다. 둘째 아내가 보인턴 부인인데, 제가 듣기로는 결혼을 하던 무렵에는 젊지는 않았지만 그래도 매력적이었다고 하더군요. 지금의 모습을 보면 과연 매력적이던 때가 있었을지 잘 믿기지 않지만 믿을 만한 소식통에 의하면 그랬다고 해요. 아무튼 보인턴 씨는 부인을 높이 평가해서 거의 모든 부분을 부인의 판단에 따랐다고 합니다. 그리고 작고하기 전에는 이런저런 병마에 시달리느라 부인에게 실권을 넘겨 주었죠. 노부인은 사업 수완이 뛰어난 아주 유능한 여자였대요. 게다가 매우 성실했고요. 보인턴 씨가 세상을 떠난 다음에는 이루 말할 수 없이 헌신적인 태도로 자식들을 돌보았다고 하더군요. 그 부인이 낳은 딸도 하나 있는데 이름이 지네브라예요. 아까 예쁘장하게 생긴 붉은 머리의 아가씨 보셨죠? 지네브라는 좀 예민한 편이에요. 어차피 이야기를 꺼냈으니 좀 더 말씀드리자면 보인턴 부인은 가족에게 지나칠 정도로 헌신했습니다. 그러니까 외부 세계를 완전히 차단했다는 말이에요. 박사님이 지금 어떤 생각을 하실지 모르겠지만, 제 생각에는 그건 그다지 바람직한 일이 못 되는 것 같아요."

"동감입니다. 그건 아이들 정서 발달에 치명적이지요."

"그래요, 그 말씀이 딱 맞아요. 보인턴 부인은 자식들을 외부 세계로부터 완전히 차단해 버렸어요. 바깥 접촉을 깡그리 막았지요. 그 결과 그들은 지금처럼 어른은 됐지만 다소 신경질적인 모습으로 자랐습니다. 제 말이 무슨 뜻인지 아실지 모르지만 자식들이 전부 상당히 예민해요. 낯선 사람들과는 친구가 되지도 못하고요. 그런 건 좋지 않잖아요?"

"아주 나쁘지요."

"분명 보인턴 부인은 좋은 마음으로 그랬을 겁니다. 다만 과잉된 헌신이 그렇게 만든 거지요."

"모두 한 집에서 삽니까?"

"예, 그래요."

"아들들은 일을 하지 않고요?"

"안 합니다. 엘머 보인턴 씨는 부자였어요. 그는 노부인이 살아 있는 동안은 노부인에게 전 재산을 물려 준다고 했지만, 일반적으로 그 돈은 가족을 부양하는 돈으로 이해하고 있습니다."

"그럼 식구들 모두가 노부인에게 경제적으로 의존하고 있는 셈인가요?"

"그렇습니다. 노부인은 자식들을 집에서만 지내도록 하고 직장도 못 찾게 했어요. 뭐 문제가 있다는 건 아닙니다. 돈이 충분히 있으니 직장을 찾을 필요도 없겠지요. 하지만 남자에게 일이란 활력소가 아닙니까? 그리고 또 이상한 것은 그들에게는 취미도 딱히 없는 것 같아요. 골프도 치지 않고 컨트리클럽에 가입해 있지도 않아요. 춤추러 가는 일도 없고 다른 젊은이들과 어울리는 일도 없습니다. 그저 외떨어진 교외에 있는 막사 같은 큰 집에서 자기들끼리만 있어요. 박사님, 정말 이상하지 않습니까?"

"같은 생각입니다."

"최소한의 사회적 감각도 없는 사람들이에요. 공동체 의식, 그것이 부족해요! 서로에게는 매우 헌신적일지 모르지만 자기들끼리 묶여 있을 뿐입니다."

"독립해서 살겠다는 사람은 아무도 없었나요?"

"제가 알기로는 그래요. 그냥 하는 일 없이 앉아 있을 뿐이에요."

"자식들이 문제일까요, 아니면 보인턴 노부인이 문제일까요?"

제퍼슨 코프는 불편한 듯 몸을 뒤척였다.

"글쎄요. 어떤 면에선 노부인에게 책임이 있지 않을까요? 자식을 잘못 키운 탓이기도 하니까요. 그래도 성인이 되면 자기 책임이라고 봐야죠. 어려서 받은 영향은 자발적으로 걷어차 버릴 수 있어야 해요. 사내는 자고로 엄마의 앞치마 끈에 매달려 살아서는 안 됩니다. 자기 앞가림은 자기가 할 수 있어야 해요."

제라르가 생각에 잠긴 듯 말했다.

"그건 불가능할지도 모릅니다."

"왜 불가능하지요?"

"나무가 자라지 못 하도록 막는 방법도 있어요, 코프 씨."

코프가 그를 쳐다보았다.

"다들 아주 건강하고 훌륭한 젊은이들이에요, 박사님."

"몸과 마찬가지로 마음도 위축되면 비뚤게 자랄 수 있어요."

"그들은 정신적으로도 밝은 사람들이에요."

코프가 이야기를 계속했다.

"아니, 그러니까 박사님, 제 말을 잘 들어 보세요. 남자라면 모름지기 자신의 운명은 자신이 책임져야 합니다. 자신을 존중한다면 자신의 인생은 자신의 힘으로 개척해서 뭔가 이루어 내야 해요. 그냥 앉아서 빈둥거리기만 해선 안 됩니다. 그렇게 빈둥거리는 남자를 어떤 여자가 존경하겠어요?"

제라르는 호기심 어린 시선으로 그를 잠시 쳐다보았다.

"혹시 레녹스 보인턴을 두고 하는 말인가요?"

"아, 맞습니다. 레녹스를 생각하고 있었어요. 레이먼드는 아직 어리니까요. 하지만 레녹스는 이제 서른입니다. 뭔가 할 수 있다는 걸 보여 줘야 할 때지요."

"그렇다면 그의 아내에게는 힘든 생활이겠군요."

"물론 힘든 생활일 겁니다! 네이딘은 아주 훌륭한 여자예요. 정말이지 존경스럽습니다. 한 번도 불평을 늘어 놓은 적이 없어요. 하지만 행복한 생활은 아니에요. 박사님, 그보다 더 불행할 수는 없을 겁니다."

제라르가 고개를 끄덕였다.

"예, 당연히 그럴 거라고 생각됩니다."

"박사님, 어떻게 생각하실지 모르겠지만 저는 여자도 참는 데는 한계가 있다고 생각합니다. 제가 네이딘이라면 레녹스에게 단도직입적으로 말하겠어요. 레녹스도 어서 뭔가를 시작해서 자신의 능력을 증명하든가 아니면……."

"아니면 네이딘이 그를 떠나야 한다고 생각하나요?"

"네이딘에게도 인생이 있잖아요, 박사님. 레녹스가 그녀의 가치를 제대로 평가하지 못한다면 그렇게 해 줄 수 있는 다른 남자가 있을 거예요."

"이를테면 코프 씨 같은 사람이겠군요."

미국인의 얼굴이 붉어졌다. 그러더니 점잖은 표정으로 제라르를 쳐다보았다.

"맞습니다. 하지만 네이딘에 대한 제 감정은 부끄러운 것이 아닙니다. 저는 그녀를 존경하며 깊이 연모하고 있습니다. 제가 원하는 것은 오로지 그녀의 행복입니다. 레녹스와 더불어 행복하다면 저는 깨끗이 물러날 겁니다."

"그러나 그렇지 않다면?"

"그렇다면 대기하고 있어야지요! 지금이라도 그녀가 저를 원한다면 바로 달려갈 겁니다!"

"정말 파르페(완벽히) 친절한 기사로군요."

제라르가 작은 목소리로 말했다.

"뭐라고 하셨습니까?"

"아, 오늘날 기사도는 미국에만 살아 있는 것 같네요. 아무런 욕심 없이도 한 여인을 섬기면서 만족할 수 있으니 말이에요! 정말 존경스럽습니다. 그런데 그녀를 위해서 정확히 무엇을 해 주고 싶은 건가요?"

"그녀가 저를 필요로 할지 모르니 지금처럼 곁에 가까이 있는 겁니다."

"실례가 안 된다면 보인턴 노부인이 코프 씨를 대하는 태도는 어떤지 물어봐도 되겠습니까?"

제퍼슨 코프가 천천히 입을 열었다.

"글쎄요. 확실히 모르겠어요. 말씀드렸다시피 외부와 접촉하는 것을 좋아하시지 않으니까요. 하지만 저한테는 각별히 대해 주세요. 친절할 뿐만 아니라 가족처럼 여겨 주시지요."

"그렇다면 레녹스 보인턴 부인과 친하게 지내는 걸 허락한다는 말이군요?"

"그렇지요."

"그건 좀 이상한 일이네요."

제라르는 어깨를 으쓱하며 말했다.

"분명히 말씀드리는데요, 박사님. 우리의 우정에 명예를 손상시킬 만한 것은 전혀 없습니다. 순수하게 정신적인 거예요."

제퍼슨 코프가 단호하게 말했다.

"그건 잘 알고 있어요, 코프 씨. 내 말은 보인턴 노부인이 오히려 그 우정을 조장하는 것 같아 이상하다는 겁니다. 노부인은 참으로 흥미로운 인물이군요. 정말이지 흥미로워요."

"비범한 여성임에는 틀림없어요. 엄청난 힘이 뿜어져 나온다고나 할까요? 정말 보기 드문 인물입니다. 말씀드렸다시피 엘머 보인턴 씨 또한 부인의 판단력에 큰 신뢰를 갖고 계셨으니까요."

"그래서 마음 편히 전 재산을 그 부인에게 물려 주고 자식을 맡겨 버린 거군요. 우리 프랑스에서는 그런 일이 법적으로 불가능하지요."

"미국인들은 절대적인 자유를 믿습니다."

코프가 자리에서 일어섰다.

제라르도 자리에서 일어섰다. 코프의 말이 특별히 인상적이랄 건 없었다. 다른 국적을 가진 사람에게서도 그와 같은 말을 여러 번 들었기 때문이다. 그만큼 자유가 어떤 특정 국민의 특권이라는 잘못

된 생각이 만연해 있었다.

하지만 현명한 제라르는 어떤 종족도, 어떤 국가도, 어떤 개인도 자유롭다고 일컬어질 수 없음을 잘 알고 있었다. 또 정도는 다르지만 어디나 구속이라는 것이 존재한다는 사실 역시 알고 있었다.

제라르는 이런저런 생각에 휩싸인 채 방으로 올라갔다.

6장

새라 킹은 성전의 경내, 즉 하람 알샤리프*에 서 있었다. 바위돔을 등진 채였다. 저만치 분수의 물줄기 소리가 들려 왔다. 관광객 몇 명은 동양적인 이 평화스런 고요를 깨뜨리지 않으려고 애쓰면서 조용히 그곳을 지나갔다.

새라는 먼 옛날 예부스의 한 사람이 이 바위산을 탈곡장으로 만들고, 다윗이 금 600세겔을 주고 이 터를 사서 다시 성지로 만들었다는 사실이 참으로 신기하게 느껴졌다. 덕분에 지금은 세계 각국의 관광객들이 이곳을 찾아 시끄럽게 조잘거리는 것이다.

새라는 돌아서서 옛 예루살렘 성지를 채우고 있는 이슬람교 사원을 쳐다보면서 솔로몬 신전이 이 아름다움의 절반이라도 가지고 있

* 성전산에 해당하는 구역을 이슬람교 교도들이 일컫는 말. 이 구역 내에 바위돔이 있으며, 그 서쪽 벽이 통곡의 벽이다.

었을지 상상해 보았다.

발자국 소리가 들리더니 이슬람교 사원에서 몇몇 사람들이 무리 지어 나왔다. 입심 좋은 통역이 보인턴 가족을 안내하고 있었는데 보인턴 노부인은 레녹스와 레이먼드의 부축을 받고 있었고 네이딘과 제퍼슨 코프가 그 뒤를 따랐다. 캐럴이 제일 뒤처져서 걷고 있었다. 식구들이 저만치 가고 있는 사이 캐럴이 새라를 발견했다.

캐럴은 잠시 망설이는 듯하다가 이내 결심한 듯 식구들의 눈에 띄지 않게 빙 돌아 소리 내지 않고 민첩하게 달려왔다.

"저기요, 저, 제가 꼭 드리고 싶은 말씀이 있는데요."

캐럴은 숨을 헉헉거리며 말했다.

"예?"

새라가 말했다.

캐럴은 몸을 부들부들 떨고 있었으며 얼굴이 하얗게 질려 있었다.

"제 어머니에 관련된 건데요. 어젯밤 오빠한테 말을 거셨잖아요. 그때 오빠가 무례하다고 생각하셨을지 모르지만 일부러 그런 건 아니에요. 오빠는 어, 어쩔 수 없었어요. 제발 제 말을 믿어 주세요."

새라는 이 모든 일들이 어처구니없게 느껴졌다. 자존심도 상하고 품위도 손상된 기분이었다. 낯선 여자가 느닷없이 달려와서 촌뜨기 오빠를 대신해 이렇게 어처구니없는 사과를 하다니……. 입에서 곧바로 대답이 튀어나오려는 순간 새라의 마음이 바뀌었다.

이 모든 것에는 어딘지 모르게 비정상적인 데가 있었다. 게다가 이 여자는 몹시 절박해 보였다. 그 절박함이 새라를 움직였다. 그녀는 의학도의 길로 이끈 무엇인가가 이 여자의 요구에 반응한 것이다. 새라는 직감적으로 뭔가 지독히 잘못되어 있다는 느낌을 받았다. 새라가 다독이듯 말했다.

"말해 보세요."

"기차에서 오빠가 이야기를 걸었던 분이 맞죠?"

캐럴이 말을 시작했다.

새라가 고개를 끄덕였다.

"예, 하지만 제가 오빠에게 말을 걸었다고 하는 편이 맞아요."

"아, 물론 그럴 거예요. 그렇겠지요. 아무튼 어젯밤 오빠는 두려움에 사로잡혀서……."

새라가 말을 끊었다.

"두려움이라니요?"

캐럴의 하얀 얼굴이 진홍색으로 물들었다.

"아, 어리석은 소리로, 아니 미친 소리로 들릴 거예요. 하지만 어머니, 어머니는 정상이 아니라서 우리가 외부 사람들과 친구가 되는 것을 싫어해요. 하지만 오빠는, 오빤 당신과 친구가 되고 싶어 해요. 전 알 수 있어요."

새라는 흥미가 일었다. 새라가 말을 하려는데 캐럴이 이야기를 계속했다.

"제 말이 바보같이 들린다는 건 알지만 우리는 좀 이상한 가족이에요."

캐럴이 얼른 주위를 둘러보았다. 겁에 질린 표정이었다.

"이제, 이제 그만 가 봐야 할 것 같아요. 식구들이 찾을 거예요."

새라가 이윽고 결심을 했다. 그리고 이렇게 말했다.

"여기 있으면 왜 안 되나요? 그걸 원하는 데도요? 나중에 따라가면 되잖아요."

캐럴이 뒤로 물러섰다.

"그건 안 돼요. 그, 그럴 수는 없어요."

"왜 안 돼요?"

"그럴 수는 없어요. 그렇게 하면 어머니가……."

새라가 차분한 음성으로 또박또박 말했다.

"자식들의 성장을 받아들이는 게 부모에게는 때로 무척 힘들 수 있어요. 그건 인정해요. 부모들은 자식들이 커 버렸는데도 계속해서 자기 중심으로 생활을 꾸려가려 하지요. 하지만 그 사실에 굴복해 버린다는 건 안타까운 일이에요. 사람이라면 누구든 자신의 권리를 위해 일어설 수 있어야 해요."

캐럴이 작은 소리로 말했다.

"이해하지 못하는군요. 전혀 이해하지 못해요……."

그러고는 깍지 낀 손을 신경질적으로 비틀었다.

새라가 말을 이었다.

"큰 소동이 일어날까 무서워서 그냥 굴복해 버리는 경우도 있긴 해요. 소동이 일어나는 건 매우 불쾌한 일이니까요. 하지만 행동의 자유를 위해서라면 언제라도 싸울 가치가 있다고 생각해요."

캐럴이 그녀를 쳐다보았다.

"자유요? 우린 아무도 자유로웠던 적이 없어요. 우린 결코 자유롭지 못할 거예요."

"말도 안 돼요!"

새라가 딱 잘라 말했다.

캐럴은 몸을 앞으로 숙이고 새라의 팔을 살며시 잡았다.

"제 말을 좀 들어 보세요. 당신이 이해해 줬으면 좋겠어요. 결혼 전에 우리 어머니는, 사실은 의붓어머니이지만, 교도소의 간수였어요. 아버지는 교도소장이었고요. 그래서 어머니와 결혼을 하게 되었어요. 어머니는 변함없이 늘 그대로예요. 우리를 다룰 때도 언제나 죄수처럼 다루세요. 우리 생활이 감옥생활 같은 건 바로 그 때문이에요!"

캐럴은 고개를 돌려 재빨리 주위를 살폈다.

"식구들이 절 찾기 시작했어요. 이제 가 봐야겠어요."

새라가 황급히 돌아가려는 캐럴의 팔을 붙잡았다.

"잠시만요. 다시 만나서 이야기하고 싶어요."

"안 돼요. 그럴 수 없을 거예요."

"그럴 수 있어요."

새라가 힘을 주어 말했다.

"다들 자러 가고 나면 내 방으로 와요. 319호예요. 잊지 말아요. 319호."

새라가 잡았던 팔을 놓아 주었다. 캐럴은 가족을 뒤쫓아 달렸다.

새라는 한동안 그녀의 뒷모습을 바라보며 서 있었다. 이윽고 정신을 차리자 제라르 박사가 옆에 있었다.

"안녕하세요, 새라 씨? 캐럴 보인턴과 대화를 나누고 있었군요."

"예, 아주 생뚱맞은 대화였어요."

새라는 캐럴과의 대화 내용을 간략하게 들려 주었다. 제라르는 그중 특히 한 부분에 관심을 보였다.

"간수였다고요? 그 괴팍한 노부인이요? 뭔가 의미심장한 이야기로군요."

"그러니까 그 사실이 횡포의 원인이었다는 건가요? 예전 직업에서 비롯한 습관이라는 거군요."

제라르가 고개를 저었다.

"아니요, 그런 각도로 보는 건 잘못이에요. 마음 깊이 자리 잡은 강박증의 관점에서 봐야 해요. 간수였기 때문에 횡포 부리는 걸 좋아하게 된 게 아니에요. 그보다는 횡포 부리는 걸 좋아했기 때문에 간수가 되었다고 하는 게 옳겠군요. 내 말은 노부인이 그 직업을 택하게 된 건 다른 사람에게 권력을 휘두르고 싶은 은밀한 욕망 때문이라는 거예요."

제라르의 얼굴은 매우 진지했다.

"인간의 잠재의식에는 그처럼 기묘한 것들이 숨어 있어요. 권력에 대한 욕망, 잔인함에 대한 욕망, 찢고 부수고 싶은 욕망……. 그 모든 것들은 인간이 가지고 있는 가장 원시적인 유산이라고 봐야 합니다. 그것들은 예나 지금이나 전부 그대로예요. 잔인성도 야만성도 욕망도…… 거부하고 의식적으로 피하려 한들 그런 것들의 위력은 때로 너무나 강하지요."

새라가 몸을 떨었다.

"저도 알아요."

제라르가 이야기를 계속했다.

"오늘날에도 그런 모습은 어디에서나 볼 수 있어요. 정치 강령에도, 국가의 운영에서도 보입니다. 이건 인도주의, 연민, 동포애적 선의의 반작용이에요. 정치 강령은 이따금 지혜로운 체제, 유익한 정권 등 아무런 문제가 없는 것처럼 들리기도 하지만, 그 역시 잔인성과 두려움을 바탕으로 한 권력에 의해 강제됩니다. 그것을 받아들이지 않으면 그 폭력의 사도들은 자신의 목적을 달성한다는 이유로 케케묵은 야만성과 잔인함을 드러내게 됩니다. 아, 정말 어려운 문제이지요. 인간이란 조금만 건드려도 균형감을 잃어버리는 동물이니까요. 인간은 원초적인 욕구를 갖고 있어요. 바로 생존의 욕구지요. 너무 앞서 가는 것은 뒤처지는 것만큼이나 치명적인 일입니다. 생존해야 하니까요! 어쩌면 그 때문에 케케묵은 야만성을 유지하려는 거겠지만 그래도 그것을 숭배하는 것만은 절대 안 됩니다!"

제라르는 잠시 말을 멈추었다. 그러자 새라가 말했다.

"그러면 보인턴 노부인이 일종의 사디스트란 말씀인가요?"

"거의 확실해요. 내 생각엔 노부인이 고통을 가하면서 즐거워하는 것 같아요. 육체적인 고통이 아니라 정신적인 고통 말이에요. 그것이 더 드문 경우인데 나투기도 더 어려워요. 그녀는 지금 다른 사람들을 지배하고 그들에게 고통을 주며 희열을 느끼는 겁니다."

"정말 야만적이로군요."

제라르는 새라에게 제퍼슨 코프와 나눈 대화 내용을 들려주었다.

"코프 씨는 어떤 상황인지 깨닫지 못하고 있나 봐요?"

새라가 진지하게 말했다.

"그 사람이 어떻게 알 수 있겠어요? 심리학자도 아닌데……."

"그러네요. 그 사람은 우리처럼 진절머리 나는 사고체계 같은 건 갖고 있지 않을 테니까요."

"그렇지요. 코프 씨는 선량하고 정직하고 다정다감하고 아주 평범한, 미국인다운 사고체계를 가진 사람이에요. 악이 아니라 선을 믿지요. 보인턴 가족의 분위기가 뭔가 아주 잘못됐다는 걸 알지만 노부인의 행동을 악한 행동이라기보다는 삐뚤어진 헌신이라고 생각하더군요."

"그걸 보면서 노부인은 즐거워하는 거고요."

"틀림없이 그럴 겁니다."

새라가 이내 말을 받았다.

"하지만 그들은 왜 벗어나려 하지 않는 걸까요? 충분히 그럴 수 있을 텐데요."

제라르가 고개를 저었다.

"아니, 그렇게 생각하면 안 돼요. 그들은 그럴 수가 없어요. 혹시 수탉을 가지고 실험하는 걸 본 적 있나요? 오래된 실험인데 바닥에 분필로 선을 그은 뒤 수탉의 부리를 거기에 대어 주고 못 움직이게 하면 수탉은 자기가 거기에 묶였다고 믿어 버려요. 그래서 머리를 쳐들지도 못하지요. 이 가엾은 사람들도 마찬가지예요. 그들이 어렸을 때부터 노부인이 영향력을 행사했다는 점을 생각해 보세요. 그리고 그 지배가 정신적인 것이었다는 점도요. 노부인은 그들에게 최면을 걸어 자기를 거역할 수 없게 만들어 놓았어요. 대부분의 사람들은 터무니없는 말이라고 무시하겠지만 새라 씨와 나는 잘 알고 있잖아요. 노부인은 자기에게 전적으로 의존하는 것 말고는 다른 방법이 없다고 믿게 만들었어요. 그들은 감옥에 너무 오래 갇혀 있었기 때문에 문이 열려 있어도 그걸 보지 못하게 된 겁니다. 적어도 그들 가운데 한 명은 더 이상 자유를 바라지도 않는 것 같더군요. 게다가 그들은 전부 자유를 두려워하게 되었고요."

새라가 실질적인 질문을 했다.

"노부인이 죽으면 어떻게 될까요?"

제라르가 어깨를 으쓱했다.

"그런 일이 언제 일어나느냐에 따라 달라지겠지요. 지금 그런 일이 일어난다면…… 글쎄, 그렇게 늦지는 않았을 거예요. 청년과 아가씨, 두 사람은 아직 젊으니까 새로운 변화를 받아들일 수 있을 겁니다. 그들은 분명 정상적인 인간으로 살아가겠지요. 하지만 레녹스라면…… 어쩌면 너무 늦은 게 아닌지 모르겠군요. 그 사람은 희망을 아예 접은 걸로 보였거든요. 한갓 짐승처럼 그저 참고 견디면서 살고 있었어요."

새라가 얼른 말을 받았다.

"그의 아내가 무슨 조치를 취해야 하지 않나요? 윽박질러서라도 밖으로 끌어내야 할 것 같은데요."

"글쎄요. 아마 시도했는데 실패했을지도 모르지요."

"그의 아내에게도 노부인의 영향력이 발휘된다고 생각하세요?"

제라르가 고개를 저었다.

"아니요. 노부인은 그의 아내에게는 아무런 영향력을 발휘하지 못하는 것 같았어요. 그래서 그녀를 지독히 미워하는 것 같았고요. 그 눈빛을 보세요."

새라가 이맛살을 찌푸렸다.

"전 그 여자를 이해할 수 없네요. 레녹스의 아내 말이에요. 그 여자는 지금 어떤 상황에 처해 있는지 알고나 있는 걸까요?"

"내 생각에는 상당히 영리한 계획을 세우고 있을 것 같은데요?"

"음, 노부인은 살해라도 당해야겠군요. 제 처방은 매일 아침 마시는 차에 비소를 넣으라는 거예요."

잠시 후 새라가 불쑥 말했다.

"막내딸, 그러니까 매력적이면서도 공허한 미소를 짓는 그 붉은 머리 아가씨는 어떤가요?"

제라르가 이맛살을 찌푸렸다.

"모르겠어요. 뭔가 이상한 점이 있긴 해요. 지네브라 보인턴은 노부인의 유일한 친딸이래요."

"그렇다면 뭔가 다른 점이 있겠네요. 그렇지 않은가요?"

"일단 권력에 대한 광적인 집착, 그리고 잔인성에 대한 욕망에 사로잡히면 그 욕망은 누구도 봐 주지 않아요. 가장 가깝고 가장 소중

한 사람이라 하더라도요."

잠시 침묵이 흐른 뒤 제라르가 입을 열었다.

"크리스천인가요, 마드무아젤?"

새라가 천천히 대답했다.

"잘 모르겠어요. 한때는 아무 신자도 아니라고 생각했어요. 하지만 지금은 잘 모르겠네요. 지금은…… 이 전부를 쓸어 버릴 수만 있다면……."

새라가 격한 손짓을 했다.

"이 건물들과 종파들, 맹렬히 싸우는 교회들을 전부 쓸어버릴 수만 있다면, 그리고 예수가 인자한 모습으로 당나귀를 타고 예루살렘으로 들어오는 모습을 보게 된다면, 그러면 신을 믿을 거 같아요."

제라르가 엄숙하게 말했다.

"나는 적어도 크리스천 신앙의 핵심 교의 중 하나는 믿고 있어요. '작은 일에도 만족할 줄 알아라.'라는 것이지요. 나는 의사입니다. 그래서 야망이, 그리고 성공과 권력에 대한 욕망이 인간의 영혼에 미치는 해악을 알고 있어요. 그런 욕망의 실현은 오만과 폭력, 그리고 결국 채워지지 않는 탐욕으로 이어질 뿐이에요. 그 욕망이 거부당하게 되면…… 아! 그렇게 되면 정신병원은 증가할 것이고 광인들은 자기 이야기만 늘어 놓겠지요! 정신병원에는 평범하고 무의미하고 무력한 것을 참아 낼 수 없는 사람들로 가득 찰 것이고, 그러면 그들은 그곳에서 현실 도피의 수단을 찾아 내어 현실과는 평생 담을 쌓아 버릴 거예요."

새라가 불쑥 말했다.

"보인턴 노부인이 정신병원에 있지 않은 것이 유감이네요."

제라르가 고개를 저었다.

"아니, 노부인의 자리는 실패자들 틈이 아니에요. 그보다 더 나쁜 상황이지요. 성공했으니까요! 그녀는 자신의 꿈을 이룬 겁니다."

새라가 몸서리를 치더니 흥분해서 소리쳤다.

"그런 일이 있어서는 안 돼요!"

7장

새라는 캐럴 보인턴이 과연 그날 밤 약속을 지킬지 어떨지 몹시 궁금했다.

캐럴이 오지 않을 거라는 생각이 더 강했다. 그날 아침 그녀를 믿을 듯 하다가 예민한 반응을 보였던 캐럴을 떠올려 보면 그럴 것만 같았다.

그래도 푸른색 새틴 가운을 걸치고 작은 알코올 램프를 꺼내고 물을 끓이면서 나름대로 캐럴을 맞을 준비를 했다.

캐럴이 올 거라는 생각을 포기하고 잠자리에 들려는 순간 새벽 1시. 방문을 두드리는 소리가 났다. 문을 열자 캐럴이 있었다. 새라는 캐럴이 들어올 수 있게 얼른 뒤로 물러섰다.

캐럴이 숨을 헐떡이며 말했다.

"벌써 잠자리에 든 건 아닌가 걱정했어요."

새라는 자연스럽게 행동하려고 애썼다.

"아, 아니에요. 기다리고 있었어요. 차 좀 들겠어요? 랩상 소우총*이 좀 있어요."

새라가 컵을 들고 왔다. 캐럴은 들어올 때부터 계속 불안해 하고 자신감이 없어 보였다. 그러다가 컵과 비스킷을 받아들자 좀 차분해졌다.

"재미있지 않아요?"

새라가 웃으면서 말했다.

캐럴이 약간 놀란 표정을 지었다.

"예, 그런 것 같기도 하네요."

캐럴의 대답은 확신이 없었다.

"학교에서 종종 열던 한밤중의 파티 같은 기분이 들어요. 학교에 다녀 본 적은 있나요?"

캐럴이 고개를 저었다.

"없어요. 집을 떠나 본 적도 없는걸요. 대신 가정교사가 있었어요. 여러 명이요. 다들 조금 가르치다 그만두었지만요."

"집을 떠난 적이 전혀 없어요?"

"없어요. 전 언제나 집에만 있었어요. 이번 해외여행이 첫 나들이예요."

새라가 태연하게 말했다.

---

* 중국 후지엔성 원산의 차.

"그렇다면 대단한 모험이었겠네요."

"그랬어요. 정말이지 꿈만 같았어요."

"어머니가, 의붓어머니가 해외여행을 가겠다고 결심한 동기가 뭐였을까요?"

보인턴 노부인에 대한 이야기를 꺼내자 순간 캐럴이 움찔했다. 새라가 얼른 말했다.

"나는 의사 과정을 밟고 있어요. 의학사 학위를 얼마 전에 받았지요. 연구 사례로 어머니, 그러니까 의붓어머니에게 관심이 많아서요. 내가 보기에 어머니는 분명 병적인 상태로 보였거든요."

캐럴이 새라를 바라보았다. 그것은 분명 뜻밖이라는 표정이었다. 물론 새라가 한 말 속에는 의도가 담겨 있었다. 새라는 보인턴 노부인이 캐럴의 가족에게 혐오스럽지만 강력한, 일종의 우상으로 비친다는 사실을 깨닫고 있었다. 새라의 목적은 캐럴의 마음에서 노부인의 무서운 면을 지워 내는 것이었다.

"내가 생각하기에 어머니는 일종의 병이에요. 사람들을 휘어잡아야 한다는 일종의 과대망상증 같은 것이죠. 그런 사람들은 아주 독재적이고 모든 것이 자기 뜻대로 움직여야 한다고 생각하기 때문에 다루기가 매우 힘들어요."

새라가 자신의 생각을 덧붙이자 캐럴이 컵을 내려놓았다.

"오, 이렇게 이야기를 할 수 있어서 무척 기뻐요. 정말이지 오빠와 지는 아주, 그러니까 아주 이상해지고 있는 것 같았거든요. 여러 가지 면에서 몹시 흥분해 있었어요."

"외부인과 대화를 나누는 건 언제나 좋은 일이지요. 가족들 하고만 지내다 보면 지나치게 감정적이 되기 쉬워요."

이렇게 말한 새라는 무심한 표정으로 물었다.

"행복하지 않다면 집을 떠나지 그래요?"

캐럴이 화들짝 놀랐다.

"아, 안 돼요! 우리가 어떻게요? 그러니까 제 말은 어머니가 허락하지 않으실 거예요."

"하지만 어머니가 당신을 막을 방법은 없어요. 독립해도 되는 나이잖아요."

새라가 상냥하게 말했다.

"스물세 살이에요."

"그러니까요."

"하지만 그렇다 하더라도 뭘 어떻게 해야 할지 모르겠는걸요. 그러니까 어디로 가야 할지, 무엇을 해야 할지 도무지 모르겠어요."

캐럴의 목소리는 무척 혼란스럽게 들렸다.

"우리한테는 돈이 없어요."

"찾아갈 친구도 없나요?"

"친구요?"

캐럴이 고개를 저었다.

"전혀요. 전혀 없어요. 다른 사람은 아무도 몰라요!"

"집을 떠날 생각을 해 본 사람이 아무도 없었나요?"

"없어요. 없었을 거예요. 오오, 우리는 그럴 수 없어요."

혼란스러워하는 캐럴의 모습에 연민이 일었다. 새라가 화제를 바꾸었다.

"의붓어머니를 좋아해요?"

캐럴이 천천히 고개를 저었다. 그러더니 두려움에 질린 목소리로 나지막이 말했다.

"어머니를 증오해요. 오빠도 마찬가지예요. 어머니가 그냥 죽어버렸으면 좋겠다고 생각할 때가 많아요."

새라가 다시 화제를 바꾸었다.

"큰오빠에 대해 이야기해 줄래요?"

"레녹스 오빠요? 큰오빠한테 무슨 문제가 있는 것 같긴 한데 모르겠어요. 요즘은 거의 말도 안 하는 걸요. 혼자 공상에 빠져 지내는 것 같아요. 새언니가 오빠를 몹시 걱정하고 있어요."

"새언니는 좋아요?"

"예, 새언니는 다르니까요. 언제나 친절해요. 하지만 굉장히 불행할 거예요."

"오빠 때문에요?"

"예."

"결혼한 지는 얼마나 됐나요?"

"4년째예요."

"계속 그 집에서 살았고요?"

"예."

"새언니가 그런 생활을 좋아하나요?"

"아니요."

잠시 침묵이 흘렀다. 이윽고 캐럴이 입을 열었다.

"4년 전에 끔찍한 소동이 일어났어요. 아까도 말했지만 우리는 집 밖으로는 한 발짝도 못 나가요. 물론 정원에는 나갈 수 있지만 그 외에는 어디에도 못 가요. 하지만 큰오빠가 나갔어요. 밤에 몰래요. 파운틴스프링스로 갔는데 그곳 어디에 춤을 추러 갔나 봐요. 어머니가 그 사실을 알고는 불같이 화를 내셨어요. 정말 섬뜩했어요. 아무튼 그 일이 있은 후에 어머니가 네이딘 언니에게 와서 같이 지내지 않겠냐고 제안하셨어요. 네이딘 언니는 아버지 쪽으로 아주 먼 사촌이에요. 몹시 가난했는데 병원에서 간호사 실습을 받고 있었어요. 언니는 우리 집에 와서 한 달을 함께 지냈어요. 그땐 정말, 누군가 다른 사람과 함께 지낸다는 것이 얼마나 흥분되는 일인지 말로는 표현할 수 없을 정도였어요! 같이 지내는 동안 네이딘 언니와 레녹스 오빠는 서로 사랑하게 되었어요. 그러자 어머니가 계속 우리와 함께 살자며 결혼을 서두르셨고요."

"네이딘이 기꺼이 그러겠다고 했나요?"

캐럴이 머뭇거렸다.

"썩 내켜한 것 같지는 않았지만 그렇다고 크게 상관한 것 같지도 않았어요. 나중에는 벗어나고 싶어했지만요. 물론 레녹스 오빠와 함께요."

"하지만 그러지 않았어요?"

"예, 어머니가 들으려고도 하지 않으셨어요."

캐럴이 잠시 후에 말을 이었다.

"어머니는 더 이상 새언니를 좋아하지 않는 것 같아요. 새언니는 정말 재미있는 사람이에요. 하지만 무슨 생각을 하고 있는지 도통 모르겠어요. 새언니는 지니를 도와 주려고 하는데 어머니는 그걸 좋아하지 않으세요."

"지니가 동생인가요?"

"예, 지네브라가 원래 이름이에요."

"지네브라도 불행한가요?"

캐럴이 애매하게 고개를 저었다.

"지니는 좀 많이 이상해요. 도무지 모르겠어요. 예민한 편이긴 했지만 어머니가 쓸데없이 간섭을 많이 하셔서……. 그래서 더 악화된 것 같아요. 최근 들어 더 이상해졌어요. 지니 때문에 가끔 소스라치게 놀랄 때가 있는데, 지니는 자기가 뭘 하는지도 모르는 것 같아요."

"병원에는 가 봤나요?"

"아니요. 새언니는 그러고 싶어하는데 어머니가 안 된다고 하세요. 지니도 신경질적으로 소리를 지르면서 병원에는 가지 않겠다고 해요. 하지만 전 걱정이 돼요."

갑자기 캐럴이 일어섰다.

"이제 가 봐야겠어요. 이렇게 초대해 주고 이야기도 들어줘서 정말 고마워요. 우리를 아주 이상한 가족으로 생각하겠지만요."

"오, 아니에요. 사실 사람들은 모두가 조금씩은 이상하잖아요."

새라가 밝은 목소리로 말했다.

"다시 오겠어요? 원한다면 오빠를 데려와도 좋아요."

"그래도 될까요?"

"그럼요. 뭔가 비밀 계획을 꾸미는 거예요. 제라르 박사님을 소개해 줄게요. 아주 친절한 프랑스 인이랍니다."

캐럴의 얼굴이 붉게 물들었다.

"와, 정말 재미있겠어요. 어머니한테 들키지만 않는다면요."

새라가 원래 하려던 대답을 삼키고 대신 이렇게 말했다.

"어머니가 어떻게 알겠어요? 잘 자요. 내일 밤 같은 시각에 만날까요?"

"예, 좋아요. 모레는 여기 없을 것 같으니까요."

"그렇다면 내일 꼭 만나기로 해요. 잘 자요."

"예, 고마워요. 잘 자요."

캐럴은 방을 나간 뒤 발소리를 죽여 복도를 따라 걸었다. 캐럴의 방은 위층에 있었다. 방 앞에 다다라 문을 연 순간 캐럴은 소스라치게 놀라 문간에 우뚝 멈춰서 버렸다. 보인턴 노부인이 심홍색 양모 가운을 입은 모습으로 벽난로 옆 팔걸이 의자에 앉아 있었던 것이다. 캐럴의 입에서 작은 비명이 흘러나왔다.

"아!"

노부인의 검은 눈동자가 그녀의 눈동자를 뚫어져라 바라보았다.

"어디 갔다 왔니, 캐럴?"

"저는, 저는……."

"어디 갔다 왔니?

묘한 적의가 깔린, 부드러우면서도 거칠한 그 목소리를 들으면 캐럴은 언제나 이유를 알 수 없는 두려움에 빠져 가슴이 쿵쾅거렸다.

"킹, 새라 킹을 만나러요."

"어젯밤 레이먼드에게 말을 건 그 처녀 말이니?"

"예, 어머니."

"그 처녀를 또 만나기로 했니?"

캐럴의 입술이 소리 없이 달싹거렸다. 그러더니 고개를 끄덕였다. 공포, 그 지긋지긋한 공포의 파도가 거세게 일어났다.

"언제?"

"내일 밤에요."

"가서는 안 된다. 알았지?"

"예, 어머니."

"약속하는 거지?"

"예, 어머니."

보인턴 노부인이 힘겹게 자리에서 일어났다. 캐럴이 기계적으로 달려가 어머니를 부축했다. 노부인은 지팡이를 짚으며 천천히 방을 가로질렀다. 그러다 문간에 멈추어 서서 겁에 질린 캐럴을 다시 한번 돌아보았다.

"더 이상 킹 양과 이야기를 나누어서는 안 된다. 알겠니?"

"예, 어머니."

"내가 한 말을 반복해 보거라."

"더 이상 새라 킹과 이야기를 나누는 일이 없도록 하겠습니다."

"좋아."

노부인이 방을 나가 문을 닫았다.

뻣뻣이 굳은 캐럴은 방을 가로질러 침대로 갔다. 구역질이 날 것 같았다. 온몸이 나무가 된 것처럼 기분이 이상했다. 그녀는 침대에 털썩 주저앉아 부르르 떨며 눈물을 쏟아내기 시작했다.

조금 전만 해도 멋진 풍경이 펼쳐진 것 같았다. 햇빛과 나무와 꽃들이 가득한 풍경…….

그러나 지금은 다시 검은 벽들이 그녀를 둘러싸고 있는 듯했다.

8장

"잠깐 이야기 좀 할 수 있을까요?"

네이딘 보인턴이 깜짝 놀라 뒤돌아 보니 생면부지의 가무잡잡한 젊은 여자가 진지한 얼굴로 자신을 바라보며 서 있었다.

"예, 괜찮아요."

네이딘은 대답하면서도 거의 무의식적으로 그녀의 어깨 너머로 불안한 시선을 던졌다.

"저는 새라 킹이라고 해요."

"예, 그런데요?"

"이상하게 들릴지 모르겠지만 이틀 전에 당신의 시누이와 꽤 오랫동안 이야기를 나누었어요."

희미한 그림자가 네이딘 보인턴의 얼굴 위로 고요하게 일렁였다.

"지네브라와 이야기를 했다고요?"

"아니요, 지네브라가 아니라 캐럴이랑요."

네이딘의 얼굴에서 그림자가 걷혔다.

"아, 알겠어요. 캐럴이었군요."

네이딘 보인턴은 안심한 듯했지만 여전히 많이 놀란 눈치였다.

"어떻게 그게 가능했나요?"

"캐럴이 제 방에 왔어요. 밤늦은 시각에요."

네이딘의 하얀 이마 위로 가느다란 눈썹이 살짝 치켜 올라갔다. 새라는 얼마간 곤혹스러워하면서 말을 이었다.

"캐럴과 이야기를 나누었다는 게 무척 이상하게 느껴질 거예요."

"아니에요. 무척 기쁜걸요. 정말이에요. 캐럴이 대화를 나눌 친구를 갖게 되었다니 무척 기뻐요."

"우리는, 아주 편하게 대화를 나눴어요."

새라는 신중하게 단어를 고르려고 애썼다.

"그리고 다음 날 또 만나서 대화를 나누자고 했었어요."

"그랬군요."

"그런데 캐럴이 나타나지 않았어요."

"음, 그래요?"

네이딘의 목소리는 냉정했지만 뭔가 생각에 잠긴 듯했다. 그 표정은 몹시 그윽하면서도 부드러웠다. 하지만 아무 감정도 엿볼 수 없었다.

"안 왔어요. 아까 복도를 지나가기에 제가 말을 걸었더니 대답도 하지 않는 거예요. 그냥 한 번 흘끔 쳐다보고는 다시 먼 곳으로 눈길을 주며 허겁지겁 가 버렸어요."

"알겠군요."

잠시 침묵이 흘렀다. 새라는 계속해서 이야기를 나누기 힘들겠다는 생각을 했다. 이윽고 네이딘이 입을 열었다.

"정말 미안해요. 캐럴이 좀 예민한 편이라서요."

다시 침묵이 흘렀다. 새라는 또 한 번 용기를 냈다.

"보인턴 부인, 저는 의사가 되기 위한 공부를 하고 있어요. 제 생각에는 캐럴이 다른 사람들로부터 스스로를 차단하지 않았으면 좋겠어요."

네이딘 보인턴이 생각에 잠긴 눈빛으로 새라를 쳐다보았다.

"그렇군요. 의사로군요. 그래서 뭔가 달랐군요."

"제 말뜻을 아시겠어요?"

네이딘이 머리를 옆으로 살짝 기울였다. 여전히 생각에 잠겨 있는 듯했다.

"물론 당신 말이 맞아요."

잠시 침묵이 흘렀다.

"하지만 어려움이 좀 있어요. 시어머니는 건강이 나쁘신 데다 나로서는 이렇게밖에 표현할 수가 없는데 외부인들이 식구들 틈에 끼어드는 것을 병적으로 싫어하세요."

새라가 참을 수 없다는 듯 말했다.

"하지만 캐럴은 다 자란 성인이잖아요."

네이딘 보인턴이 고개를 내저었다.

"아, 그렇지 않아요. 몸은 그렇지만 정신은 아니에요. 대화를 나누었다면 눈치 챘을 텐데요. 위급한 상황에 부딪치면 언제나 겁에 질린 아이처럼 행동해요."

"그래서 그런 행동을 한 거라고요? 그러니까 겁에 질려서요?"

"시어머니가 캐럴에게 당신과는 한 마디도 하지 말라고 다그쳤을 거 같군요."

"캐럴이 그 말에 굴복했고요?"

네이딘 보인턴이 조용한 목소리로 말했다.

"다르게 행동할 거라 생각하는 건 아니겠죠?"

두 사람의 눈이 마주쳤다. 새라는 이 평범한 대화의 이면에 서로 통하는 것이 있음을 느꼈다. 네이딘은 자신의 가족이 처한 상황을 제대로 파악하는 것 같았다. 하지만 대화를 계속 나눌 마음이 없는 것은 분명했다.

새라는 실망감을 느꼈다. 지지난밤만 해도 이 싸움의 절반은 이긴 거나 다름없어 보였다. 비밀 회합을 통하여 캐럴에게, 그리고 레이먼드에게 반항 정신을 불어 넣으려고 했다. 이쯤에서 좀 더 솔직해지자면 새라가 줄곧 마음에 품었던 사람은 레이먼드가 아니었던가? 그런데 수치스럽게도 바로 1라운드에서 사악하고 심술궂은 눈빛을 가진 비대한 몸뚱이의 여자에게 패배하고 만 것이다. 캐럴은 싸워 보지도 못하고 항복하고 말았다.

"뭔가 굉장히 잘못돼 있어요!"

새라가 소리쳤다.

네이딘은 대답하지 않았다. 그 침묵 속에서 새라는 자신의 심장을 짚어 주는 차가운 손길을 느꼈다.

'이 여자는 절망에 대해 나보다 훨씬 많이 알고 있어. 그 속에서 살아왔으니까!'

엘리베이터 문이 열렸다. 보인턴 노부인이 나타났다. 한쪽은 지팡이를 짚고 있었고 다른 한쪽은 레이먼드의 부축을 받고 있었다.

새라가 약간 놀란 표정을 지었다. 노부인의 시선이 재빨리 새라에게서 네이딘으로, 다시 새라에게로 옮겨 왔다. 새라는 그 눈동자에 미움과 혐오의 눈빛이 서려 있을 것이라고 생각했다. 하지만 그 순간 노부인의 눈동자에 떠돌던 눈빛, 그 눈빛에는 승리와 적의에서 나온 희열이 풍겨 나왔다. 예상치 못한 눈빛이었다. 새라는 돌아섰다. 네이딘이 앞으로 걸어가 그들 두 사람을 맞았다.

"거기 있었구나, 네이딘. 나가기 전에 잠시 앉아 쉬어야겠구나."

보인턴 노부인이 말했다.

그들은 등받이가 높은 의자에 노부인을 앉혔다. 네이딘이 그 옆에 앉았다.

"방금 누구와 이야기를 나누었니?"

"킹 양이라고 하던데요."

"오, 그랬구나. 요전 날 레이먼드에게 말을 걸던 그 아가씨 말이구나? 레이먼드, 가서 인사라도 하고 오지 그러니? 저쪽 테이블 가까이에 있는데……."

레이먼드를 바라보며 노부인은 입가에 적의를 띤 미소를 떠올렸다. 레이먼드의 얼굴이 붉어졌다. 그러고는 고개를 돌리고 무슨 말인가 중얼거렸다.

"뭐라고 했니, 레이먼드?"

"그녀와 이야기하고 싶지 않아요."

"그러고 싶지 않다고? 그럴 줄 알았다. 저 아가씨한테 말을 걸어서는 안 된다. 아무리 그러고 싶더라도 말이다!"

노부인이 갑자기 씨근거리며 기침을 시작했다.

"난 이 여행이 무척 즐겁구나, 네이딘. 세상 그 무엇과도 바꾸지 않을 만큼 즐겁단다."

"그러세요?"

네이딘이 아무 감정 없이 대답했다.

"레이먼드."

"예, 어머니?"

"저쪽 구석에 있는 테이블에 가서 편지지 한 장만 가져다 주겠니?"

레이먼드가 고분고분 테이블로 걸어갔다. 네이딘이 고개를 들었다. 네이딘은 레이먼드가 아니라 노부인을 쳐다보았다. 몸을 앞으로 숙인 노부인의 콧구멍이 희열감에 빠진 듯 넓어졌다. 레이먼드가 새라의 거의 바로 옆을 스쳐지나갔다. 고개를 든 새라의 얼굴에 순간 희망의 빛이 떠올랐다. 그러나 그가 그녀를 지나쳐 편지지만 집어든 채 다시 실내를 가로질러 돌아가 버리자 희망의 빛이 사라졌다.

레이먼드가 다시 가족에게 돌아왔을 때 그의 이마에는 땀방울이 흐르고 있었고 얼굴은 하얗게 질려 있었다.

보인턴 노부인이 그의 얼굴을 쳐다보며 몹시 부드러운 목소리로 말하려 했다.

"아……."

그 순간 노부인은 네이딘의 시선이 자신에게 붙박여 있다는 것을 느꼈다. 그러자 갑자기 화가 솟구치는지 이렇게 말했다.

"오늘 아침에는 코프 씨가 보이지 않는구나."

네이딘이 눈을 아래로 뜨고 감정이 실리지 않은 부드러운 목소리로 대답했다.

"모르겠어요. 아직 보이지 않네요."

"나는 그 사람이 마음에 들더구나. 아주 마음에 들어. 그 사람을 좀 더 자주 만나고 싶은데……. 너도 그게 좋겠지?"

"예, 저도 좋은 사람이라고 생각해요."

"레녹스한테는 요새 무슨 일이 있니? 생기가 없고 조용한게…… 너와는 별 문제 없는 게지?"

"아, 없어요. 무슨 문제가 있겠어요?"

"그게 궁금했거든. 결혼한 부부들이 언제나 사이가 좋은 건 아니니까 말이다. 너희들, 따로 나가 사는 건 어떻겠니?"

네이딘은 대답하지 않았다.

"네 생각을 말해 보렴. 마음에 안 드니?"

네이딘이 고개를 내저었다. 그런 다음 가만히 웃으며 말했다.

"어머님 마음에 안 드실 것 같은데요."

보인턴 노부인의 눈꺼풀이 바르르 떨렸다. 그러더니 독침을 쏘듯 날카롭게 말했다.

"너는 언제나 내 말을 거스르는구나, 네이딘."

네이딘이 침착하게 대답했다.

"그렇게 생각하셨다니 죄송하네요."

노부인은 다시 지팡이를 움켜잡았다. 얼굴의 자줏빛 음영이 더욱 짙어졌다. 하지만 곧 말투를 바꾸며 이렇게 말했다.

"약병을 잊었구나. 좀 갖다 주겠니, 네이딘?"

"그럼요."

네이딘이 일어서서 라운지를 가로질러 엘리베이터로 걸어갔다. 보인턴 노부인은 그 뒷모습을 쳐다보았고 레이먼드는 생기를 잃은 비참한 눈빛으로 그저 힘없이 의자에 앉아 있었다.

네이딘은 위층으로 올라가 복도를 따라 걸었다. 스위트룸의 거실로 들어서자 레녹스가 창가에 앉아 있는 모습이 보였다. 책을 들고 있었지만 읽지는 않고 있었다. 그는 네이딘을 보고는 그제야 생각에서 깨어나며 말했다.

"무슨 일이야, 여보?"

"어머니 약을 가지러 왔어. 깜박 잊고 오셨대."

그녀는 보인턴 노부인의 침실로 들어갔다. 세면대에 놓인 커다란 약병을 들고 복용량을 조심스레 측정해서 작은 병에 담고는 물을 채웠다. 그런 다음 다시 거실을 지나가다 잠시 멈추어 섰다.

"여보."

잠시 침묵이 흐른 뒤 대답이 흘러나왔다. 그녀의 말이 아주 먼 곳을 여행한 뒤 그제야 그곳에 다다른 듯…….

"미안해, 여보. 뭐라고 했지?"

네이딘 보인턴은 약병을 조심스레 테이블 위에 내려놓았다. 그런 다음 레녹스에게 다가가 그의 옆에 섰다.

"여보, 햇빛을 봐. 저기 창문 밖을. 활기찬 인생을 봐. 아름답지 않아? 우리도 저 밖으로 나갈 수 있어. 안에 갇힌 채 창문을 통해서만 보는 게 아니라."

다시 침묵이 흘렀다. 잠시 후 그가 말했다.

"미안해. 당신은 나가고 싶어?"

네이딘이 얼른 대답했다.

"응, 나가고 싶어. 당신과 함께. 저 햇빛 속으로, 저 인생 속으로…… 그리고 우리 둘이 함께 사는 거야."

그가 의자에 앉은 채 몸을 움츠렸다. 눈동자는 쫓기는 듯 초조해 보였다.

"여보, 우리 이 이야기를 처음부터 다시 해야 해?"

"응, 그래. 나가서 어디 다른 곳에서 우리의 인생을 살아."

"어떻게? 우린 돈이 없잖아."

"돈은 벌면 돼."

"우리가 어떻게? 우리가 뭘 할 수 있어? 난 아무 교육도 받지 못했어. 자격 요건을 갖추고 교육을 받은 남자들도 지금 일거리가 없어 놀고 있다고. 우린 아무것도 할 수 없을 거야."

"우리가 생활할 돈은 내가 벌게."

"오! 여보, 당신은 간호사 실습도 끝내지 못했잖아. 희망이 없어. 불가능해."

"아니야. 절망적이고 가능한 게 없는 건 지금이야."

"당신은 지금 무슨 말을 하는지도 모르는 거야. 어머니는 우리한테 아주 잘해 주셨어. 온갖 비싼 것들도 다 사 주시잖아."

"자유만 빼고. 레녹스, 노력을 해 봐. 나와 함께 나가. 오늘 당장."

"여보, 당신은 지금 제정신이 아니야."

"아니, 난 정상이야. 지극히 정상. 난, 나 자신의 인생을 살고 싶어. 당신과 함께 햇빛 속에서. 폭군처럼 횡포를 부리고 우리를 불행하게 만들면서 희열을 느끼는 늙은 여자의 그림자에 갇혀 숨 막힌 채로 살기는 싫다고."

"어머니가 좀 독재자 같기는 해도……."

"어머니는 미친 거야! 완전히 돌았다고!"

레녹스가 부드러운 목소리로 대답했다.

"그건 사실이 아니야. 사업 수완이 정말 비상하시잖아."

"그건 그럴지도 모르지."

"그리고 이걸 알아야 해, 여보. 어머니도 영원히 사실 수는 없어. 점점 노쇠하고 있는 데다 건강도 무척 안 좋으시잖아. 어머니가 돌아가시면 아버지의 돈이 공평하게 나누어질 거야. 당신도 기억하고 있지? 우리한테 유언장을 읽어 주시던 거."

"돌아가신 다음에는…… 그때는 너무 늦을 거야."

"너무 늦을 거라고?"

"행복해지기에는 너무 늦을 거라고."

레녹스가 중얼거렸다.

"행복해지기에는 너무 늦는다……."

그가 갑자기 몸서리를 쳤다. 네이딘이 가까이 다가가 그의 어깨에 손을 얹었다.

"레녹스, 당신을 사랑해. 이건 나와 어머니 사이의 전쟁이야. 당신은 어머니와 나 중 누구 편을 들 테야?"

"당신 편을 들어야지. 단연코 당신 편이지!"

"그럼 내가 하자는 대로 해."

"그건 불가능해."

"아니, 불가능하지 않아. 생각해 봐, 여보. 우린 아이를 가질 수도 있고……."

"어머니도 우리가 아이를 갖기를 바라시잖아. 그렇게 말씀하셨어."

"알아. 하지만 난 당신이 자라 온 이 그림자 세상에서 아이를 낳아 키우고 싶지는 않아. 어머니가 당신한테는 영향력을 발휘할지 모르지만 나한테도 그럴 순 없을 거야."

레녹스가 작은 소리로 말했다.

"당신은 가끔 어머니를 화나게 하지. 하지만 여보, 그건 현명한 일이 아니야."

"어머니가 화를 내는 건 나한테 영향력을 행사할 수 없고 내 생각을 지배할 수 없기 때문이야."

"당신이 어머니에게 공손하고 상냥한 건 알아. 당신은 훌륭해. 나한테는 과분하고…… 언제나 그랬지. 당신이 나와 결혼한다고 했을 때 그건 믿기 어려운 꿈이 이루어진 거라고 생각했어."

네이딘이 조용히 말했다.

"당신과 결혼한 건 잘못이었어."

레녹스가 절망적으로 말했다.

"그래, 당신이 잘못한 거야."

"내 말뜻을 이해하지 못하는군. 내 말은 그때 내가 당신한테 따라오라고 했다면 당신이 그 집을 나왔을 거라는 말이야. 그래, 그때 나는 당신이…… 그때만 해도 나는 당신 어머니를, 당신 어머니가 원하는 것이 뭔지 이해할 만큼 현명하지 못했어."

네이딘이 잠시 말을 멈춘 뒤 다시 이었다.

"나와 함께 집에서 나가는 게 싫어? 억지로 그런 마음이 들게 만들 수는 없겠지. 하지만 나는 자유롭게 떠나고 싶어! 난, 난 떠날 거야……."

레녹스가 믿기지 않는 눈길로 그녀를 쳐다보았다. 처음으로 그의 대답이 지체 없이 튀어나왔다. 느리게 흐르던 생각의 흐름이 마침내 속도를 내기 시작한 것 같았다. 그는 더듬거리며 말했다.

"하, 하지만 당신은 그렇게 할 수 없어. 어, 어머니가 허락하시지 않을 거야."

"어머니가 나를 막을 수는 없어."

"당신은 돈이 없잖아."

"돈은 벌면 돼. 안 되면 빌리거나 구걸하고, 그것도 안 되면 훔치고. 봐, 레녹스. 어머니가 나한테는 아무런 힘도 발휘할 수 없어! 떠나든 머물든 내 마음이야. 이런 생활은 이제 지긋지긋해. 견딜 만큼 견뎠어."

"여보, 나를 떠나지마. 나를 떠나지마……."

네이딘은 생각에 잠긴 듯 조용하게, 종잡을 수 없는 표정으로 레녹스를 쳐다보았다.

"나를 떠나지 마, 여보."

그가 어린 아이처럼 말했다. 네이딘은 고뇌의 눈빛을 들키지 않으려는 듯 고개를 돌렸다.

잠시 후 네이딘은 그의 옆에 무릎을 꿇었다.

"그렇다면 나와 함께 가. 같이 가! 당신도 할 수 있어. 마음만 먹으면 충분히 그럴 수 있어!"

그가 다시 몸을 움츠렸다.

"난 못해. 할 수 없어. 난 용기가…… 하느님, 저를 도와……. 난 용기가 없어……."

9장

제라르 박사는 메서스캐슬 여행사 사무소로 들어갔다. 새라가 이미 와 있었다.

그녀가 고개를 들었다.

"아, 안녕하세요. 페트라로 가는 일정 때문에요. 박사님도 가신다고 들었는데……."

"그래요. 나도 갈 수 있을 것 같아요."

"정말 잘 됐어요."

"일행이 많다고 하던가요?"

"여자가 두 명 더 있다고 하네요. 박사님과 저까지 해서 네 명이니 한 차로 가면 될 거예요."

"아주 즐거운 여행이 되겠군요."

제라르가 목례를 하며 말했다. 그러고는 볼 일을 보기 시작했다.

얼마 후 제라르는 편지를 들고 여행사에서 나가는 새라와 합류했다. 상쾌하고 화창한 날이었지만 알싸한 한기가 스며 있었다.

"보인턴 가족에 대한 새로운 이야기는 없나요?"

제라르가 물었다.

"글쎄요. 사흘 동안 베들레헴과 나사렛, 그리고 다른 곳들을 둘러보느라 이곳에 없었거든요."

새라가 천천히, 다소 내키지 않는 표정으로 그동안 접촉을 시도하다가 실패한 이야기를 들려 주었다.

"아무튼 제가 실패했어요. 그리고 그 사람들, 오늘 떠난대요."

"어디로 간답니까?"

"모르겠어요."

새라는 뿌루퉁한 표정으로 말을 이었다.

"어쩐지 제가 바보가 된 것 같아요."

"어째서요?"

"다른 사람들의 일에 괜히 끼어든 기분 같은 거요."

제라르가 어깨를 으쓱했다.

"그건 견해차라고 볼 수 있어요."

"그러니까 다른 사람의 일에 개입하느냐 마느냐 하는 거요?"

"그렇지요."

"박사님은 어떤 쪽이세요?"

제라르가 흥미롭다는 표정을 지었다.

"다른 사람의 일에 주로 개입하는 편이냐 아니냐 하는 질문인가요? 솔직히 말하면, 아닙니다."

"그러면 제가 참견하려 했던 것도 잘못이라 생각하시겠군요?"

제라르가 진지한 목소리로 얼른 대답했다.

"아니, 그런 말이 아니라, 그건 오해예요. 그건 뭐라 말할 수 없는 문제로군요. 뭔가 잘못된 것을 바로 잡으려 시도해야 한다는 문제는 그리 간단한 게 아니에요. 개입하는 것이 좋을 수도 있지만 막대한 해를 끼칠 수도 있어요. 그 문제에 대해 명확한 판정을 내리는 건 불가능해요. 어떤 사람들은 개입에 있어서 천재성을 보입니다. 아주 훌륭히 수행해 내지요! 그러나 서투르게 개입해서 내버려 둔 것만도 못한 결과를 낳는 사람도 있어요! 또 나이라는 문제도 고려해야 해요. 젊은 사람들은 자신의 이상과 확신에 대해 용기가 있어요. 실제보다 이론에 더 가치를 둡니다. 하지만 사실 이론과 실체는 모순적일 수도 있잖아요? 그들은 그걸 아직 경험하지 못했어요. 그러나 스스로에 대한 확신과 자신의 일이 정당하다는 신념만 있다면 그러한 모순이 있음에도 굉장히 가치 있는 결과를 가져 올 수도 있지요. 부수적으로 상당한 정도의 해로움을 끼치는 경우도 많지만! 반면 중년에 이르면 경험이 쌓이기 때문에 해로움도 이로움만큼 크다는 사실을, 어쩌면 더 클 수도 있다는 사실을 알게 됩니다. 그래서 현명하게도 개입하고 싶은 마음을 자제하는 거예요. 결과적으로는 공평해요. 진지한 젊은이는 해로움과 이로움을 모두 끼칠 수 있는 반면, 신중한 중년은 아무런 영향도 미치지 않으니까요."

"전부 그다지 도움이 안 되는군요."

새라가 반박했다.

"과연 누군가가 다른 누군가에게 도움이 될 수 있을까요? 하지만 그건 당신의 문제이지 내 문제는 아닌 것 같군요."

"그러니까 박사님은 보인턴 가족에 대해 아무것도 하지 않으실 거라는 말씀이시죠?"

"그래요. 나로서는 성공 가능성이 없을 것 같으니까요."

"그렇다면 저한테도 없겠네요?"

"새라 씨라면 있을 수도 있지요."

"왜 그렇죠?"

"당신에게는 특별한 장점이 있어요. 젊음과 성적 매력 말이지요."

"성적인 매력이라고요? 아, 알겠어요."

"모든 것은 언제나 성적인 문제로 돌아가게 돼 있어요. 그렇지 않은가요? 여동생에게 실패했다고 해서 오빠에게도 실패하라는 법은 없어요. 당신이 방금 나한테 들려 준 이야기, 캐럴이 들려 주었다는 이야기 말이에요. 그건 보인턴 노부인의 독재에 대한 가장 분명한 위협의 하나로 보이네요. 장남인 레녹스도 혈기가 넘칠 때는 노부인의 말을 거역했다면서요. 집에서 몰래 빠져나와 댄스클럽에 춤을 추러 간 거 말이에요. 짝을 찾고자 하는 남자의 욕망은 최면적인 주문보다 더 강한 법이죠. 하지만 노부인은 성의 위력을 아주 잘 알고 있었나 보네요. 아마 간수로 일하면서 그 위력을 깨달았겠지요. 그래서 그 문제를 아주 영악하게 해결한 겁니다. 예쁘고 가난한 아가씨를 집 안에 끌어들여 결혼을 시키고…… 그렇게 해서 또 한 명의 노예를 만들려 했겠죠."

새라가 고개를 저었다.

"젊은 보인턴 부인이 그 노부인이 노예라고 생각되지는 않아요."

제라르가 동의했다.

"맞아요. 아닐 겁니다. 아마 유순하고 말없는 아가씨라 노부인이 그 의지력과 성격을 과소평가했던 것 같아요. 상황을 제대로 파악하기에는 그 당시의 네이딘은 너무 어리고 미숙했어요. 지금은 그 상황을 올바로 파악했지만 너무 늦어 버렸고요."

"네이딘이 희망을 버렸다고 생각하세요?"

제라르가 애매한 표정으로 고개를 저었다.

"다른 생각을 품고 있다 해도 아무도 알아채지 못하겠지요. 하지만 보다시피 코프 씨가 관여되어 있으니 가능성은 있어요. 남자는 본능적으로 질투의 동물이거든요. 질투는 강력한 힘이에요. 레녹스 보인턴이 현재 빠져 있는 무기력한 상태에서 깨어날 가능성은 아직 있어요."

"그렇다면 박사님은……."

새라는 일부러 목소리를 사무적이고 딱딱하게 바꾸었다.

"제가 레이먼드를 바꾸어 놓을 수도 있다고 생각하시는 건가요?"

"그래요."

새라가 한숨을 쉬었다.

"전 시도해 본 것 같은데요. 아무튼 지금은 너무 늦어 버렸어요. 그리고 그 생각이 마음에 들지도 않고요."

제라르가 흥미롭다는 표정을 지었다.

"그건 당신이 영국인이기 때문 아닐까요? 영국인은 성에 대해 콤플렉스를 갖고 있잖아요. 대체로 성은 '별로 좋지 않은 것'이라고 생각하지요."

새라가 화난 반응을 보였지만 제라르는 물러서지 않았다.

"그래요, 그래요. 당신은 아주 현대적인 여성이에요. 사전에서 찾아낼 수 있는 가장 노골적인 단어도 거리낌 없이 말할 수 있을 정도로요. 당신은 현대적인 여성일 뿐만 아니라 아무 구속도 받지 않을 여성이지요. 투 드 멤므(그래도) 당신은 당신의 어머니나 할머니와 똑같은 특징을 갖고 있어요. 얼굴색이 붉어지지 않는다 하더라도 당신 역시 부끄러움을 잘 타는 영국 여자라는 말이지요!"

"그런 말도 안 되는 소리는 들어 본 적도 없네요!"

제라르는 눈을 깜박이며 아주 평온한 음성으로 한마디 덧붙였다.

"그리고 그 점이 바로 당신의 매력이에요."

새라는 아무 대답도 하지 않았다.

제라르가 황급히 모자를 집어 올리며 말했다.

"새라 씨가 하고 싶은 이야기를 전부 꺼내 놓기 전에 얼른 가 봐야겠군요."

그러고는 호텔 안으로 서둘러 들어갔다.

새라가 그 뒤를 천천히 따랐다.

사람들이 무척 분주히 움직이고 있었다. 짐을 실은 몇 대의 차들이 떠날 채비를 하고 있었고, 레녹스와 네이딘 그리고 코프는 커다란 세단 옆에서 짐을 제대로 싣도록 지시하고 있었다. 뚱뚱한 통역은 캐럴에게 뭔지 모를 말을 쉴 새 없이 지껄이고 있었다.

새라는 그들을 지나쳐 호텔로 들어갔다.

보인턴 노부인이 두꺼운 코트로 몸을 감싼 채 의자에 앉아 떠날 때를 기다리고 있었다. 노부인을 바라보노라니 묘한 혐오감이 온몸을 훑고 지나가는 것 같았다. 그녀는 노부인이 불길한 존재, 사악함의 화신이라고 생각했더랬다.

지금은…… 구제불능이고 무익한 존재라는 생각이 스쳤다. 권력에 대한 욕망과 지배에 대한 갈망을 지니고 태어나 고작 한 가정의 폭군이 되고 말았다니! 노부인의 자식들이 지금의 자기처럼만 노부인을 볼 수 있다면…… 어리석고 쓸모없고 구제불능이고 위협적인 척하는 늙은 노부인으로, 한낱 연민의 대상으로 볼 수 있다면…… 느닷없는 충동에 사로잡혀 새라는 노부인에게 다가갔다.

"안녕히 가세요, 보인턴 부인. 즐겁게 여행하시고요."

노부인이 그녀를 쳐다보았다. 그 눈동자에는 적의와 분노가 이글거리고 있었다.

"부인은 제게 무척 무례하게 대하고 싶으셨나 봐요."

새라는 자기가 제정신인지, 도대체 어쩌자고 이런 식으로 말하는 건지 스스로도 의아했다.

"아드님과 따님이 저와 친구가 되는 것을 방해하셨는데, 그런 행동 전부가 아주 어리석고 유치하다는 생각은 안 드세요? 아마 무시무시한 괴물처럼 보이고 싶으셨나 본데…… 하지만 실제로는 구제불능이고 좀 우스꽝스럽게 보이는 것 아세요? 제가 부인 같으면 이런 어리석은 놀음 따위는 전부 집어 치우겠어요. 이렇게 말하는 제가 미우실 테지만 사실 일부러 이러는 거예요. 그래도 뭔가 마음에 남지 않을까 해서요. 부인은 지금이라도 얼마든지 즐겁게 사실 수 있으세요. 그건 부인도 아시죠? 상냥하고 친절하게 사는 것이 훨씬 더 좋잖아요. 조금만 노력하시면 얼마든지 그러실 수 있을 텐데."

잠시 침묵이 흘렀다.

보인턴 노부인은 얼어붙은 듯 꼼짝 않고 있었다. 이윽고 마른 입술을 축인 뒤 입을 열었다. 그러나 여전히 아무 말도 하지 않았다.

"말씀하세요. 말씀하시라니까요! 무슨 말씀을 하시든 저한테는 아무 상관없어요. 하지만 제가 드린 말은 잘 생각해 보세요."

새라가 다그치듯 말했다.

마침내 부드럽고 거칠한, 그러면서 폐부를 뚫을 듯한 목소리가 흘러나왔다. 하지만 그 흉악한 눈초리는 그녀가 아니라 묘하게도 그녀의 어깨 너머로 향하고 있었다. 마치 누군가 익숙한 영혼에게 말을 걸고 있는 것 같았다.

"난 절대 잊지 않아. 똑똑히 기억해 둬. 난 지금껏 아무것도 잊은 적이 없어. 어떤 행동도, 어떤 이름도, 어떤 얼굴도……."

노부인의 말 자체에는 별 다른 뜻이 없었지만 그 목소리가 뿜어내는 악의에 깜짝 놀라 새라는 한 걸음 주춤 물러섰다. 그러자 보인턴 노부인이 웃기 시작했다. 분명 누가 들어도 섬뜩한 웃음소리였다. 새라는 어깨를 으쓱하며 말했다.

"정말 가엾은 분이로군요."

새라가 돌아섰다. 엘리베이터로 걸어가던 그녀는 레이먼드 보인턴과 부딪칠 뻔했다. 새라가 불쑥 충동적으로 말했다.

"안녕히 가세요. 즐거운 시간 보내시고요. 언젠가 다시 만나게 되겠지요."

그녀는 그에게 따뜻하고 친근한 미소를 보낸 뒤 서둘러 그 자리를 떠났다.

레이먼드는 돌기둥이 된 것처럼 그 자리에 서서 골몰한 생각에 빠진 나머지 키 작고 콧수염을 기른 남자가 엘리베이터에서 내리려고 몇 번이나 말을 거는 것도 못 듣고 있었다.

"파르동.(실례합니다.)"

마침내 그 소리를 들었는지 레이먼드가 한 발짝 옆으로 비켜섰다.

"정말 죄송합니다. 생각을 좀 하느라고요."

캐럴이 그에게 다가왔다.

"오빠, 지니를 데려와 줄 테야? 지니가 다시 자기 방에 돌아갔거든. 곧 출발할 거래."

"알았어. 내가 지니한테 지금 당장 가야 한다고 말할게."

레이먼드가 엘리베이터로 걸어 들어갔다.

에르퀼 푸아로는 잠시 서서 그의 뒷모습을 바라보았다. 귀를 기울이고 있었던 듯 눈썹을 치켜 올리고 고개를 약간 숙인 모습이었다. 그러고는 알겠다는 듯 고개를 끄덕였다. 라운지로 걸어가면서 푸아로는 방금 노부인 쪽으로 걸어간 캐럴을 쳐다보았다.

그런 다음 지나가는 급사장을 손짓해 불렀다.

"파르동. 저기 보이는 사람들이 누구인지 말해 줄 수 있습니까?"

"보인턴 가족입니다. 미국인들이에요."

"고마워요."

제라르는 3층의 자기 방으로 돌아가던 중 엘리베이터를 타려고 걸어가는 레이먼드와 지네브라를 스쳐지나갔다. 그들이 엘리베이터에 막 올라타려는 순간 지네브라가 말했다.

"잠깐만, 오빠. 엘리베이터에서 기다려 줘."

지네브라가 달려와 모퉁이를 돌더니 지나가는 제라르를 붙잡았다. 제라르가 깜짝 놀라 고개를 돌렸다.

"잠깐만요. 꼭 해야 할 말이 있어요."

지네브라가 어느새 다가와 그의 팔을 붙잡고 있었다.

"그들이 나를 붙잡아 가려고 해요! 나를 죽이려고……. 난 그들과 같은 일행이 아니에요. 사실 내 이름은 보인턴이 아니에요."

지네브라는 허겁지겁 이야기를 계속했다. 그녀의 입에서 빠른 속도로 말이 쏟아져 나왔다.

"당신을 믿고 비밀을 알려 주겠어요. 난, 난 실은 왕족이에요! 왕위를 물려받을 상속자예요. 그 때문에 내 주위에는 언제나 적들이 깔려 있어요. 그들이 나를 독살하려고 해요. 온갖 수단을 다 써서…… 그러니 당신이 내가 달아날 수 있도록 도와 준다면……"

그녀가 말을 중단했다. 발자국 소리가 들렸다.

"지니."

지네브라는 우아하게 놀란 표정을 지으며 입술에 손가락을 대고는 제라르에게 애원의 눈빛을 보낸 뒤 뒤돌아 달려갔다.

"지금 가, 오빠."

제라르는 눈썹을 치켜 올린 채 방으로 걸어갔다. 그러고는 고개를 천천히 내저으며 미간을 찌푸렸다.

10장

페트라로 떠나는 날 아침이었다.

새라는 로비로 내려와 흔들목마처럼 생긴 코에 덩치 크고 거만해 보이는 여자를 발견했는데 이미 호텔에서 본 적이 있는 여자였다. 지금 그 여자는 호텔 출입구 바로 밖에서 차의 크기가 작다고 거세게 항의하고 있었다.

"차가 어처구니없이 작잖아요! 승객이 네 명이나 된다고요. 그리고 통역관까지지요! 그렇다면 당연히 이보다 훨씬 큰 세단으로 가야죠. 저 차를 돌려보내고 적당한 크기의 다른 차를 보내세요."

메서스캐슬 여행사의 직원이 목소리를 높여 설명을 해도 소용없었다. 직원은 그것이 언제나 이용되는 차량이고 사실 가장 편안한 차라고 말했다. 더 큰 차는 사막을 여행하기에 적합하지 않다고도 했다. 그러나 덩치 큰 그 여자는 커다란 불도저가 땅을 밀어 버리듯 큰 소리로 직원을 윽박질렀다. 그런 다음 새라에게 관심을 돌렸다.

"킹 양? 난 웨스트홀름 부인이에요. 차의 크기가 아주 부적절하다는 내 말에 동의하겠죠?"

새라가 조심스럽게 대답했다.

"차가 좀 더 크면 좋겠다는 생각에는 동감이에요."

여행사 직원은 더 큰 차를 타면 요금이 추가될 거라고 말했다.

웨스트홀름 부인이 단호하게 말했다.

"요금은 이미 계산된 거 아닌가요? 돈을 추가로 내는 건 단호히 거부하겠어요. 게다가 여행사의 안내서에는 '편안한 세단'이라고 분명히 적혀 있었다고요. 계약 조건을 확실히 지키세요."

패배를 인정한 젊은 직원은 다른 방법이 있는지 알아보겠다고 말한 뒤 시무룩하게 그 자리를 떠났다.

웨스트홀름 부인은 풍상에 찌든 얼굴로 새라를 쳐다보며 만면에 승리의 미소를 지었다. 흔들목마처럼 생긴 붉은 코가 승리감에 벌름거렸다.

웨스트홀름 부인은 영국 정계에서 매우 잘 알려진 인물이었다. 사냥과 사격, 낚시 말고는 별다른 취미가 없는 단순한 중년 신사 웨스트홀름 경은 미국 여행에서 돌아오는 길에 같은 배의 승객이었던 밴시타트 부인을 만나게 되었고, 얼마 지나지 않아 이 밴시타트 부인은 웨스트홀름 부인이 되었다. 그 후 그들의 결합은 바다 여행이 가져 올 수 있는 위험한 사례 중 하나로 인용되곤 했다. 웨스트홀름 부인은 트위드 천으로 만든 옷과 튼튼한 가죽구두를 신고서 개들을 키우고 마을 사람들을 괴롭히다가 남편을 억지로 정계에 밀어 넣었다. 그러나 부인의 그런 성품에도 아랑곳없이 웨스트홀름 경은 정치라는 것에는 전혀 관심을 보이지 않았다. 때문에 부인은 남편이 다시 취미생활로 돌아가도록 허락해 준 뒤 스스로 국회의원 선거에 나섰다. 상당한 표를 얻어 선출이 되자 웨스트홀름 부인은 활발한 정치활동을 펼쳤고 특히 국회 질의시간에 대단한 활약을 했다. 그러자 얼마 지나지 않아 그녀를 그린 만화가 등장했는데, 물론 성공의 표상으로 그려졌다. 공인이 된 그녀는 가족생활의 전통적인 가치와 여성의 복지사업에 목소리를 높였고 국제연맹의 열렬한 지지자가 되었다. 또한 농업 문제와 주택 문제, 슬럼 철거에 대해서도 강력한 의견을 제시했다. 존경도 받았지만 그만큼 미움도 샀다. 그녀가 소속된 정당이 정권을 잡게 되면 적어도 정무차관 정도는 차지할 가능성이 높았다. 당시에는 거국내각을 구성했던 노동당과 보수당의 분열에 힘입어 자유당이 정권을 쥐고 있었다.

웨스트홀름 부인은 떠나는 차를 탐탁지 않은 듯 그러나 흡족한 표정으로 바라보았다.

"남자들이란 언제나 여자들을 꺾을 수 있다고 생각한다니까요."

새라는 웨스트홀름 부인을 꺾을 수 있는 남자는 분명 대단히 용감한 남자일 거라고 생각하며 방금 호텔에서 나온 제라르 박사를 소개했다.

"귀에 익은 이름이군요."

웨스트홀름 부인이 이렇게 말하며 악수를 청했다.

"얼마 전 파리에서 샹트로 교수와 대화를 나눈 적이 있었지요. 최근에 나는 가난한 정신병자들을 어떻게 다룰 것인가 하는 문제를 강력하게 다루고 있답니다. 아주 강력하게 말이지요. 좀 더 괜찮은 차가 올 때까지 안에 들어가서 기다릴까요?"

군데군데 흰머리가 보이고 좀 멍해 보이는 조그마한 몸집의 중년 여성이 근처에 서성이고 있었는데 바로 일행의 마지막 일원인 애머벨 피어스 양이었다. 그녀 역시 웨스트홀름 부인이 펼친 보호 날개에 감싸여 라운지로 들어갔다.

"킹 양은 전문직 여성인가요?"

"얼마 전에 의학사 학위를 받았어요."

웨스트홀름 부인은 짐짓 겸손한 척하며 그녀를 칭찬했다.

"훌륭하군요. 뭔가가 이루어진다면, 내 말을 명심해 둬요, 그것을 해 낼 사람은 여성이에요."

새라는 처음으로 여성이라는 사실을 불편하게 느끼며 웨스트홀름 부인을 따라 자리에 앉았다.

기다리는 동안 웨스트홀름 부인은 이곳 대사가 예루살렘에 머무는 동안 와서 지내라고 초대했지만 그 제안을 거절했다고 말했다.

"공무로 괜히 방해받고 싶지는 않았거든요. 혼자서 조사해 볼 일도 좀 있고요."

"어떤 것들이요?"

새라가 물었다.

웨스트홀름 부인은 방해받고 싶지 않아서 솔로몬 호텔에 묵고 있다는 이야기를 다시 한 번 지루하게 늘어 놓으며 머무는 동안 호텔 운영을 더 능률적으로 할 수 있도록 매니저에게 몇 가지 제안을 했다고 덧붙였다.

"능률, 그것이 나의 슬로건이지요."

그 말은 확실히 사실인 듯했다. 15분 뒤에 과연 큼직하고 매우 편안해 보이는 차가 도착했고 웨스트홀름 부인의 지시 하에 짐이 실리자 그들은 마침내 출발했다.

첫 번째로 차를 세운 곳은 사해였다. 그들은 예리코에서 점심을 먹었다. 그런 후에 웨스트홀름 부인은 베데커 여행안내서를 들고 피어스 양, 제라르 박사, 뚱뚱한 통역과 함께 예리코 유적을 둘러보러 갔고 새라는 혼자 호텔 정원에 남았다.

새라는 머리가 조금 아팠다. 혼자 있고 싶었다. 깊은 우울감이 그녀를 억눌렀다. 뭐라 설명하기 어려운 우울감이었다. 갑자기 사지에 힘이 없어지면서 아무런 흥미도 일지 않았고, 관광을 따라 나서기도 싫었으며 일행과 어울리는 것도 시큰둥해졌다. 이 순간만큼은 이번 페트라 여행을 따라나서지 말았어야 했다는 생각까지 들었다. 비용도 만만치 않을 뿐만 아니라 지금의 마음 같아서는 전혀 재미있을 것 같지도 않았기 때문이다. 웨스트홀름 부인의 쩌렁쩌렁 울리는 목소리와 피어스 양의 쉴 새 없는 조잘거림, 그리고 반 시온주의자 통역의 울분 같은 것이 벌써부터 그녀의 신경을 긁고 있었다. 그녀의 기분을 정확히게 알고 있나는 늣한 제라르 박사의 흐뭇한 표정도 싫기는 마찬가지였다.

'지금쯤 보인턴 가족은 어디에 가 있을까? 아마 시리아로 갔거나 바알베크 아니면 다마스쿠스로 갔겠지. 레이먼드…….'

새라는 레이먼드가 지금 무엇을 하고 있을지 궁금했다. 신기하게도 그의 얼굴이 뚜렷이 떠올랐다. 그 진지함, 자신감 없는 표정, 신경과민적인 태도…….

'이런! 다시는 만나지 못할 사람들인데 왜 자꾸 쓸데없이 그 사람들이 떠오르는 걸까? 전날 노부인과 있었던 일은…… 어디서 그런 용기가 나서 다짜고짜 노부인에게 다가가 허튼소리를 쏟아 놓았던 걸까?'

다른 사람들도 그 이야기를 들었을 것이다. 웨스트홀름 부인이 근처에 있었던 것 같았다. 새라는 자기가 무슨 말을 했는지 정확히 떠올리려 애썼다. 아마도 아주 부조리하고 신경질적으로 들렸을 것이다.

'맙소사, 어쩌자고 그런 바보짓을 한 걸까!'

하지만 사실 그것은 새라 탓이라고 할 수만은 없었다. 보인턴 노부인의 탓이기도 하다. 노부인에게는 마음의 평정을 잃게 만드는 무언가가 있으니까…….

제라르 박사가 들어오더니 의자 위에 털썩 주저앉으며 뜨겁게 달아오른 이마를 쓸어 올렸다.

"휴! 그런 여자는 독살당해야 해요!"

그가 선언하듯 말했다.

새라가 깜짝 놀랐다.

"보인턴 노부인 말씀이세요?"

"보인턴 노부인요? 아니요, 웨스트홀름 부인 말이에요! 결혼생활을 그렇게 오래 했는데도 남편이 아직 그 여자를 독살하지 않은 게 놀라울 정도예요. 남편이라는 사람은 도대체 어떻게 생겨먹은 인간인지……."

새라가 웃었다.

"사냥하고 낚시하고 사격만 하는 사람이잖아요."

"심리학적으로는 아주 바람직한 일이지요! 그는 소위 하등생물을 죽이면서 자신의 욕망을 달래는 겁니다."

"아내의 활동을 매우 자랑스러워 할 거 같은데요?"

"그런 활동들이 그 여자를 멀찌감치 떼어 놓을 수 있기 때문이겠죠. 그렇다면 납득할 수 있겠군요."

제라르는 말을 이었다.

"방금 뭐라고 했나요? 보인턴 노부인? 그 여자를 독살하는 것도 아주 좋은 생각이네요. 두말 할 것 없이 그 가족의 문제를 해결할 수 있는 가장 좋은 방법이죠. 사실 독살당하는 편이 나은 여자들이 꽤 많아요. 늙고 추해진 모든 여자들 말이에요."

제라르가 심각한 표정을 짓자 새라가 웃으며 말했다.

"오, 프랑스 인들은 다들 똑같군요! 젊지 않고 매력적이지 않은 여자는 아무 쓸데없단 말인가요?"

제라르가 어깨를 으쓱했다.

"프랑스 인들이 그 점에 대해 좀 더 솔직할 뿐, 그게 다예요. 영국인들도 지하철이나 기차에서 추한 여자들에게 자리를 양보해 주지는 않을 걸요. 절대 안 그럴 거예요."

"인생이란 얼마나 우울한지……."

새라가 한숨을 지었다.

"새라 씨라면 한숨지을 까닭이 없지요, 마드무아젤."

"글쎄요. 오늘은 이것저것 가슴이 답답하네요."

"당연하지요."

"무슨 뜻인가요? 당연하다니요?"

"자기 마음 상태를 솔직하게 살펴보면 그 까닭을 쉽게 알 수 있을 거예요."

"제가 우울해진 건 같이 여행하는 일행 때문인 것 같아요. 끔찍해요. 여자들이 정말 싫어요! 피어스 양처럼 무능하고 백치 같은 여자들을 보면 정말 화가 나요. 웨스트홀름 부인처럼 유능한 사람들을 보면 더욱 화가 나고요."

"그 두 사람 때문에 화가 나는 건 어쩔 수 없는 상황인 것 같군요. 웨스트홀름 부인은 자기가 속해 있는 세상과 아주 잘 들어맞을 뿐 아니라 그 속에서 완벽히 성공하고 행복한 생활을 하고 있어요. 피어스 양은 오랫동안 보모와 가정교사를 하고 살다가 갑자기 유산을 상속받게 되어 일생의 소망을 실현하고 여행을 하게 된 거래요. 지금까지의 여행은 그녀의 기대를 충족시켜 주었다고 하더군요. 새라 씨는 지금까지의 상황으로만 보면 자신이 원하는 것을 얻는 데 실패한 셈이니 당연히 자신보다 더 성공한 사람들의 존재에 화가 나는 거지요."

새라가 침통하게 말했다.

"박사님 말씀이 맞는 것 같군요. 박사님은 사람의 마음을 정말 지독히도 정확하게 읽으세요. 제가 스스로의 마음을 자꾸 속이려 들어도 박사님이 용납하지 않으시는군요."

그 순간 다른 사람들이 돌아왔다. 통역이 그중 가장 지쳐 보였다. 얼마나 지쳤는지 암만으로 가는 도중에는 거의 아무런 설명도 늘어놓지 않았다. 유대인들에 대한 언급도 없었다. 그 점에 대해서는 모든 사람들이 감사하게 생각했다. 예루살렘에서 출발할 때부터 어찌나 유대인들의 부당함에 대해 흥분해서 지껄이던지 점점 성질이 나던 참이었기 때문이다.

이제 길은 장밋빛 색깔의 꽃들로 만발한 협죽도 덤불길을 따라 이리 꺾이고 저리 굽이치면서 요르단 위쪽으로 접어들고 있었다.

그들이 암만에 도착한 것은 늦은 오후였다. 그레코로만 양식의 극장에 잠시 들른 뒤 그들은 일찌감치 호텔로 들어갔다. 마안에 가려면 자동차를 타고 사막을 가로질러 하루 종일 달려야 했기 때문에 다음 날은 아침 일찍 출발하기로 했다.

다음 날 아침, 그들은 여덟 시가 조금 넘어서 출발했다. 말을 하는 사람은 거의 없었다. 덥고 바람 한 점 없는 날씨였다. 정오가 되자 잠시 차를 세우고 도시락을 먹었는데 정말이지 숨을 쉴 수 없을 만큼 더웠다. 타는 듯이 더운 날 좁은 공간에 네 명이 다닥다닥 붙어서 가느라 모두들 짜증이 나고 신경이 날카로워져 있었는데, 그럼에도 웨스트홀름 부인과 제라르 박사는 국제연맹에 대해 다소 짜증스러운 논쟁을 벌였다.

웨스트홀름 부인은 국제연맹의 열렬한 지지자였고 반면 제라르 박사는 국제연맹의 지출에 대해 다소 신랄한 태도를 보였다. 그들의 논쟁은 아비시니아*와 스페인에 관한 국제연맹의 입장에서 출발하여 새라는 들어 본 적도 없는 리트바니아의 국경 분쟁으로, 다시 국제연맹의 마약범죄단 진압 문제로 옮겨갔다.

"국제연맹이 엄청난 업적을 이루어 냈다는 사실은 인정해야 해요. 아주 훌륭했어요!"

웨스트홀름 부인이 딱 부러지게 말했다. 그 말에 제라르는 어깨를 으쓱했다.

"그렇게 말할 수도 있겠죠. 엄청난 비용을 지출해서 말입니다!"

"그 문제는 아주 심각해요. 마약 법안이 발효된 상황에서……."

논쟁은 계속되었다.

피어스 양이 징징거리는 목소리로 새라에게 말했다.

"웨스트홀름 부인과 함께 여행을 하다니 정말 재미있어요."

새라가 톡 쏘듯 말했다.

"그런가요?"

하지만 피어스 양은 그 신랄함을 눈치 채지 못하고 계속해서 징징거리며 행복한 표정으로 말을 이었다.

---

* 에티오피아의 옛 이름.

"신문에서 부인의 이름을 여러 번 보았거든요. 여자들이 공직 생활에 뛰어들어 그 직위를 유지하려면 정말 똑똑해야 할 거예요. 여자가 뭔가를 이루어 내는 걸 보면 언제나 기쁘다니까요."

"왜 그런데요?"

새라가 다소 공격적으로 말했다.

피어스 양의 입이 벌어지더니 약간 더듬거리며 대답했다.

"오 그건, 내 이야기는 그러니까, 그 까닭은, 음, 여자가 뭔가를 이루어 낼 수 있다는 것은 좋은 일이잖아요!"

"저는 그렇게 생각하지 않아요. 인간이 뭔가 가치 있는 것을 이루어 낼 수 있다는 사실이 좋은 거죠! 그게 남자인지 여자인지는 조금도 상관없어요. 그게 왜 중요한가요?"

"아, 네. 물론 그렇지요. 그래요, 솔직히 그런 시각에서 보자면 그렇겠네요."

그러나 피어스 양은 아직도 뭔가 동경하는 표정을 짓고 있었다. 새라가 상냥하게 말했다.

"죄송해요. 하지만 전 지금처럼 성별에 차이를 두는 걸 몹시 싫어해요. '현대 여성은 인생에 대해 철저히 능률적인 태도를 취한다.' 이런 이야기들 말이에요. 그건 조금도 사실이 아니거든요. 어떤 여자들은 능률적이지만 또 어떤 여자들은 그렇지 않잖아요. 남자들도 어떤 남자들은 감성적이고 생각이 뒤죽박죽이지만 또 어떤 남자들은 똑똑하고 논리적이고요. 단지 두뇌가 다를 뿐이에요. 성은 직접적인 관련이 있을 때만 중요한 거고요."

피어스 양은 성이라는 단어를 듣자 살짝 얼굴을 붉히며 재빨리 화제를 바꾸었다.

"그늘이 조금만 있어도 좋을 텐데……. 하지만 텅 빈 이 느낌은 정말 놀랍지 않아요?"

새라가 고개를 끄덕였다.

그랬다. 그 공허함은 정말 경이로웠다. 치유의 힘과 평화로움…… 진절머리나는 인간관계로 괴롭힐 사람 하나 없고…… 마음을 힘들게 하는 걱정거리도 없었다! 그녀는 마침내 보인턴 가족으로부터 자유로워졌다는 기분이 들었다. 자기와는 동떨어진 궤도를 그리며 사는 사람들의 인생에 개입하려는 야릇한 충동에서 드디어 벗어난 것이다. 마음이 가라앉으며 평온해졌다. 고즈넉하고 공허하고 광활한 이곳…… 사실 평화라는 것은…….

새라는 지금의 평화를 즐기기 위해 혼자 있고 싶었다. 하지만 그럴 수는 없는 노릇이었다. 웨스트홀름 부인과 제라르 박사는 마약에 대한 토론을 끝냈는지 이제는 흉악한 방법으로 아르헨티나 카바레에 팔려가는 순진한 젊은 여자들에 대한 토론을 벌이고 있었다. 제라르 박사는 대화를 나누는 내내 가벼움을 유지했고, 유머 감각이라고는 조금도 갖지 못한 전형적인 정치가 웨스트홀름 부인은 그 가벼움을 개탄스럽게 여겼다.

"이제 출발해도 될까요?"

흑인의 피가 섞인 뚱뚱한 통역이 이렇게 말한 뒤 유대인들의 부당함에 대해 다시 열변을 늘어 놓기 시작했다.

마침내 마안에 다다랐을 때는 해가 지기 대략 1시간 전이었다. 험상궂은 표정의 이방인들이 그들이 탄 차 주위로 몰려들었다. 그들은 잠시 차를 세웠다가 다시 출발했다.

광활히 펼쳐진 사막의 땅을 둘러보며 새라는 페트라의 바위 성채가 도대체 어디 있다는 것일까 싶어 당혹스러웠다. 수십 킬로미터 멀리까지 내다보이는 곳이었지만 어디를 둘러보나 산 하나 언덕 하나 보이지 않았다. 그렇다면 목적지는 아직도 한참이나 남았다는 말일까?

아인무사 마을에 도착한 후에는 차를 두고 말로 갈아탔다. 불쌍해 보일 정도로 비쩍 마른 말들이었다. 피어스 양은 줄무늬 원피스 때문에 몹시 불편해 보였고 웨스트홀름 부인은 현명하게도 승마용 반바지를 입고 있어서 괜찮기는 했지만 그 몸매에 딱히 어울린다고 말하기는 힘들었다. 하지만 실용적인 복장인 것만은 분명했다.

그들은 말을 타고 돌멩이들이 듬성듬성 깔린 좁고 미끄러운 길을 따라 마을을 빠져나왔다. 지면이 고르지 못한 탓에 말들은 지그재그로 걸었다. 이제 막 해가 지려는 참이었다.

새라는 무덥고 길었던 자동차 여행 때문에 몹시 지쳐 있었다. 머리가 어질어질했다. 말을 타면서도 꿈속 같은 기분이 들었다. 나중에는 발 앞에 지옥의 구덩이가 입을 벌리고 있는 것처럼 느껴졌다. 길은 자꾸만 아래로 아래로 구불구불 내려갔다. 주위에는 바위들이 솟아 있었다. 아래로 아래로 구불구불한 대지의 창자를 따라 붉은 벼랑의 미로 속으로 들어가자 이제는 벼랑이 양 옆에 우뚝 솟아 있었다. 새라는 숨이 막혀 오는 것 같았다. 점점 좁혀지는 골짜기가 자신을 위협하는 것처럼 느껴졌다.

새라는 혼란스러운 마음에 이런 생각까지 들었다.

'죽음의 골짜기 아래로…… 죽음의 골짜기 아래로…….'

그들은 계속해서 나아갔다. 날이 어둑해지자 선명하던 붉은 벼랑의 벽들이 흐릿해졌다. 길은 계속 이어지면서 이리저리 꺾였고, 그들은 대지의 창자에 갇히기도 하고 길을 잃기도 했다.

새라는 생각했다.

'믿을 수 없을 정도로 놀라운…… 죽음의 도시로구나.'

그러고는 후렴처럼 아까의 말을 되뇌었다.

'죽음의 골짜기…….'

이제 랜턴을 켰다. 말들은 구불구불한 좁은 길을 따라 계속해서 걸어갔다. 갑자기 널찍한 공터가 나타났다. 벼랑들이 물러나 보였다. 저만치 불빛이 무리지어 있었다.

"저기가 캠프예요!"

통역이 말했다.

말들이 아주 빠르게는 아니지만 조금씩 속도를 내기 시작했다. 워낙 먹은 것이 없어서 더 빨리 걸을 만큼 원기가 있어 보이지는 않았지만 그래도 조금은 신이 난 것 같았다. 이제 길은 자갈이 깔린 진창길로 바뀌었다. 불빛이 점점 가까워지고 있었다.

높직하게 세워진 텐트들이 벼랑 면을 등지고 줄지어 있었다. 움푹 들어간 바위 동굴들도 벼랑에 있었다.

그들이 도착하자 베두인족 하인들이 달려 나왔다.

새라는 동굴 중 하나를 올려다보았다. 누군가 앉아 있었다.

'뭘까? 우상일까? 웅크리고 앉은 듯한 저 거대한 모습은…….'

흔들리는 등불 때문에 형상이 더욱 크게 보이긴 했지만 그것은 분명 어떤 우상처럼 보였다. 미동도 없이 앉아서 그곳을 내리덮고 있는…….

그 순간 새라는 그 형상을 알아보고 소스라치게 놀랐다.

사막의 풍경이 안겨 주었던 평화의 느낌, 탈출의 느낌은 완전히 사라졌다. 새라는 자유인에서 다시 포로의 처지로 돌아왔다. 그토록 어둡고 구불거리는 골짜기를 따라 내려왔더니 그곳에는 잊혀진 사교의 교주 같은 모습으로, 온몸이 부풀어 오른 기괴한 부처의 모습으로, 보인턴 노부인이…….

보인턴 노부인이 그곳 페트라에 와 있었던 것이다.

새라는 묻는 질문에 기계적으로 대답했다. 곧바로 저녁을 먹겠느냐, 아니면 먼저 씻겠느냐? 텐트에서 잠을 자겠느냐, 아니면 동굴에서 잠을 자겠느냐?

새라는 지체 없이 대답했다. 텐트. 동굴은 생각만 해도 몸서리가 쳐졌다. 괴물처럼 앉아 있던 그 형상이 마음속에서 되살아났다. 그 여자의 어떤 점이 그토록 인간 같지 않게 보이는 것일까?

마침내 새라는 토착민 하인 한 명을 따라갔다. 그는 여기저기 덧댄 카키색 반바지 차림에 지저분한 각반을 차고 입기에 뭣한 넝마 같은 코트를 걸치고 있었다. 머리에는 토착민들이 쓰는 체피야라는 머리수건을 두르고 있었는데, 그것은 목을 가릴 수 있도록 머리에서부터 긴 천을 두른 뒤 검은색 실크를 꼬아 만든 끈으로 머리 위를 고정시킨 것이었다. 새라는 체피야를 두른 채 자랑스러운 듯 성큼성큼 걸어가는 하인을 바라보며 감탄했다. 오히려 그가 입은 유럽식 복장이 그의 몸에서 유일하게 어울리지 않고 싸구려처럼 느껴졌다. 새라는 생각했다.

'문명이란 전부 잘못된 거야…… 전부! 하지만 보인턴 노부인에게는 그렇지 않을지도 모르지! 노부인이 야만족의 세상에 살았더라면 일찌감치 죽거나 잡아먹혔을 텐데!'

새라는 너무 고단해서 신경이 예민해진 거라고 가볍게 생각했다. 뜨거운 물로 씻은 뒤 얼굴에 파우더를 바르자 다시 정신이 들었다. 침착과 냉정을 되찾을 수 있었고 좀 전에 들었던 공포심도 창피하게 느껴졌다.

새라는 작은 석유 램프의 흔들리는 불빛 속에서 흐릿한 유리에 비친 자신의 모습을 비스듬히 쳐다보았다. 그러고는 숱이 많은 검은 머리를 빗어 내렸다.

잠시 후 그녀는 텐트를 열어젖히고 아래쪽 큰 천막으로 내려갈 준비를 한 채 어두운 밤 속으로 빠져나왔다.

"여기 있었어요?"

나직하게 부르는, 어리둥절하면서 믿을 수 없다는 목소리였다.

새라가 돌아서자 레이먼드 보인턴의 눈동자가 자신을 바라보고 있었다. 몹시 놀란 눈동자였다. 눈동자에 어려 있는 무엇인가를 보자 새라는 말이 나오지 않았고 두려움까지 느껴질 정도였다. 믿을 수 없이 기쁘다는 표정…… 마치 천국을 본 것처럼 놀라고 얼떨떨

한, 그러면서도 고마움이 담긴 겸허한 표정이었다! 새라는 그 표정을 평생 잊을 수 없을 것 같다고 생각했다. 문득 고개를 들어 보니 천국이 눈앞에 펼쳐져 있다면 아마…….

그가 또 한 번 말했다.

"당신이 여기……."

낮게 울리는 그의 목소리에 새라의 마음이 움직였다. 그녀의 심장이 가슴팍에서 뒤집히는 것 같았다. 그녀는 수줍고 두렵고 겸허한 마음이 들면서도 순간 오만하게도 벅찬 기쁨이 느껴졌다. 그녀가 짤막하게 대답했다.

"예."

레이먼드가 가까이 다가왔다. 여전히 어리둥절하고 반쯤은 믿을 수 없다는 표정이었다.

순간 그가 갑자기 새라의 손을 잡았다.

"당신이 맞군요. 정말 당신이군요. 처음에는 환영이 아닌가 했습니다. 당신을 너무 많이 생각하다 보니 헛것을 본 건 아닌가 싶었답니다."

그가 잠시 말을 멈추었다.

"사랑합니다. 그러니까…… 기차에서 만난 순간부터 사랑하고 있었어요. 이제야 그걸 깨달았어요. 그러니까 당신도 알아 주면 좋겠어요. 그 모습은, 그렇게 제멋대로 행동한 건 원래의 내 모습이 아니라는 것을요. 알겠지만 지금도 난 내 말에 책임을 지지 못해요. 어떤 행동을 하게 될지 모르겠어요. 당신을 그냥 스쳐지나가 버릴지도 모르고 무시해 버릴지도 몰라요. 하지만 이것만은 알아 주세요. 그런 행동을 하는 건 내가 아니라는 걸, 내 본 모습이 아니라는걸요. 정신력 때문이에요. 정신력을 믿을 수가 없어서 …… 어머니가 뭐라고 하시기만 하면 그 말에 따르고 말아요! 내가 그런 건 다 정신력이 부족해서 그런 거예요. 이해해 주겠어요? 경멸하고 싶다면 그래도 좋아요."

새라가 그의 말을 가로막았다. 그녀의 목소리는 나직했고 뜻밖에도 달콤했다.

"경멸하지 않아요."

"그래도 경멸스러운 건 사실이에요! 나도 사내처럼 행동할 줄 알아야 하니까요."

한편으로는 제라르의 충고가 작용한 것이기도 했지만 새라는 그에게 자신의 지식과 희망에서 비롯한 대답을 해 주었다.

"이제는 그럴 수 있을 거예요."

그녀의 상냥한 목소리에서 확신과 의식적인 권위가 울려 나왔다.

"그럴 수 있을까요? 어쩌면……."

레이먼드의 목소리에서 동경이 느껴졌다.

"지금부터라도 용기를 내면 돼요. 분명 그럴 수 있을 거예요."

레이먼드는 몸을 똑바로 세운 뒤 고개를 뒤로 젖혔다.

"용기라고요? 맞아요. 필요한 건 바로 그거예요. 용기만 있다면!"

순간 레이먼드가 고개를 숙이더니 새라의 손에 입술을 갖다댔다. 잠시 후 그는 그 자리를 떠났다.

12장

새라는 큰 천막으로 내려갔다. 일행은 이미 내려와 테이블에 둘러앉아 식사를 하며 통역이 이곳에 또 다른 관광객 일행이 와 있다고 알려 주는 말을 듣고 있었다.

"이틀 전에 왔답니다. 모레 떠난다는군요. 미국인 가족이에요. 그 어머니가 아주 뚱뚱해서 여기까지 오는데 무척 힘들었다는군요. 운반인들이 의자에 태워 데리고 왔다는데 정말 고역이었대요. 땀도 무척 흘렸고요. 아무렴 그랬겠지요."

새라가 순간 웃음을 터뜨렸다. 그 모습을 상상해 보니 재미있었기 때문이다.

뚱뚱한 통역이 새라를 고마운 듯 쳐다보았다. 그에게 이번 일행은 그리 편하지 않았다. 웨스트홀름 부인은 그날 하루만 해도 베데커 여행안내서를 보면서 그의 말에 세 번이나 반박했고 지금은 침대가 마음에 안 든다며 트집을 잡았다. 그러니 이루 말할 수 없을 정도로 성격이 좋아 보이는 그 한 명에게 고마움을 느낄 수밖에…….

웨스트홀름 부인이 말했다.

"아! 난 그 사람들이 솔로몬 호텔에 묵고 있을 거라 생각했어요. 하지만 도착했을 때 이미 그 노인네를 알아봤지요. 킹 양, 호텔에서 그 노부인에게 말을 거는 걸 본 것 같은데, 맞나요?"

새라가 뭔가 마음에 걸리는 듯 얼굴을 붉히며 속으로 웨스트홀름 부인이 그 대화를 엿듣지 않았기를 바랐다.

'정말 어쩌자고 그랬을까!'

새라는 은근히 신경이 쓰였다.

그러는 사이 웨스트홀름 부인이 선언하듯 말했다.

"정말이지 아무 매력도 없는 사람들이에요. 아주 촌스러워요."

피어스 양이 알랑거리며 이야기를 재촉하자 웨스트홀름 부인이 최근에 만난 흥미롭고 유명한 미국인들에 대해 이야기들을 늘어 놓기 시작했다.

한 해 중 유독 더운 날씨였기에 내일은 아침 일찍 떠나기로 일정이 잡혀 있었다.

네 사람은 여섯 시에 모여 아침을 먹었다. 보인턴 가족은 아무 데도 보이지 않았다. 웨스트홀름 부인이 과일이 없다는 사실에 대해 또 한 번 트집을 잡은 뒤, 그들은 차와 통조림 깡통에 든 우유를 마셨고 기름을 충분히 두르고 구운 계란프라이와 소금 간이 많이 밴베이컨을 먹었다.

출발한 후 얼마 지나지 않아 웨스트홀름 부인과 제라르 박사가 식단에서 비타민이 차지하는 정확한 가치와 노동자 계급의 적절한 영양 섭취에 대해 토론을 시작했는데, 특히 웨스트홀름 부인이 열변을 토했다.

그 순간 캠프에서 그들을 부르는 소리가 들리더니 한 사람이 나타났다. 네 사람은 또 한 사람을 맞이하기 위해 잠시 걸음을 멈추었다. 제퍼슨 코프가 그들을 향해 허겁지겁 달려왔는데, 그의 유쾌한 얼굴이 급하게 달려오느라 불그레하게 달아올라 있었다.

"괜찮다면 오늘 아침에는 동행하고 싶은데요. 잘 잤어요, 새라 씨? 여기서 새라 씨와 제라르 박사님을 만나게 되다니 정말 놀랍군요. 그렇지 않나요?"

손짓으로 사방에 펼쳐져 있는 환상적인 붉은 바위들을 가리키며 말하는 코프에게 새라가 말했다.

"멋지기는 하지만 약간 소름이 끼치네요. 전 언제나 이곳을 로맨틱하고 꿈같은 '붉은 장밋빛 도시'로 그려 왔거든요. 하지만 그보다 훨씬 생경스러워요. 고깃덩이처럼요."

"색깔도 그것과 거의 비슷하군요."

코프가 동의했다.

"하지만 정말 굉장하긴 하네요."

새라가 이렇게 덧붙였다.

일행은 산을 오르기 시작했다. 베두인족 가이드 두 명이 그들을 안내했다. 키가 큰 가이드들은 미끄러운 경사에도 끄떡없는 징이 박힌 부츠를 신은 채 가뿐하게 산을 올라갔다. 곧 길이 험악해졌다. 새라는 별 어려움 없이 올라갔고 제라르도 마찬가지였다. 하지만 코프와 웨스트홀름 부인은 견디기 힘든 것 같았고, 피어스 양은 가파른 곳에 이르자 안쓰럽게도 거의 들려 올라갈 정도였다. 눈은 꾹 감고 있었고 얼굴은 파랗게 질려 있었으며 계속해서 질러대는 비명 소리는 차츰 통곡으로 바뀌어 갔다.

"도저히 아래를 내려다보지 못하겠어요. 도저히…… 어렸을 때부터 그랬어요."

피어스 양은 다시 내려가겠다고 선언한 후 돌아섰는데 낯빛이 더욱 파랗게 질려 버렸다. 그러더니 결국 계속 나아가는 방법밖에 없겠다고 마지못해 결정을 내렸다.

친절한 제라르가 용기를 북돋아 주었다. 그는 피어스 양을 뒤따라가면서 막대기를 그녀와 낭떠러지 사이에 난간처럼 내밀어 주었는데 그녀는 나중에는 그것이 정말 난간이라는 느낌이 들어 현기증을 극복할 수 있었다고 고백했다.

새라는 숨을 약간 헐떡이며 통역 마무드에게 물었다. 거대한 몸집에도 불구하고 그는 전혀 힘든 기색을 보이지 않았다.

"사람들을 여기까지 데려오는 데 지금까지 아무런 문제도 없었나요? 특히 노인들 말이에요."

"문제는 언제나, 언제나 있지요."

마무드가 침착하게 말했다.

"언제나 그들을 데려가려고 하세요?"

마무드가 듬직한 어깨를 으쓱했다.

"오고 싶어하니까요. 이런 것들을 보려고 돈을 낸 사람들이잖아요. 당연히 보고 싶어하지요. 하지만 베두인 가이드들이 있으니 염려 없어요. 그들은 아주 영리한 데다 산을 오르는 데도 끄떡없어서 언제나 뒷감당을 해 준답니다."

그들은 마침내 정상에 다다랐다. 새라는 깊은 숨을 들이쉬었다.

내려다보는 곳마다 전부 핏빛처럼 붉은 바위들이 펼쳐져 있었는데 세상 어느 곳과도 견줄 수 없는 기묘하고 특이한 땅이었다. 그들은 더없이 깨끗한 아침 공기를 들이마시며 신들처럼 서서 비천한 세상을, 폭력이 난무하는 세상을 내려다보았다.

드디어 '희생 제물의 언덕', 하이플레이스에 다다랐다고 가이드가 알려 주었다. 가이드는 그들이 서 있는 평평한 바위에 파인 홈을 가리켰다.

새라는 일행으로부터, 입심 좋은 통역의 입에서 쏟아져 나오는 설명으로부터 멀찌감치 떨어져 혼자서 돌아다녔다. 그러다 바위에 앉아 숱이 많은 검은 머리를 손으로 쓸어 넘기며 발아래 펼쳐진 세상을 내려보았다. 그 순간 누군가 자기 옆에 서 있는 것이 느껴졌다. 이어 제라르 박사의 목소리가 들렸다.

"신약성서에 나오는 악마의 유혹이 얼마나 잘 들어맞는지 감상하고 있군요. 사탄이 예수를 산꼭대기로 데려가 세상을 보여주었지요. '당신이 내 앞에 엎드려 절만 하면 이 모두가 당신의 것이 될 것이

오.' 이토록 높은 곳에 서서 예수는 물질적 힘을 가진 신이 된다는 유혹에 크게 번민했겠죠?"

새라는 그렇겠다고 말은 했지만 다른 생각을 하고 있었다. 그것이 너무도 분명하게 느껴졌으므로 제라르는 약간 놀랐다.

"뭔가 다른 것을 골똘히 생각하는 모양이로군요."

"예, 맞아요."

새라가 당황한 얼굴로 그를 돌아보았다.

"이 위에서 희생양으로 제사를 드린다는 것은 참 훌륭한 생각 같아요. 가끔 생각하는 건데 희생양이라는 건 꼭 필요한 것 같아요. 그러니까 인간은 산다는 것에 너무 많은 의미를 부여하는데, 죽음이라는 것도 우리가 생각하는 것처럼 그렇게 대단한 게 아닐지도 모르지요."

"그런 생각이 든다면, 새라 씨. 우리는 의사라는 직업을 가져서는 안 될 것 같은데요. 우리 같은 사람들에게는 죽음이 언제나 적일 수밖에 없어요."

새라가 몸서리를 쳤다.

"예, 박사님 말씀이 맞는 것 같네요. 그렇지만 문제를 해결하는 방법이 죽음인 경우도 꽤 많아요. 그렇게 하는 것이 더 충만한 삶을 의미하는 것일 수도 있고……."

"온 민족이 멸망하는 것보다 한 사람이 백성을 대신해서 죽는 편이 더 낫다."

제라르가 엄숙한 목소리로 성경을 인용했다.

새라가 화들짝 놀라 그를 쳐다보았다.

"그런 뜻이 아니었어요."

새라가 말을 중단했다. 제퍼슨 코프가 걸어오고 있었다.

"이곳은 정말 굉장한 곳이에요. 정말 근사해요. 이곳을 놓치지 않은 게 정말 다행입니다. 노부인이 놀라운 분이긴 하지만, 또 여기까지 올라오겠다고 한 용기도 대단하긴 하지만 함께 여행을 하기에는 여러 가지 문제가 많다는 점을 솔직히 고백하지 않을 수가 없네요. 건강이 나쁘다 보니 다른 사람들의 감정에 대해서는 어쩔 수 없이 무심한가 봐요. 가끔은 식구들이 노부인을 빼고 돌아다니고 싶어할 텐데 그런 생각은 전혀 안 하나 봅니다. 가족 모두를 데리고 있는 것에 너무 익숙해져서 그런 생각이 안 드는 걸까요?"

코프가 말을 중단했다. 그의 선량하고 친절한 얼굴이 약간 혼란스럽고 불편해 보였다.

"제가 말입니다. 노부인에 대한 이야기를 하나 들었는데 그 때문에 몹시 혼란스러워요."

다시 혼자 생각에 빠져 들었던 새라의 귀에 코프의 목소리가 먼 데서 들리는 시냇물의 재잘거림처럼 상쾌하게 들려왔다.

제라르가 말했다.

"그래요? 어떤 이야기입니까?"

"정보를 준 사람은 티베리아스의 호텔에서 우연히 알게 된 여성인데요. 보인턴 노부인의 집에서 일하던 하녀와 관련된 일이에요. 제가 듣기로 그 하녀는……."

코프는 잠깐 말을 멈춘 뒤 새라에게 묘한 눈길을 던지고는 목소리를 낮추었다.

"그 하녀가 아이를 가졌답니다. 노부인이 그 사실을 눈치 챈 것 같았다는데 표면적으로는 상당히 친절하게 대해 줬대요. 그런데 아이가 태어나기 몇 주 전이 되자 하녀를 집에서 내쫓아 버렸다는 겁니다."

"아."

제라르의 눈썹이 치켜 올라가며 가볍게 탄식이 흘러나왔다.

"정보를 준 사람은 그 하녀의 말을 사실이라고 받아들이는 것 같았어요. 제 말에 동의하실지 모르겠지만 그건 정말 냉혹하고 잔인한 처사잖아요. 도무지 이해할 수가 없어요."

제라르가 그의 말을 가로막았다.

"이해하려고 해 보세요. 그 사건은 말할 것도 없이 보인턴 노부인에게 상당한 희열을 안겨 줬을 겁니다."

코프의 얼굴이 충격을 받은 듯했다. 그가 목소리에 힘을 주며 말했다.

"아닐 겁니다. 박사님. 그건 믿을 수가 없어요. 어떻게 그런 생각을 할 수 있단 말입니까?"

제라르가 부드러운 목소리로 전도서 구절을 인용했다.

"하늘 아래 억울한 일 당하는 사람들을 다시 살펴보았더니, 억울한 사람들이 눈물을 흘리는데 위로해 주는 사람 하나도 없더라. 억압하는 자들이 권력을 휘두르는데 감싸 주는 사람 하나도 없더라.

나는 목숨이 붙어 살아 있는 사람보다 숨이 넘어가 죽은 사람들이 복되다 여겼다. 그보다도 아예 나지 않아서 하늘 아래 벌어지는 악한 일을 보지 못하는 것이 더 좋다고 여겼……."

제라르 박사가 인용하던 구절을 멈추고 말했다.

"코프 씨, 나는 인간의 마음에서 일어나는 이상심리들을 연구하는 데 평생을 바친 사람이에요. 인생의 아름다운 면만 보는 것은 좋지 않아요. 일상의 체면치레와 관례 이면에는 이상심리들이 엄청나게 많아요. 예를 들어 잔인함 그 자체를 즐기는 경우도 있어요. 하지만 그 사실을 깨달았다 하더라도 거기에는 더 깊이 잠재된 무언가가 있습니다. 인정받고 싶다는 깊고도 측은한 욕망이지요. 그것이 방해를 받으면, 즉 자신의 불쾌한 인간성으로도 필요로 하는 반응을 얻지 못하면 다른 방법으로 돌아서게 되는데, 그 자신이 느낄 수 있어야 하고 의미 있게 여겨져야 하기 때문에 갖가지 이상하고도 도착적인 방법들에 귀착하게 되는 거죠. 다른 습성과 마찬가지로 잔인성도 길러질 수 있고 제어할 수 있는 ……."

코프가 기침을 했다.

"제라르 박사님, 조금 지나치신 거 아닙니까? 아무튼 여기 공기는 너무나 상쾌하군요."

코프가 자리를 떠났다. 제라르가 살며시 웃음을 지었다. 그러고는 다시 새라를 쳐다보았다. 약간 찡그린 새라의 표정에는 청춘 특유의 완고함이 배어 나오고 있었다. 제라르는 새라가 마치 형을 선고하는 젊은 판사 같다고 생각했다.

제라르가 돌아보자 조심조심 걸어오는 피어스 양의 모습이 보였다. 굉장히 긴장한 모습이었다.

"지금 다시 내려갈 거래요. 어쩌죠! 잘 내려갈 수 있을 것 같지 않아요. 하지만 가이드 말로는 내려가는 길은 다른 길인데 훨씬 쉽대요. 정말 그랬으면 좋겠어요. 어렸을 때부터 높은 데 올라가면 아래를 내려다볼 수 없었거든요."

내려가는 길은 폭포를 따라 나 있었다. 돌멩이가 단단히 박혀 있지 않은 곳에서는 발목을 삘 염려도 있었지만 그래도 아래가 아찔하게 내려다보이는 곳은 없었다.

캠프에 돌아온 일행은 몹시 고단했지만 기분도 상쾌했고 늦은 점심이라 식욕도 왕성했다. 2시가 지난 시각이었다.

보인턴 가족이 천막의 큰 테이블에 둘러앉아 있었다. 이제 막 점심 식사를 마친 참인 것 같았다.

웨스트홀름 부인이 그들을 보자 최대한 겸손한 태도를 취하며 상냥하게 한마디 했다.

"정말 흥미로운 아침이지요? 페트라는 참으로 멋진 곳이에요."

캐럴은 그 말이 자신을 향한 것처럼 느껴져 어머니를 슬쩍 쳐다보고는 중얼거리듯 말했다.

"아, 예. 그러네요."

그런 다음 캐럴은 다시 침묵했다.

웨스트홀름 부인은 자신의 의무를 다했다고 생각했는지 자기 앞에 놓인 음식을 먹기 시작했다.

식사를 하면서 네 사람은 오후 계획에 대해 이런저런 이야기를 나누었다.

"난 오후 내내 쉴까 해요. 한 번에 너무 과하게 움직이면 좋지 않을 것 같거든요."

피어스 양이 말했다.

"저는 여기저기 산책을 다녀 볼 생각이에요. 박사님 계획은 어떠세요?"

새라가 말했다.

"난 새라 씨와 같이 다닐까 싶은데요."

보인턴 노부인이 쟁그렁 소리를 내며 스푼을 떨어뜨리자 그 가족 모두가 벌떡 일어났다.

웨스트홀름 부인이 말했다.

"나는 피어스 양처럼 쉬는 게 낫겠어요. 30분쯤 책을 읽다가 한 시간쯤 누워서 쉴까 해요. 그 뒤에는 잠깐 산책을 해도 좋겠지요."

레녹스의 도움을 받아 보인턴 노부인이 천천히 힘겹게 일어섰다. 잠시 일어서 있는가 싶더니 노부인이 입을 열었다.

"너희도 오늘 오후에는 산책을 가는 게 좋겠구나."

뜻밖의 상냥한 말투였다.

가족의 얼굴에 떠오른 깜짝 놀란 표정은 차라리 우스꽝스러워 보일 정도였다.

"하지만 어머니는 어떻게 하시려고요?"

"잠시라면 너희가 없어도 되겠지. 혼자 앉아 책이나 보련다. 지네브라는 따라가지 않는 편이 좋겠지? 누워서 잠을 자도록 하려무나."
"어머니, 피곤하지 않아요. 저도 언니 오빠들과 함께 갈래요."
"넌 분명 피곤할 게야. 두통도 있잖니! 몸 생각을 해야지. 가서 누워 자도록 해라. 너한테 뭐가 좋은지는 내가 잘 안다."
지네브라는 고개를 들고 노부인을 반항적으로 쳐다보다가 이내 풀이 죽은 듯 시선을 떨어뜨렸다.
"어리석은 것. 어서 네 텐트로 돌아가거라."
지네브라가 무거운 발걸음으로 천막을 나오자 나머지 식구들도 그녀를 뒤따랐다.
"세상에나, 참 특이한 사람들이에요. 특히나 어머니의 피부색은 정말 이상한데요. 거의 자주색 같아요. 심장이 안 좋은 것 같은데…… 열기가 견딜 수 없는 모양이지요?"
피어스 양이 말했다.
새라는 생각했다.
'저 여자가 오늘 오후에 가족을 풀어 주려는 모양인데 레이먼드가 나와 함께 있고 싶어한다는 걸 알면서 왜 그랬을까? 덫을 놓으려는 건가?'
점심을 먹고 난 뒤 텐트로 돌아가 리넨 옷으로 갈아입고 난 다음에도 그 생각은 여전히 새라의 머릿속을 떠나지 않았다. 어젯밤 그 일이 있은 후로 새라는 레이먼드를 보호해 주고 싶은 따뜻한 열정으로 부풀어 있었다. 사랑이었다. 다른 사람을 대신하여 고통을 느끼고 어떤 희생을 치르더라도 사랑하는 사람의 고통을 물리쳐 주고 싶은 열망……. 그랬다. 그녀는 레이먼드 보인턴을 사랑하고 있었다. 성 조지와 용이 뒤바뀐 셈이긴 하지만* 이제부터는 새라가 구조자고 레이먼드가 쇠사슬에 묶인 희생자였다. 보인턴 노부인은 용이었다.

그런 보인턴 노부인이 보인 느닷없는 상냥함은 의심을 품은 새라의 눈에는 명백히 불길한 것이었다.

새라가 천막으로 내려간 것은 3시 15분경. 웨스트홀름 부인이 의자에 앉아 있었다. 한낮의 뜨거운 열기에도 불구하고 웨스트홀름 부인은 여전히 두꺼운 해리스 트위드 스커트를 입고 있었다. 무릎에는 영국심의회 보고서가 올려져 있었다. 제라르 박사는 피어스 양과 대화를 나누고 있었다. 피어스 양은 자신의 텐트 옆에서 『사랑의 탐구』라는 제목의 책을 들고 서 있었는데 겉표지에 '열정과 오해에 대한 가슴 두근거리는 이야기'라는 설명이 적혀 있었다.

"점심을 먹은 뒤에 바로 눕는 건 별로 좋은 생각 같지 않아요. 소화에 안 좋잖아요. 천막 그늘은 꽤 선선하고 상쾌하네요. 저런, 노부인이 저렇게 태양 속에 앉아 있는 게 과연 현명할까요?"

피어스 양이 말을 하자 모두들 눈앞의 암벽을 쳐다보았다. 보인턴 노부인이 지난밤처럼 동굴 입구에 꼼짝 않고 부처처럼 앉아 있었다. 그 외에는 얼씬 하는 사람도 없었다. 캠프 전체가 잠들어 있었다. 약간 떨어진 곳에서는 골짜기를 따라 보인턴 식구들이 무리 지

* 전설에 의하면 기원후 300년 연못에 살면서 사람들을 잡아먹던 용을 성 조지가 퇴치했다고 한다.

어 걸어가고 있었다.

“저 어머니도 착한 마음을 먹고 나머지 식구들끼리만 즐길 자유를 주는군요. 어쩌면 새로운 악의 발현인지도 모르지만.”

제라르가 말했다.

“저도 그렇게 생각하고 있었어요.”

새라가 동의했다.

“우리 둘 다 의심하는 마음은 어쩔 수 없나 보군요. 자, 우리도 어서 가서 저 일탈자들 틈에 끼어 봅시다.”

독서를 하겠다는 피어스 양을 남겨둔 채 제라르와 새라는 걸음을 옮겼다. 골짜기가 한 번 커브를 그리자 두 사람은 천천히 걷고 있는 보인턴 가족을 따라잡을 수 있었다. 그 순간만큼은 보인턴 가족의 얼굴에도 행복하고 근심 없는 표정이 떠올라 있었다.

얼굴 한가득 웃음을 띤 채 걷고 있는 레녹스와 네이딘, 캐럴과 레이먼드, 코프 일행에 제라르 박사와 새라가 합류하자 그들은 곧 함께 웃으면서 즐겁게 대화를 나누기 시작했다.

분위기는 금세 활기가 넘쳐 흘렀다. 모두 이 즐거운 순간을 뜻밖에 얻은 행운이라 생각하며 은밀한 기쁨을 만끽했다. 새라와 레이먼드는 같이 걷지는 않았지만 멀찍이 떨어져 걷지도 않았다. 새라는 캐럴과 레녹스와 함께 걸었고 레이먼드는 제라르 박사와 대화를 나누며 그들 뒤에 바짝 붙어 걸었다. 네이딘과 제퍼슨 코프는 약간 떨어져서 걸었디.

일행을 이렇게 나누어 걷도록 한 것은 제라르였다. 이따금 그의 목소리가 크게 울려 나왔다. 그러다 갑자기 그가 걸음을 멈추었다.

"정말 죄송합니다. 먼저 돌아가 봐야 할 것 같아요."

새라가 그를 쳐다보았다.

"어디 안 좋으세요?"

제라르가 고개를 끄덕였다.

"열이 좀 나네요. 점심을 먹은 뒤부터 계속 이러는데……."

새라가 그를 찬찬히 살펴보았다.

"말라리아가 아닐까요?"

"그런 것 같아요. 돌아가서 키니네를 먹어야겠어요. 심각한 게 아니면 좋겠군요. 콩고를 방문했던 기념인가 봅니다."

"저도 함께 갈까요?"

새라가 물었다.

"아니, 아니에요. 개인적으로 약상자를 들고 다녀요. 성가시게 이런 문제가 생겨 버렸군요. 다른 분들은 걱정 말고 어서 가세요."

제라르는 서둘러 캠프로 돌아갔다.

새라가 그 뒷모습을 바라보며 어떻게 할까 잠시 고민하다가 레이먼드와 눈이 마주치자 생긋 웃어 주었다. 그러고는 제라르 박사 일은 이내 잊어 버렸다.

캐럴, 새라, 레녹스, 코프, 네이딘, 레이먼드, 이렇게 여섯 명은 한동안 함께 걸었다.

그러다 새라와 레이먼드가 어찌어찌하다 따로 떨어져 나왔다. 그들은 계속 걷다가 바위산을 오르고 암벽선반을 따라 돌아 마침내 그늘진 장소에서 휴식을 취했다.

침묵이 흘렀다. 이윽고 레이먼드가 입을 열었다.

"이름이 뭐예요? 성이 킹이라는 건 알아요. 하지만 이름이 뭐죠?"

"새라예요."

"새라. 그렇게 불러도 될까요?"

"그럼요."

"새라, 당신에 대한 이야기를 해 주겠어요?"

바위에 등을 기댄 채 새라는 요크셔 집에서의 생활과 집에서 키우는 개들, 자신을 길러 준 친척 아주머니에 대해 이야기를 했다.

레이먼드도 그에 대한 답으로 자신의 생활에 대한 몇 가지 이야기를 순서 없이 늘어 놓았다.

그러고 나자 긴 침묵이 흘렀다. 그들은 서로의 손을 더듬었다. 그렇게 아이처럼 손을 잡고 앉아 있으려니 묘하게도 편안한 기분이 들었다.

해가 기울어지기 시작하자 레이먼드가 몸을 움찔했다.

"이제 돌아가야겠어요. 아니요, 당신과 함께가 아니라 나 혼자 돌아가고 싶어요. 가서 이야기를 하고 뭔가를 해야 해요. 그렇게 하고 나면, 내가 겁쟁이가 아니라는 것을 증명하고 나면, 그때, 그때가 되면 창피해 하지 않고 당신에게 가서 도움을 요청할게요. 난 도움이 필요할 거예요. 어쩌면 당신에게 돈을 빌려야 할지도 모르고요."

새라가 웃었다.

"당신이 현실주의자라니 기쁜걸요. 나를 믿어도 좋아요."

"하지만 우선 이 일은 나 혼자 처리해야 해요."

"무슨 일을 하려고요?"

어린 소년 같던 레이먼드의 얼굴이 갑자기 완고해졌다. 레이먼드 보인턴이 말했다.

"용기를 증명해야죠. 지금이 아니면 영원히 할 수 없을 거예요."

그렇게 말한 뒤 레이먼드는 갑자기 돌아서서 성큼성큼 가버렸다.

새라는 바위에 기대어 멀어져 가는 그의 뒷모습을 바라보았다. 레이먼의 말 속에는 확실치는 않지만 그녀를 깜짝 놀라게 한 무언가가 있었다. 그는 굉장히 격해 있었고, 너무나 진지하고 또 너무나 긴장한 것처럼 보였다. 그녀는 잠시 그와 함께 돌아갈 걸 하고 생각했다.

하지만 새라는 그런 생각을 품은 자신을 엄하게 책망했다. 레이먼드는 혼자 꿋꿋이 새로이 발견한 자신의 용기를 시험하고 싶어한 것이다. 그것은 그의 권리였다.

새라는 온 마음을 다해 그의 용기가 수포로 돌아가지 않기를 빌었다.

캠프가 보이는 곳까지 걸어왔을 무렵에는 이미 어둑어둑해져 있었다. 새라는 어슴푸레한 빛을 받으며 캠프 가까이 다가왔다. 그러자 동굴 입구에 가만히 앉아 있는 보인턴 노부인의 으스스한 모습이 눈에 들어왔다. 그 으스스한 모습, 꼼짝도 하지 않고 앉아 있는 모습을 보자 몸서리가 쳐졌다.

새라는 길을 따라 서둘러 돌아와 불을 환하게 밝힌 천막으로 들어갔다.

웨스트홀름 부인이 목에 실타래를 걸고 짙푸른색의 스웨터를 뜨고 있었다. 피어스 양은 테이블보에 엷은 푸른색의 물망초 꽃을 수놓으면서 이혼법의 올바른 개정에 대한 웨스트홀름 부인의 일장연설을 듣고 있었다.

하인들이 들락날락 저녁을 준비하고 있었고, 보인턴 가족은 천막저 끝의 접의자에 앉아 책을 읽고 있었다. 뚱뚱한 통역 마무드가 점잖게 나타나서 질책하듯이 푸념을 늘어 놓았다. 차를 마신 뒤 아주 근사한 산책 코스가 있어서 캠프에 왔더니 아무도 보이지 않았다는 이야기였는데(지금은 그 계획이 날아가 버렸지만) 아주 유익했을 나바트 건축물 답사 코스였다는 말이었다.

새라가 모두 나름대로 아주 즐거운 시간을 보냈다고 얼른 대답해 주고는 저녁을 먹기 전에 좀 씻을 생각으로 텐트로 돌아갔다. 돌아오는 길에 제라르 박사의 텐트에 잠시 들러 나지막이 불러 보았다.

"제라르 박사님."

대답이 없었다. 새라는 텐트를 걷고 안을 들여다 보았다. 제라르가 미동도 없이 침대에 누워 있었다. 새라는 그가 잠들어 있다고 생각하고는 소리 없이 빠져 나왔다.

하인 한 명이 새라에게 다가와 천막을 가리켰다. 저녁 준비가 다 된 모양이었다. 그녀는 천천히 내려갔다. 모두가 테이블에 둘러 앉아 있었지만 제라르 박사와 보인턴 노부인만이 보이지 않았다. 하인 한 명을 보내 노부인에게 저녁 식사가 다 되었다고 전하게 했다.

그 순간 바깥에서 떠들썩한 소란이 일어났다. 깜짝 놀란 두 명의 하인이 천막 안으로 뛰어 들어와 흥분한 목소리로 통역인 마무드에게 아랍어로 뭐라고 지껄여 댔다.

마무드가 당황한 듯 주위를 둘러보더니 밖으로 나갔다. 새라가 충동적으로 그를 따라나섰다.

"무슨 일인가요?"

새라가 물음에 마무드가 대답했다.

"노부인 말입니다. 압둘이 그러는데 그녀가 아파서 움직이지 못한답니다."

"제가 가서 볼게요."

새라가 발걸음을 재촉했다. 마무드를 따라 바위를 올라 동굴로 걸어가자 의자에 버티고 앉은 노부인의 모습이 보였다. 퉁퉁 부은 손을 잡아 맥박을 짚은 뒤 몸을 숙여 노부인의…….

허리를 펴고 똑바로 선 새라의 얼굴이 창백하게 질려 있었다. 새라는 걸음을 돌려 천막으로 돌아갔다. 그녀는 입구에 잠시 멈추어 서서 테이블 저 끝에 앉은 보인턴 가족들을 쳐다보았다. 그녀의 목소리는 딱딱하고 부자연스럽게 들렸다.

"유감스러운 일이지만……."

새라는 제일 윗사람인 레녹스를 바라보며 말했다.

"보인턴 씨, 어머니께서 돌아가셨어요."

아주 멀리 떨어져 있었지만 새라는 그 다섯 명의 얼굴을 바라보면서 그 말이 자유를 의미한다는 사실을…….

제2부

1장

카버리 대령은 테이블 건너편에 앉아 있는 손님에게 미소를 보내며 잔을 들어올렸다.

"자, 범죄를 위하여!"

에르퀼 푸아로는 건배의 본뜻을 알아채고는 눈빛을 반짝였다.

푸아로는 레이스 대령이 카버리 대령 앞으로 써 준 소개장을 들고 암만에 와 있었다.

카버리 대령은 오랜 친구이자 정보부 동료인 레이스 대령이 아낌없는 찬사를 한, 세계적으로 유명한 이 인물이 궁금했다.

'견줄 데 없이 빈틈없는 심리적 추론!' 그것이 이번 샤이타나* 살해 사건의 해결을 위해 레이스 대령이 써 보낸 말이었다.

---

* 샤이탄은 이슬람교에서 악마를 일컫는 말이며 샤이타나는 샤이탄의 여성형이다.

"이 근방에서 볼 만한 곳들은 전부 보여 드리지요."

카버리 대령은 덥수룩한 콧수염을 비틀어 올리며 이렇게 말했다. 단정치 않은 차림에 키는 중간이고 몸집은 단단해 보였다. 머리는 반쯤 벗겨졌으며 눈동자는 흐릿한 연푸른색으로 군인의 모습과는 거리가 멀었다. 특별히 민첩해 보이지도 않았다. 규율주의자라는 생각은 더더욱 들지 않았다. 그러나 트랜스요르단*에서는 꽤나 유력한 인물이었다.

"예라시**라는 곳도 있지요. 그런 것에도 관심이 있습니까?"

대령이 말했다.

"모든 것에 관심이 있지요."

"그래요. 그것이 인생을 대면하는 유일한 방법이지요."

대령이 잠시 말을 멈추었다.

"그런데 말이에요. 푸아로 씨의 그 특이한 직업이 어디를 가나 따라다닌다는 생각은 해 본 적 없습니까?"

"파르동?(무슨 말씀이십니까?)"

"그러니까 간단하게 말하면 범행으로부터 휴가를 꿈꾸며 여행을 떠났는데 그곳에서 오히려 토막 난 시체를 발견한다거나 하는 그런 것 말이지요."

"그런 일들이 종종 있지요. 맞아요. 한두 번이 아닙니다."

---

* 요르단의 옛 이름.

** 암만 북쪽의 고대 도시.

"흠."

카버리 대령의 표정이 묘하게 좀 멍해 보였다. 그러더니 움찔하며 깨어났다.

"시체가 한 구 생겼어요. 그다지 기분이 좋진 않군요."

"그래요?"

"예, 이곳 암만에서요. 미국에서 온 노부인이에요. 가족과 함께 페트라에 갔다더군요. 더운 날씨에 돌아다닌데다 심장병까지 앓고 있어서 여행이 생각했던 것보다 힘들었던 모양이에요. 심장에 무리가 갔던지 급사해 버렸어요!"

"이곳 암만에서요?"

"아니요. 페트라에서요. 오늘 이곳에 시신을 옮겨 왔습니다."

"아!"

"모든 것이 자연스럽게 보여요. 충분히 일어날 법한 이야기예요. 무엇보다 가능성이 높은 일이고. 다만……."

"다만이라니요?"

카버리 대령이 벗겨진 머리를 긁었다.

"내 느낌으로는 가족 중 누군가가 그 여자를 죽인 것 같거든요."

"흠. 왜 그런 생각을 하십니까?"

대령은 그 질문에 곧바로 대답하지 않았다.

"불쾌감을 주는 노인네였나 봐요. 상심해 있는 식구들도 없어요. 다들 그 노인네가 죽은 것이 오히려 잘됐다는 분위기예요. 아무튼 가족이 한데 뭉쳐 있는 한은 증명하기가 아주 까다로운 사건이에요. 필요하다면 끝까지 거짓말 할 테니까요. 아무도 일이 복잡해지는 것은 원하지 않아요. 국제적으로 불쾌한 일이 발생하는 것은 더더욱 원치 않지요. 제일 간편한 일은 더 이상 문제 삼지 않는 거예요. 사실 더 파고들 것도 없고요. 예전에 의사 한 사람과 친하게 지낸 적이 있는데 그 친구 하는 말이, 자기 환자들이 사망한 경우에도 의혹이 가는 경우가 꽤 있는데 그냥 저 세상으로 조금 서둘러 간 거라고 생각하고 만다더군요. 파고 들어서 뭔가 지독히 좋은 것을 얻게 되지 않는 한은 입 다물고 있는 편이 제일 좋다고요! 그렇지 않으면 고약한 악취만 날 뿐 사건은 해결이 안 되고 결국 힘들여 일한 의사 이력에 오점이나 남는다고 하더군요. 그럴 수도 있겠지요. 그래도……."

그는 또 한 번 머리를 긁었다. 그러고는 뜬금없이 이렇게 말했다.

"나는 깨끗한 사람이에요."

카버리 대령의 넥타이는 왼쪽 귀 밑까지 밀려가 있었고 바지는 구겨져 있었으며 코트는 얼룩이 묻은 데다 찢어져 있기까지 했다. 그러나 에르퀼 푸아로는 웃지 않았다. 그는 대령의 내면이 단정하다는 점과 주어진 사실들을 깔끔하게 요약하는 점, 자신의 느낌을 신중히 전달하는 점을 뚜렷이 알아챌 수 있었다.

"그래요. 나는 깨끗한 사람입니다."

카버리 대령은 이렇게 말하며 모호하게 손을 흔들었다.

"난잡한 건 좋아하지 않아요. 난잡하게 어질러져 있는 것을 보면 깨끗이 정리하고 싶어져요. 무슨 뜻인지 알겠습니까?"

에르퀼 푸아로는 진중하게 고개를 끄덕였다. 그가 그렇다는 걸 잘 알 수 있었다.

"그 사람들 중에 의사는 없었습니까?"

"두 명입니다. 그중 한 명은 말라리아에 걸려 누워 있었어요. 다른 한 사람은 여자인데 얼마 전에 의학사 과정을 마쳤다고 하더군요. 하지만 의사로서 알아야 할 것들은 알고 있었어요. 그 죽음에 이상한 점은 전혀 없었습니다. 노인네의 심장이 약했다더군요. 심장약을 계속 복용하고 있었대요. 이렇게 갑자기 쓰러져 죽은 것도 사실 특별히 놀라울 것은 없습니다."

"그렇다면 대령님, 무엇이 걱정인 겁니까?"

푸아로가 다정한 목소리로 물었다.

카버리 대령이 근심 어린 푸른 눈으로 그를 쳐다보았다.

"제라르라는 프랑스 인에 대해 혹시 들어 본 적 있나요? 테오도르 제라르 말입니다."

"그럼요. 그 분야에서는 아주 유명한 사람이 아닙니까?"

"정신과 의사지요. 정신과 의사들은 네 살 때 청소부가 되고 싶었던 열정이 서른여덟 살에 캔터베리 대주교가 된 사실과 관련이 있다고 주장하는 사람들입니다. 나로서는 왜 그런지 절대 알 수 없지만 이 사람들은 설득력 있게 설명해 내지요."

푸아로가 웃으면서 동의했다.

"게다가 제라르 박사는 인간의 마음속에 깊이 뿌리박힌 노이로제에 있어서는 대단한 권위자이니 더 말할 것도 없을 거예요. 박사의

음, 그러니까 페트라에서 일어난 사건에 대한 박사의 견해가 그런 선상에 있다는 말씀인가요?"

대령은 고개를 세게 내저었다.

"아니, 아니에요. 그랬다면 걱정할 필요도 없었을 겁니다! 그게 사실이라는 것을 내가 전부 못 믿어서 이러는 게 아녜요. 내가 이해할 수 없는 것은 이를테면 이런 거예요. 베두인족 한 명이 차를 타고 광활한 사막 한복판을 달리다가 내려서 땅을 만져보고는 2~3킬로미터 범위 안에 당신이 있다고 말하는 그런 것이지요. 마술은 아니지만 마술 같아 보이지 않습니까? 아니, 제라르 박사의 말은 상당히 직접적인 것들이에요. 명백한 사실들이지요. 내 생각엔, 만약 흥미가 있으시다면…… 흥미가 있으십니까?"

"물론 있습니다."

"좋아요. 그렇다면 전화를 걸어 제라르 박사를 이리로 오게 할 테니 직접 이야기를 들어 보시지요."

대령이 제라르에게 말을 전달하기 위해 급히 전령을 보내자 푸아로가 이렇게 물었다.

"그 가족은 구성은 어떻게 됩니까?"

"보인턴이 성입니다. 아들이 둘 있는데 그중 한 아들은 결혼을 했어요. 아내는 얼굴이 예쁘고 얌전하면서 상당히 지각 있는 여성입니다. 그리고 딸이 둘 있어요. 둘 다 상당히 예쁘지만 스타일은 완전히 다르더군요. 어린 딸은 약간 신경과민인 것 같은데, 뭐 단순한 충격 때문일 수도 있습니다."

"보인턴이라……."

푸아로의 눈썹이 치켜 올라갔다.

"흥미롭군요. 상당히 흥미로워요."

카버리 대령은 그를 빤히 쳐다보며 다음 말을 기다렸다. 하지만 푸아로가 아무 말이 없자 계속 말을 이었다.

"그 어머니가 병균 같은 존재였다는 사실은 꽤나 분명한 것 같습니다! 식구들이 노인네를 손발처럼 돌봤고 그 변덕에 일일이 장단을 맞춰야 했다는군요. 지갑을 쥔 사람도 물론 노인네였고요. 자식들 중에 1페니라도 자기 돈이 있는 사람은 아무도 없었답니다."

"흠, 굉장히 흥미롭군요. 그 여자가 유산을 어떻게 할 것인지에 대해서는 알려져 있습니까?"

"별일 아닌 것처럼 슬쩍 물어봤지요. 자식들에게 공평하게 분배된다더군요."

푸아로가 고개를 끄덕인 후 물었다.

"그들이 전부 가담했을 거라고 생각하십니까?"

"모르겠어요. 그게 어려운 점입니다. 그들 모두가 공모한 일인지 아니면 영리한 누구 한 사람의 생각이었는지 그걸 모르겠어요. 어쩌면 이 전부가 얽히고설킨 복잡한 사건인지도 모르고요! 여기에 대해서 푸아로 씨의 전문적인 의견을 듣고 싶은 거예요. 아, 제라르 박사가 오는군요."

2장

제라르 박사가 빠른 걸음으로 그러나 서두르지는 않으면서 걸어왔다. 제라르는 카버리 대령과 악수를 하면서 푸아로를 향해 예리하고도 흥미로운 시선을 던졌다. 대령이 말했다.

"이쪽은 에르퀼 푸아로 탐정입니다. 이곳에 머무르고 있지요. 방금 페트라에서 벌어진 일을 들려 주고 있었습니다."

제라르가 재빨리 푸아로를 아래위로 훑어 보았다.

"아, 그렇습니까? 관심이 있으신가요?"

에르퀼 푸아로가 어쩔 수 없다는 손짓을 했다.

"그러게 말입니다! 누구든 자기 분야에 대한 관심은 절대 막을 수 없는 모양이에요."

"옳으신 말씀입니다."

제라르가 말했다.

"한잔할까요?"

대령이 말했다.

카버리 대령은 잔에 위스키소다를 따라 제라르의 팔꿈치 옆에 내려놓았다. 대령이 술병을 들고 어떻게 하겠냐는 눈빛으로 푸아로를 보자 푸아로는 고개를 저었다. 대령은 술병을 내려놓은 뒤 의자를 좀 더 가까이 끌어당겼다.

"우리가 어디까지 이야기했지요?"

"카버리 대령님이 뭔가 더 알아내고 싶으신 게 있는 모양입니다."

푸아로가 제라르를 보며 말했다.

제라르가 뭔가 의미심장한 몸짓을 했다.

"그렇다면 그건 내 잘못이군요. 내가 틀렸을지도 모릅니다. 카버리 대령님, 내가 완전히 틀렸을지도 몰라요. 부디 그 사실을 잊지 마십시오."

카버리 대령이 무뚝뚝하게 말했다.

"알고 있습니다. 푸아로 씨에게 그 사건에 대해 들려 주시지요."

제라르는 페트라로 가기 전에 일어난 일들부터 간략하게 설명하기 시작했다. 먼저 보인턴 가족의 식구들에 대해 짤막하게 소개한 뒤 그들이 정서적으로 긴장된 상태에서 얼마나 힘든 생활을 하고 있었는가를 들려 주었다.

푸아로는 흥미로운 표정으로 듣고 있었다.

그런 다음 페트라에서 아침을 맞은 첫날에 일어난 일들로 이야기가 넘어갔고 곧 그들이 어떻게 캠프에 돌아왔는가를 들려 주었다.

"나는 말라리아 때문에 갑자기 몸이 안 좋아져서 먼저 돌아왔어요. 두통이 같이 오더라고요. 그래서 키니네 정맥 주사를 놓을 생각이었어요. 대체로 그런 방법을 쓰거든요."

푸아로가 알겠다는 듯 고개를 끄덕였다.

"열이 심하게 났어요. 그래서 거의 비틀거리다시피 텐트로 들어왔습니다. 처음에는 약상자를 찾을 수가 없었어요. 원래 놔두었던 장소에서 누군가 다른 곳으로 옮겨 놓은 것 같았어요. 마침내 약상자를 찾아 냈는데 보니까 주사기가 없어졌더군요. 한참을 찾다가 포기해 버리고는 키니네를 좀 많이 삼킨 뒤 그냥 침대에 누워 버렸습니다."

제라르가 잠시 말을 멈추었다가 다시 계속했다.

"보인턴 노부인의 죽음이 알려진 건 해가 지고 난 다음이었어요. 노부인이 앉아 있는 형태나 의자가 몸을 받쳐 주고 있던 모양새로 봐서 원래 앉아 있던 자세에서 달라진 건 아무것도 없었던 것 같습니다. 뭔가 잘못 됐다는 사실이 알려진 건 6시 30분경 저녁을 먹기 위해 하인 한 명이 노부인을 부르러 갔을 때였어요."

제라르는 동굴의 위치와 천막에서 동굴까지의 거리에 대해 상세하게 설명했다.

"새라 씨가 시체를 살펴봤습니다. 충분히 자격이 있는 사람이에요. 나를 깨우지는 않았어요. 내가 열이 있다는 것을 알고 있었거든요. 아무튼 손을 써 볼 수 없는 상황이었어요. 보인턴 노부인은 이미 죽어 있었고 그것도 죽은 지 시간이 좀 흐른 뒤였으니까요."

푸아로가 나직한 목소리로 말했다.

"정확하게 얼마나 지났습니까?"

제라르가 천천히 대답했다.

"새라 씨가 그 점을 유의해서 본 것 같지는 않아요. 별로 중요하다고 생각하지 않은 것 같습니다."

"그렇다면 살아 있는 것을 본 마지막이 언제였는지는 알 수 있을까요?"

카버리 대령이 헛기침을 하더니 공문서로 보이는 서류를 살펴보았다.

"4시가 막 지나서 웨스트홀름 부인과 피어스 양이 노부인에게 말을 걸었군요. 레녹스는 4시 30분에 어머니와 이야기를 나누었고요. 레녹스 보인턴 부인이 그로부터 5분 뒤에 긴 대화를 나누었습니다. 캐럴 보인턴은 어머니와 이야기를 나누긴 했다는데 정확한 시간은 모르겠다고 하고요. 하지만 다른 사람들의 증언을 참작해 보면 5시 10분께였던 것 같습니다."

"그 가족의 미국인 친구 제퍼슨 코프가 웨스트홀름 부인과 피어스 양과 함께 캠프로 돌아왔을 때 노부인이 잠들어 있는 것을 보았다고 해요. 그러나 노부인에게 말을 걸지는 않았네요. 그때가 5시 40분입니다. 둘째 아들인 레이먼드 보인턴이 노부인이 살아 있는 것을 마지막으로 본 사람인 것 같군요. 산책에서 돌아온 뒤 5시 50분에 이야기를 나누었다고 되어 있습니다. 시체가 발견된 건 6시 30분, 하인 한 명이 저녁 식사 준비가 다 되었다고 알리러 갔을 때였어요."

"레이먼드 보인턴이 노부인과 이야기를 나눈 시각과 6시 30분 사이에 노부인 근처에 간 다른 사람은 없었습니까?"

푸아로가 물었다.

"없는 것 같습니다."

"하지만 그런 일이 있었을지도 모르지 않습니까?"

푸아로가 고집스레 물었다.

"그런 것 같지는 않습니다. 6시경부터 하인들이 캠프 주위를 이리저리 돌아다녔고 다른 사람들도 텐트를 드나들었으니까요. 그럼에도 누군가 노부인에게 가까이 다가가는 걸 본 사람은 아무도 없는 것 같습니다."

"그렇다면 레이먼드 보인턴이 어머니가 살아 있는 것을 본 마지막 사람이라는 사실은 분명하겠군요?"

푸아로가 말했다.

제라르 박사와 카버리 대령이 재빨리 눈빛을 교환했다. 대령이 손가락으로 테이블을 두들겼다.

"사건을 파헤쳐야 하는 이유가 바로 여기에 있습니다."

제라르가 말했다.

"제라르 박사, 어서 계속해요. 당신이 말해 줘야 할 부분이니까."

"방금 말했듯이 새라 킹은 보인턴 노부인의 시체를 살펴보았을 때 사망 시간을 정확히 판단할 필요를 못 느낀 것 같습니다. 노부인이 죽은 지 '얼마간'의 시간이 지났다고 말했을 뿐이에요. 하지만 다음 날 개인적으로 궁금한 점이 좀 있어서 그 일을 알아볼 생각으로 6시가 되기 조금 전에 레이먼드가 보인턴 노부인의 살아 있는 모습을 마지막으로 보았다고 했더니 놀랍게도 새라 킹은 그건 불가능한 일이라고 딱 잘라 말하더군요. 그 시각에는 노부인이 이미 죽어 있었을 거라고요."

푸아로의 눈썹이 치켜 올라갔다.

"이상한 일이로군요. 아주 이상해요. 그러면 레이먼드 보인턴은 그것에 대해 뭐라고 말을 합니까?"

카버리 대령이 대뜸 말했다.

"레이먼드는 어머니가 맹세코 살아 있었다고 해요. 어머니에게 올라가 말을 걸었다는 겁니다. '다녀왔어요. 오후 잘 보내셨어요?' 뭐 그런 말을 했다는군요. 그의 말로는 어머니가 퉁명스럽게 한마디 했대요. '아주 잘 지냈다.'라고요. 그래서 그냥 자기 텐트로 갔답니다."

푸아로는 갈피를 못 잡겠다는 듯 이맛살을 찌푸렸다.

"이상하군요. 아주 이상해요. 그때쯤이면 날이 이미 어둑해져 있을 때가 아닙니까?"

"해가 막 지려는 참이었습니다."

제라르 박사가 대답했다.

"이상하군요. 그렇다면 제라르 박사님, 박사님은 언제 그 시체를 보셨습니까?"

"그 다음 날까지는 보지 못했습니다. 내가 시체를 본 건 다음 날 정확히 9시였습니다."

"그러면 언제 사망했다고 보십니까?"

제라르는 어깨를 으쓱했다.

"어느 정도 시간이 지나면 정확한 사망 시간을 말하기가 어려워요. 몇 시간의 오차는 있기 마련이고요. 하지만 노부인이 죽은 지 열두 시간 정도는 지나 있었고 아무리 길어도 열여덟 시간 이상은 지나지 않았다는 사실은 말씀드릴 수 있어요. 보시다시피 이 정보는 전혀 도움이 되지 않지요."

"계속 들려 주시지요, 제라르 박사. 나머지 부분도 어서 말해 주세요."

대령이 말했다.

"아침에 일어나자마자 주사기를 찾아 냈습니다. 서랍장 위에 놓인 약병 상자 뒤에 있더군요."

제라르가 몸을 앞으로 기울였다.

"혹시 그 전날 내가 주사기를 못 찾은 거 아니냐고 말할 수도 있겠지요. 열이 지독하게 올라 있었고 머리에서 발끝까지 몸이 달달 떨리는 비참한 상태였던데다 사람이란 찾고자 하는 물건이 눈앞에 빤히 보이는데도 못 찾는 경우가 많으니까요! 그러니 나로서는 고작해야 내가 아는 한 주사기가 그때 그 자리에 없었다고 말할 수밖에 없어요."

"알려 줄 게 좀 더 있지 않습니까?"

대령이 말했다.

"알려 드릴 만한 사실이 두 가지가 더 있는데 상당히 비중 있는 정보일 수 있습니다. 죽은 노부인의 손목에 자국이 남아 있었어요. 주사기를 찔러 넣은 흔적 말입니다. 노부인의 딸은 핀에 찔린 것일 수도 있다고 말했지만……."

푸아로가 몸을 움찔했다.

"어떤 딸 말씀입니까?"

"첫째 딸 캐럴입니다."

"그렇군요. 계속하십시오."

"그리고 마지막으로 또 한가지 사실은, 약상자를 살펴보았더니 내가 갖고 있던 디기톡신이 상당량 줄어 있더라는 사실입니다."

"디기톡신이라면 심장에는 독약이나 다름없지 않습니까?"

"예, 맞습니다. 디기탈리스 푸르푸레아에서 추출한 약이지요. 그 잎에는 네 가지 활성원소가 있는데 디기탈린, 디기토닌, 디기탈레인, 그리고 디기톡신이에요. 그중에서 디기톡신은 디기탈리스 잎에 함유된 활성원소 중에서 가장 독성이 강하지요. 코프*의 실험에 의하면 디기탈린이나 디기탈레인보다 6~10배나 독성이 강하다고 합니다. 프랑스에서는 허용되어 있지만 영국의 약제 처방 기준에 따르면 조제 금지 약물입니다."

"그런 디기톡신이 상당량 줄었다는 거군요."

제라르가 무거운 목소리로 말했다.

* 헤르만 프란츠 모리츠 코프. 1817~1892. 독일의 화학자.

"정맥주사로 디기톡신을 갑자기 다량 투여하면 심장마비가 일어나서 곧바로 사망할 수 있습니다. 4밀리그램만 투여해도 성인에게는 치명적이라고 알려져 있어요."

"게다가 보인턴 노부인은 이미 심장병을 앓고 있었다면서요?"

"맞습니다. 실은 디기탈린이 함유된 약을 계속 복용하고 있었다더군요."

"그거 참 흥미롭군요. 그렇다면 노부인의 죽음이 약물 과다복용 때문이라는 말씀인가요?"

푸아로가 물었다.

"그렇지요. 하지만 단순히 그 수준이 아닙니다."

제라르가 말을 이었다.

"어떤 측면에서 보자면 디기탈린은 체내에 누적되는 약이라 할 수 있어요. 더구나 디기탈리스 활성원소들은 생명을 앗아갈 수는 있지만 검시를 해도 외상으로는 특별한 흔적을 남기지 않거든요."

푸아로는 알겠다는 듯 천천히 고개를 끄덕였다.

"교묘한 방법이로군요. 참으로 영리한 방법이에요. 법정에서 만족스럽게 증명하기가 거의 불가능하겠는데요. 하지만 이 사실만큼은 분명하게 말할 수 있어요. 만약 이 죽음이 살인이라면 참으로 교묘한 살인이라는 겁니다! 주사기를 바꾸고 독약을 투여했는데 그것도 희생자가 이미 복용하고 있는 약을 투여한 거지요. 실수나 우연한 사고처럼 보일 확률이 어마어마하게 높아요. 예, 분명 머리를 쓴 겁니다. 지능적이고 용의주도하고 천재적인 발상이에요."

푸아로는 잠시 말을 멈추었다가 다시 고개를 들었다.

"하지만 여전히 한 가지가 수수께끼가 풀리지 않는군요."

"그게 뭐지요?"

"주사기를 훔쳐 간 것 말입니다."

"가져간 거예요."

제라르가 재빨리 푸아로의 말을 정정했다.

"가져갔다가 다시 돌려놓았다고요?"

"그렇습니다."

"이상하군요. 아주 이상해요. 그것만 아니면 아귀가 잘 들어맞는데……."

카버리 대령이 호기심 어린 시선으로 푸아로를 바라보았다.

"자, 전문가의 의견은 어떤가요? 살인입니까, 살인이 아닙니까?"

푸아로가 한 손을 들어올리며 말을 막았다.

"잠깐만요. 아직 그 점을 이야기할 단계가 아닙니다. 생각해 봐야 할 증거가 몇 가지 더 있습니다."

"어떤 증거 말인가요? 이미 전부 다 들었지 않습니까?"

"아! 그 증거는 바로 저, 에르퀼 푸아로가 제시할 증거입니다."

푸아로는 고개를 끄덕인 다음 깜짝 놀란 두 사람의 얼굴을 바라보며 살며시 미소를 지었다.

"예, 좀 이상한 이야기예요! 저한테 사건의 전말을 들려 주었으니 보납으로 저도 대령님과 박사님이 모르는 증거를 하나 제시해 드리지요. 그러니까 이런 겁니다. 어느 날 밤이었는데 솔로몬 호텔에 묵고 있던 나는 방의 창문이 닫혀 있는지 보려고 창가로 걸어갔습니다."

"닫혀 있었습니까, 열려 있었습니까?"

대령이 물었다.

푸아로가 단호한 목소리로 말했다.

"닫아야 했지요. 그러니까 열려 있었어요. 그래서 창문을 닫으러 창가로 갔습니다. 그러고는 창문을 닫으려고 손잡이를 잡는데 누군가 말하는 소리가 들리더군요. 듣기 좋고 낭랑한 목소리였는데 긴장과 흥분으로 떨리고 있는 것 같았습니다. 나는 그 목소리를 다시 듣게 되면 알 것 같다고 혼잣말을 했더랬죠. 그러면 그 목소리는 무슨 말을 했을까요? 그 내용은 이렇습니다. '너도 알잖아? 그 여자는 죽어야 해.' 그 순간에는 나튀랄르망(당연히) 그것이 살아 있는 사람을 죽이겠다는 말이라고는 생각하지 않았습니다. 작가나 극작가가 연극 대사를 얘기한 걸 거라고 생각했지요. 그러나 지금은 확실히 모르겠군요. 하지만 그 말이 연극 대사가 아니었다는 사실은 확실해 졌습니다."

푸아로는 말을 잇기 전에 잠깐 멈추었다.

"이 말씀만큼은 확실히 드릴 수 있습니다. 확신하건대 그 말을 한 것은 어떤 청년이었고 나는 그 일이 있은 후 그 청년을 호텔 로비에서 보았습니다. 호텔 직원에게 물어봤더니 그 청년의 이름이 레이먼드 보인턴이라고 하더군요."

3장

"레이먼드 보인턴이 그런 말을 했다고요!"

제라르가 깜짝 놀라며 소리를 질렀다.

"심리학적으로 말해서 있을 법하지 않다는 말씀인가요?"

푸아로가 침착한 목소리로 물었다.

제라르가 고개를 저었다.

"아니요. 그런 말이 아니에요. 그래요. 놀라운 건 사실입니다. 이해하실지 모르겠지만 내가 놀라는 건 레이먼드 보인턴이 용의자가 되기에 아주 적절한 인물이기 때문이에요."

카버리 대령이 한숨을 쉬었다.

'심리학자들이란…….'

그의 한숨은 이런 말을 하는 것 같았다.

"문제는 그 사실을 어떻게 처리할 것이냐 하는 거로군요?"

대령이 말했다.

제라르가 어깨를 으쓱한 뒤 솔직한 마음을 이야기했다.

"그 사실로 뭘 어떻게 할 수 있을지 모르겠군요. 증거가 되기에는 불충분한 이야기예요. 살해된 것일 수도 있지만 증명을 하기에는 어렵습니다."

"무슨 말인지 알겠습니다."

대령이 말했다.

"하지만 살해된 거라고 의심하면서 가만히 앉아서 추측이나 늘어놓을 순 없어요! 그런 것은 마음에 안 듭니다!"

자신의 사정을 좀 봐 달라는 듯 대령은 아까의 뜬금없는 한마디를 덧붙였다.

"나는 깨끗한 사람이에요."

푸아로가 공감한다는 듯 고개를 끄덕였다.

"압니다. 알고 있어요. 이 문제를 깨끗이 정돈하고 싶으신 거겠죠. 무슨 일이 어떻게 일어났는지 확실하고 분명하게 알고 싶으신 걸 거예요. 그렇다면 제라르 박사님? 더 이상 할 수 있는 일이 없을 거라 하셨고 또 그 사실이 증거가 되기에는 불충분하다고 하셨는데 그렇다면 이 사건을 이대로 둬도 만족한다는 말씀인가요?"

"노부인은 악독한 인생을 살았어요. 그렇지 않아도 머지않아 죽었을 겁니다. 일주일이나 한 달 아니면 일 년 내에요." 제라르가 천천히 말했다.

"그래서 이대로 만족한다는 말씀인가요?"

푸아로가 고집스레 물었다.

제라르가 말을 이었다.

"그 여자의 죽음이, 어떻게 표현하면 좋을까요, 지역사회에 이로움을 준 건 명백한 사실입니다. 가족 전체에 자유를 안겨 주었어요. 이제는 그 사람들에게도 자기 자신을 개발할 기회가 생긴 겁니다. 내가 보기엔 그들 모두 본바탕이 선하고 똑똑한 사람들이에요. 이제 그들도 지역사회의 유능한 일원이 될 수 있어요! 보인턴 노부인의 죽음이 가져 온 것은 오로지 좋은 결과뿐입니다."

푸아로가 세 번째로 같은 질문을 반복했다.

"그래서 이대로 만족한다는 말씀인가요?"

제라르가 갑자기 주먹으로 테이블을 내리쳤다.

"아니요. 당신이 쓴 표현을 그대로 쓰자면 '만족하지' 않습니다! 내 본능은 생명을 보존하는 것이지 죽음을 앞당기는 것이 아니에요. 그러니까 내 의식은 노부인의 죽음을 잘 된 것이라고 되뇌지만 무의식은 그것에 저항한다는 말입니다! 어떤 인간이든 수명이 다 되기 전에 죽는다는 것은 옳지 않아요."

푸아로가 가만히 웃었다. 그러고는 기어코 답을 들어 만족스럽다는 듯한 표정으로 의자에 몸을 기댔다.

카버리 대령이 표정 없는 목소리로 말했다.

"박사는 살인을 좋아하지 않는다는군요. 지당한 말이지요! 나도 살인은 좋아하지 않습니다."

대령이 일어서서 독한 위스키소다를 자기 술잔에 따랐다. 손님들

잔에는 아직 술이 많이 남아 있었다.

"그렇다면 이제 문제의 핵심으로 들어가 봅시다."

대령이 다시 원래의 주제로 말을 돌렸다.

"노부인의 죽음을 밝히기 위해 할 수 있는 일이 뭐가 있을까요? 우리는 살인을 좋아하지 않아요. 결단코! 하지만 그냥 넘어가야 할 수도 있어요! 원하는 결과를 못 얻을 것 같은데 괜한 소란을 일으키는 것은 좋지 않거든요."

제라르가 몸을 앞으로 숙였다.

"푸아로 씨, 전문가로서 당신의 의견은 어떻습니까? 푸아로 씨는 권위자이니까요."

푸아로가 잠시 뜸을 들였다. 재떨이를 하나 둘 가지런히 정리하고 다 쓴 성냥들을 한쪽에 쌓아 올리고서야 비로소 입을 열었다.

"카버리 대령님, 보인턴 노부인을 죽인 사람이 누군지 알고 싶지 않습니까? 그러니까 노부인이 살해당한 것이고 자연사한 것이 아니라면 말입니다. 정확하게 언제 또 어떻게 살해되었는지, 그 죽음의 전말을 알고 싶지 않습니까?"

"알고 싶습니다. 물론이지요."

대령이 표정 없는 목소리로 말했다.

에르퀼 푸아로가 천천히 말했다.

"몰라야 할 이유를 모르겠군요."

제라르 박사가 믿기지 않는다는 듯이 쳐다보았다. 카버리 대령의 얼굴에 흥미롭다는 표정이 희미하게 떠올랐다.

"오, 그렇지만 모르지 않습니까? 그렇지 않나요? 그거 재미있군요. 그래, 어떻게 그것을 알아내겠다는 말인가요?"

대령이 말했다.

"증거를 수집하고 선별한 다음 추리의 과정을 거쳐야겠지요."

"마음에 드는군요."

"그리고 심리적 가능성에 대해 연구해 봐야 할 거고요."

"제라르 박사의 방식에도 잘 맞겠군요."

대령이 말을 이었다.

"그 다음에는 어떻게 됩니까? 증거를 선별하고 추리한 뒤 심리학적으로 분석한 다음에 말입니다. '자, 나와라!' 하면 모자에서 토끼를 끄집어 내듯 범인을 밝힐 수 있다는 말입니까?"

"그렇게 할 수 없다면 나로서는 오히려 놀랄 만한 일일 겁니다."

푸아로가 차분하게 말했다.

카버리 대령이 유리잔 너머로 가만히 푸아로를 쳐다보았다. 아주 잠시 카버리 대령의 멍한 눈초리가 또렷해지더니 뭔가를 따져 보고 평가를 내리는 듯했다.

그는 끽 하는 소리와 함께 잔을 내려놓았다.

"어떻게 생각해요, 제라르 박사?"

"성공할 수 있을지 다소 회의가 듭니다만…… 물론 푸아로 씨의 능력이 뛰어나다는 것은 알고 있어요."

"맞습니다. 내게는 타고난 재능이 있어요."

조그만 체구의 푸아로가 이렇게 말하며 겸손하게 웃었다.

카버리 대령이 고개를 돌리고 기침을 했다.

"우선 이것이 공동살인이냐, 그러니까 보인턴 가족 전체가 계획을 짜고 저지른 범행이냐, 아니면 그들 중 누구 한 사람이 저지른 범행이냐를 밝혀내야 합니다. 누구 한 사람이 저지른 범행이라면 가족 중 누가 살인을 저지를 가능성이 가장 높은지, 그것도 밝혀내야겠지요."

푸아로가 말했다.

"당신이 제시한 증거가 있지 않습니까? 누구라도 레이먼드 보인턴을 제일 먼저 떠올릴 겁니다."

제라르가 말했다.

"동감입니다. 내가 엿들은 말도 있고, 그의 진술과 젊은 여의사의 진술이 일치하지 않는다는 점을 봐도 그렇고, 그가 단연코 제일 유력한 용의자가 되겠지요."

푸아로는 잠시 말을 멈추었다가 다시 이었다.

"보인턴 노부인이 살아 있는 모습을 마지막으로 본 자도 그 사람입니다. 자기 입으로 한 이야기예요. 새라 킹의 말은 그것과 모순됩니다. 제라르 박사님, 혹시 말입니다. 그러니까 내 말뜻을 아실 거라 생각되지만 거기에 약간의 탕드레스(애정)가 개입되어 있다고 말할 수 있나요?

제라르가 고개를 끄덕였다.

"확실히 그렇다고 할 수 있어요."

"아하! 그 젊은 여의사가 혹시 이마에서부터 머리를 뒤로 넘긴 검은 머리 여자 아닌가요? 커다란 갈색 눈에 태도가 아주 분명해 보이는……."

제라르가 다소 놀라는 눈치였다.

"맞습니다. 아주 딱 맞는군요."

"한 번 본 것 같습니다. 솔로몬 호텔에서요. 레이먼드 보인턴에게 뭐라 말을 거는 걸 봤는데 레이먼드는 그 말을 듣자 플랑테 라(그 자리에 꼼짝 않고) 꿈속인 듯 서 있더군요. 엘리베이터 출구까지 막은 채로요. 내가 세 번이나 '실례합니다.'라고 말하자 그제야 비켜 주었어요."

푸아로는 잠시 생각에 잠겨 있었다. 그런 다음 입을 열었다.

"그렇다면 우선 새라 킹의 의학적 증언을 심중유보로 받아들여야겠군요. 새라 킹도 이해당사자로 간주될 수 있으니까요."

그는 잠시 말을 멈추었다가 다시 시작했다.

"박사님, 레이먼드 보인턴이 살인을 쉽게 저지를 수 있는 기질이라고 보십니까?"

제라르가 천천히 말했다.

"그러니까 의도적으로 계획된 살인 말입니까? 예, 가능하다고 생각합니다. 하지만 정서적으로 극도의 긴장 상태에 빠져 있을 때여야겠지요."

"그가 그런 상태였나요?"

"확실합니다. 가족이 모두 신경과민과 심리적 불안을 겪고 있었지만 이번 해외여행으로 그 증세가 고조되었을 것은 의심의 여지가 없어요. 그들의 생활과 다른 사람들의 생활이 얼마나 다른지 아주 극명하게 보였을 테니까요. 게다가 레이먼드 보인턴의 경우는…….”

“경우는요?”

“새라 킹에게 몹시 마음이 끌려 있었기 때문에 심경이 더욱 복잡했을 겁니다.”

“그게 또 하나의 동기가 되었겠군요. 그리고 또 하나의 자극이 되었겠고요.”

“그렇습니다.”

카버리 대령이 기침을 한 다음 말했다.

“궁금한 점이 있습니다. 당신이 들었다는 그 말 '너도 알잖아? 그 여자는 죽어야 해.'라는 말은 누구 다른 사람을 보고 한 말이었을까요?”

푸아로가 말했다.

“좋은 지적입니다. 나도 그 점을 잊지 않고 있었어요. 레이먼드 보인턴은 과연 누구를 보고 말한 걸까요? 물론 가족 중 한 명이겠지요. 하지만 누구였을까요? 다른 식구들의 심리 상태에 대해 말씀해 주시겠습니까, 박사님?”

제라르가 즉시 대답했다.

“캐럴 보인턴은 레이먼드와 아주 유사한 심리 상태였다고 할 수 있어요. 극도의 심리적 흥분이 동반된 반항적인 상태였는데, 다만 캐럴의 경우는 성(性)에 관련된 요소로 복잡해져 있지는 않았습니다. 레녹스 보인턴은 반항기가 지난 상태였고요. 오히려 냉담한 상태가 되어 있었지요. 외부에 관심을 기울이는 게 힘들었을 겁니다. 그가 주변에 반응하는 방식은 점점 더 자신의 내면으로 빠져드는 그런 것이었어요. 확실히 내성적인 사람이었습니다."

"그러면 그의 아내는 어떤가요?"

"레녹스의 아내는 지쳐 있는데다 불행해 하기는 했지만 심리적 갈등을 겪고 있는 것 같지는 않았습니다. 아마 결단을 내리기 직전에 망설이는 상태였을 겁니다."

"어떤 결단이요?"

"남편을 떠나느냐 마느냐 하는 문제겠지요."

제라르는 제퍼슨 코프와 나누었던 대화 내용을 다시 들려주었다. 푸아로는 알겠다는 듯 고개를 끄덕였다.

"그 어린 아가씨는 어떤가요? 이름이 지네브라라고 했던가요?"

제라르의 얼굴이 어두워졌다.

"정신적으로 굉장히 위험한 상태였어요. 정신분열증 증상을 이미 보이기 시작했더라고요. 자신의 삶을 억누르는 압박을 견딜 수 없었던 나머지 환상의 세계로 도피한 겁니다. 피해망상 단계까지 도달해 있었는데, 말하자면 자신이 왕족인데 현재 위험에 처해 있고 적들이 자기를 둘러싸고 있다. 뭐 그렇고 그런 주장을 하는 거지요."

"그것이 위험한가요?"

"아주 위험하지요. 이른바 살인광이 되는 첫 시작이 그런 경우가 많아요. 자기가 피해자이기 때문에 죽이는 겁니다. 살인의 욕망 때문이 아니라 자기방어를 위해서죠. 죽임을 당하지 않기 위해서 죽이는 거예요. 그런 관점에서 보자면 굉장히 이성적인 행위라 볼 수 있어요."

"그렇다면 지네브라 보인턴이 어머니를 죽였을 수도 있겠네요?"

"그렇지요. 하지만 지네브라에게 그런 식으로 살인을 저지를 만한 지식이 있었는지 또 살인 계획을 그처럼 정교하게 꾸밀 수 있었을지는 의심스럽군요. 그런 류의 살인광들이 꾸미는 계략은 대체로 아주 간단하고 뻔하거든요. 더구나 지네브라였다면 분명 보다 극적인 방법을 택했을 겁니다."

"하지만 지네브라도 가능성이 있다는 말씀이시지요?"

푸아로가 고집스레 물었다.

"예, 맞아요."

제라르가 긍정했다.

"그렇다면 그 이후는, 그러니까 살인이 일어난 다음은요? 누가 그런 짓을 저질렀는지 나머지 식구들은 알고 있을까요?"

"알고 있겠지요!"

카버리 대령이 느닷없이 말했다.

"지금까지 그 사람들처럼 뭔가를 숨기고 있다는 느낌을 강하게 준 사람들은 없었어요. 아무렇지 않은 척하고 있을 뿐입니다."

"그게 뭔지 털어놓도록 해야겠군요."

푸아로가 말했다.

"취조를 하겠다는 말씀인가요?"

대령이 말했다.

푸아로가 고개를 저었다.

"아니요. 그냥 일상적인 대화를 나눌 겁니다. 사람들은 대체로 진실을 말하게 돼 있어요. 그 편이 훨씬 쉽기 때문이지요! 한두 번, 서너 번은 거짓말을 하더라도 항상 거짓말을 할 수는 없는 법입니다. 그래서 진실은 생각보다 간단하게 밝혀지지요."

"그럴 수도 있겠군요."

대령이 동의했다.

그러더니 잠시 후 불쑥 물었다.

"그 사람들과 이야기를 해 보겠다는 겁니까? 그렇다면 이 사건을 맡겠다는 말이로군요."

푸아로가 고개를 끄덕이며 말했다.

"그러나 이 점에 대해서는 분명히 해 두고 싶군요. 대령님이 필요로 하는 것, 그리고 내가 제공할 수 있는 것은 진실입니다. 하지만 알아 두어야 할 것이 있습니다. 그것은 진실을 알게 되더라도 증거가 없을 수 있다는 사실입니다. 다시 말해서 법정에서 받아들여질 증거는 없을 수도 있습니다. 아시겠어요?"

"잘 알겠습니다. 실제로 어떤 일이 일어났는지는 알려 줄 수 있지만 조치를 취할지 말지는 내 결정에 달렸다는 거로군요. 국제적인 이해관계를 고려해서 말이지요. 아무튼 문제는 깨끗이 해결되어야 합니다. 엉망으로 내버려 둬서는 안 됩니다. 지저분한 건 질색이에요."

푸아로가 가만히 웃었다.

대령이 말했다.

"한 가지 부탁할 게 있는데요. 시간을 많이 드릴 수는 없습니다. 그 사람들을 이곳에 무한정 붙들어 둘 수는 없거든요."

푸아로가 조용히 말했다.

"24시간은 붙들어 둘 수 있겠지요? 내일 밤이면 진실을 알게 될 겁니다."

대령이 그를 빤히 쳐다보았다.

"아주 자신만만하군요?"

"내 능력은 내가 잘 아니까요."

푸아로가 낮은 목소리로 말했다.

영국적이지 않은 그의 태도에 왠지 불편해진 대령은 먼 데를 쳐다보며 너저분한 콧수염을 손가락으로 만지작거렸다. 그러고는 이렇게 말했다.

"그러면, 이 사건을 당신에게 맡기겠습니다."

"만약 성공한다면 당신은 정말 천재일 겁니다."

제라르가 말했다.

4장

새라 킹은 에르퀼 푸아로의 얼굴을 탐색이라도 하듯 한참 동안 쳐다보았다. 달걀형의 두상, 덥수룩한 콧수염, 멋 부린 외모와 어딘지 수상쩍어 보이는 검은 머리. 새라의 눈동자에 의심의 눈빛이 떠올랐다.

"자, 마드무아젤, 이제 충분합니까?"

흥미롭다는 듯 장난기 어린 그의 시선과 마주치자 새라의 얼굴이 붉어졌다.

"죄송해요."

새라가 겸연쩍은 듯 말했다.

"뒤 투(전혀)! 최근에 배운 표현을 쓰자면 나를 두고 훑어보기를 한 건가요?"

새라가 살짝 웃음을 지었다.

"글쎄요. 아무튼 저한테도 똑같이 하시면 되잖아요."

"당연하지요. 그렇게 하지 않을 리가 있겠습니까?"

새라는 그를 날카롭게 바라보았다. 그의 어조에서 뭔가를 느꼈다. 하지만 푸아로가 흐뭇한 표정으로 콧수염을 만지작거리고 있자 새라는 그저 이렇게 생각했다.

'이 남자 사기꾼 같잖아!'

새라는 자신감을 되찾고 몸을 좀 더 꼿꼿이 세운 후 미심쩍은 듯 말했다.

"이 면담의 목적이 무엇인지 잘 모르겠는데요?"

"제라르 박사님이 뭐라 안 하시던가요?"

새라가 이맛살을 찌푸렸다.

"저로서는 제라르 박사님이 이해가 잘 안 돼요. 그분이 생각하시는 건……."

"이곳 덴마크의 뭔가가 썩어 있다."

푸아로가 셰익스피어를 인용했다.

"보다시피 나도 영국의 셰익스피어는 알 만한 사람이에요."

새라는 셰익스피어 이야기는 무시한 채 이렇게 물었다.

"이렇게 야단법석을 떠는 이유가 정확히 무엇 때문인가요?"

"에 비엥.(좋습니다.) 사건의 진실을 밝히고 싶지 않습니까?"

"보인턴 노부인의 죽음에 대해서 말인가요?"

"예, 그래요."

"괜한 헛소동을 부리는 것 같군요. 물론 푸아로 씨가 전문가라는 건 잘 알고 있지만요. 그러니 당연하게도 푸아로 씨가…….”

“그러니 당연하게도 내가 어떤 사건을 대할 때마다 범행이라고 의심할 거라는 말이지요?”

푸아로가 그녀를 대신해서 문장을 맺어 주었다.

“음, 어쩌면 그렇다고 할 수도 있겠네요.”

“보인턴 노부인의 죽음에 대해 정말 아무런 의심이 없습니까?”

새라가 어깨를 으쓱했다.

“정말이지 푸아로 씨, 만약 페트라에 갔다 오셨다면 심장이 안 좋은 나이 많은 여자에게 그런 여행은 상당히 무리였다는 사실을 알 수 있었을 거예요.”

“이 사건에 대해 전혀 의심이 없군요?”

“전혀요. 전 제라르 박사님의 태도를 이해할 수 없어요. 박사님은 그날 일에 대해 아무것도 모르시는걸요. 고열로 누워 계셨으니까요. 물론 박사님의 뛰어난 의학지식에 대해서는 경의를 표하지만 이 경우에는 알고 있는 것이 아무것도 없어요. 제 진단 결과에 만족하지 못 한다면 예루살렘에서 부검을 해 보면 되잖아요.”

푸아로는 잠시 침묵한 뒤 입을 열었다.

“새라 씨, 당신이 아직 모르고 있는 사실이 있어요. 제라르 박사가 그 이야기를 해 주지 않은 모양이네요.”

“무슨 사실인데요?”

“디기톡신이라는 약물이 제라르 박사의 여행용 약상자에서 없어졌다는군요.”

"오!"

새라는 이 사건의 새로운 측면을 재빨리 알아차렸다. 그러고는 즉시 그 의심스러운 사실에 대해 궁금한 점을 물어보았다.

"박사님이 그 사실을 확신하고 계세요?"

푸아로가 어깨를 으쓱했다.

"의사라면, 마드무아젤도 알겠지만 진술을 하는 데 있어서 퍽 신중한 편이지요."

"오, 물론 그래요. 말할 필요도 없는 일이지요. 하지만 박사님은 그때 말라리아에 걸려 있었거든요."

"물론 그랬지요."

"그게 언제 없어졌는지는 대략 알고 계신대요?"

"페트라에 도착한 날 밤에 약상자를 열어 보았답니다. 두통이 몹시 심해서 해열제인 페나세틴을 좀 꺼냈다고 해요. 다음 날 아침 페나세틴을 다시 제자리에 두고 상자를 닫을 때까지만 해도 모든 약품이 그대로 있었다고 거의 확신하고 있더군요."

"거의라고요."

푸아로가 어깨를 으쓱했다.

"그렇지요. 의심의 여지는 있습니다! 정직한 사람이라면 누구라도 느낄 그런 의심 말이지요."

새라가 고개를 끄덕였다.

"예, 알아요. 과신하는 사람들은 오히려 믿기 어렵죠. 그래도 푸아로 씨, 증거가 너무 약해요. 제가 보기에는……."

그녀는 잠시 말을 멈추었다. 푸아로가 대신해서 말을 끝맺어 주었다.

"당신이 보기에는 내가 하는 조사가 잘못된 충고를 따른 거라는 말이겠지요?"

새라가 그의 얼굴을 솔직한 표정으로 쳐다보았다.

"솔직하게 말씀드리자면 그래요. 푸아로 씨, 당신에게 있어 이것이 로만홀리데이*가 아니라고 확신할 수 있으세요?"

푸아로가 살며시 미소를 지었다.

"한 가족의 개인적인 생활들이 혼란에 빠지고 어지러워지는데 에르퀼 푸아로는 오로지 자신의 즐거움을 위해 탐정놀이를 한다. 그 말인가요?"

"감정을 상하게 할 뜻은 없지만 그런 측면도 다소 있지 않나요?"

"그렇다면 당신은 라 파미유 보인턴의 편입니까, 마드무아젤?"

"그런 것 같네요. 그 사람들은 고통을 겪을 만큼 겪었어요. 더 이상 참아서는 안 돼요."

"그렇다면 라 마망, 그러니까 그 노부인은 불쾌하고 포악하고 탐탁지 않은 인물이기 때문에 죽는 것이 살아 있는 것보다 단연코 더 낫다는 말인가요? 그것 역시 좀 그렇지 않아요?"

"그렇게 말씀하신다면……."

새라가 잠시 말을 멈추었다가 얼굴을 붉히며 말을 이었다.

---

* 남을 희생시켜 얻는 쾌락.

"그 점을 감안해서는 안 된다는 말에 동의해요."

"그래도 사람들은 그 점을 감안하지요! 마드무아젤, 당신도 그렇고요! 하지만 나는 그렇지 않습니다. 나한테는 전부 똑같아요. 희생자는 선량한 신을 믿는 성인일 수도 있고 악명 높은 괴물일 수도 있습니다. 그 점은 나한테는 아무 상관없어요. 허나 사실은 변하지 않죠. 한 생명이 사라졌다는 사실 말입니다. 나는 언제나 이렇게 말한답니다. 살인은 인정할 수 없다고요."

"살인이라고요?"

새라가 순간 숨을 들이켰다.

"하지만 증거가 있나요? 있더라도 아주 사소한 것이겠지요! 제라르 박사님 자신도 확신할 수 없는 것, 그런 것 말이에요!"

푸아로가 조용한 목소리로 말했다.

"하지만 또 다른 증거도 있습니다. 마드무아젤."

"무슨 증거요?"

새라의 목소리는 날이 서 있었다.

"죽은 노부인의 손목에 주삿바늘 자국이 남아 있었어요. 그리고 증거가 좀 더 있어요. 예루살렘의 어느 맑고 고요한 밤에 내가 창문을 닫으려고 창가로 걸어갔는데 그 때 우연히 듣게 된 말이 있습니다. 그 말이 무엇이었냐고요? 이런 말이었습니다. '너도 알잖아? 그 여자는 죽어야 해.' 레이먼드 보인턴의 목소리였어요."

새라의 얼굴에서 서서히 핏기가 사라졌다.

"레이먼드가 그런 말을 했다고요?"

"예, 그래요."

새라는 푸아로를 정면으로 쳐다보았다.

이윽고 새라가 입을 열었다.

"정말로 그 말을 들으셨다는 거군요."

"그렇지요. 내가 들었습니다. 우연하게도요. 내가 조사를 해 봐야 한다고 말한 이유를 이제 알겠습니까?"

새라가 조용히 말했다.

"푸아로 씨 말이 옳은 것 같군요."

"아! 그렇다면 도와 줄 겁니까?"

"당연히 그래야지요."

새라의 목소리는 냉정하고 침착했으나 눈동자는 푸아로의 눈동자를 차갑게 바라보고 있었다.

푸아로가 고개를 숙였다.

"고마워요, 마드무아젤. 그러면 그날 일에 대해 기억나는 것들을 정확하게 새라 씨의 표현으로 들려 주면 좋겠어요."

새라는 잠시 생각을 한 후 이야기를 시작했다.

"음, 일단 아침에 유적지 답사를 갔어요. 보인턴 가족은 아무도 우리와 함께 가지 않았고요. 그 사람들을 본 건 점심 식사 때였어요. 우리가 돌아왔을 때쯤 식사를 거의 다 끝낸 상태였고요. 보인턴 노부인은 이상하리만치 온유해 보였어요."

"보통 때는 다정하지 않았었나 보군요."

"그런 것과는 거리가 먼 사람이지요."

새라가 약간 상을 찡그렸다. 그런 다음 노부인이 그날 자식들에게 시중을 들지 않아도 좋다고 자유를 준 사실에 대해 이야기했다.

"그것 역시 특이한 일이었나요?"

"예, 대체로 자식들을 옆에 붙들어 두고 있었거든요."

"노부인이 갑자기 후회가 들었거나 이른바 봉 모망(좋은 순간)에 휩싸인 건 아니었을까요?"

"아니요. 그렇지 않을 걸요."

새라가 딱 잘라 말했다.

"그렇다면 무엇 때문이라고 생각했나요?"

"갈피를 잡기 힘드네요. 그때는 고양이와 쥐의 위계질서 같은 것이 아닐까 생각했어요."

"좀 더 자세히 이야기해 주겠어요, 마드무아젤?"

"고양이는 쥐를 풀어 주었다가 다시 잡는 것을 즐기잖아요. 보인턴 노부인도 그런 심리 상태가 아닌가 싶었어요. 노부인이 뭔가 악독한 행위를 새로 시작하려나 보다 생각한 거지요."

"그 다음에는 무슨 일이 일어났습니까, 마드무아젤?"

"보인턴 가족이 산책을 나갔어요."

"모두가요?"

"아니요. 제일 어린 지네브라만 남고요. 노부인이 지네브라에게는 가서 쉬라고 했거든요."

"지네브라가 그걸 원했나요?"

"아니요. 하지만 그런 건 문제가 안 돼요. 지네브라는 시키는 행동만 해야 했으니까요. 그 나머지 식구들이 출발했어요. 제라르 박사님과 제가 그들과 합류했고요."

"그게 언제였습니까?"

"3시 30분경이요."

"보인턴 노부인은 그때 어디 있었나요?"

"네이딘이, 그러니까 젊은 보인턴 부인이 동굴 밖 의자에 앉혀 주었어요."

"계속하세요."

"커브를 돈 다음 제라르 박사님과 제가 그들을 따라잡았어요. 우리는 모두 함께 걸어갔어요. 그리고 얼마 후에 제라르 박사님이 캠프로 돌아가셨어요. 계속 좀 아파 보이셨거든요. 열이 있어 보였어요. 제가 같이 돌아가겠다고 했는데 마다하셨어요."

"그때가 언제였나요?"

"아마 4시경이었을 거예요."

"그러면 나머지 사람들은요?"

"계속 걸어갔어요."

"모두 함께 걸었나요?"

"처음에는요. 그러다가 갈라졌어요."

다음 질문을 예견이라도 하듯 새라는 얼른 말을 이었다.

"네이딘 보인턴과 코프 씨가 한 쪽 방향으로 걸어갔고 캐럴과 레녹스, 레이먼드와 제가 나른 쪽 방향으로 걸어갔어요."

"계속해서 그렇게 갔습니까?"

"음, 아니요. 레이먼드 보인턴과 제가 따로 떨어져 나왔어요. 우리는 바위에 앉아 황량한 풍경을 감탄하며 바라보았어요. 그러다 레이먼드가 먼저 가고 저 혼자 그곳에 좀 더 앉아 있다가 내려왔지요. 시계를 보니 5시 30분이 다 되었기에 돌아가야겠다고 생각했어요. 캠프에 돌아온 건 6시였고요. 해 질 무렵이었어요."

"도중에 보인턴 노부인을 보았나요?"

"암벽선반에 놓인 의자에 가만히 앉아 있는 것을 보았어요."

"특별히 이상한 점은 없었나요? 전혀 움직이지 않았다거나?"

"아니요. 우리가 도착한 날 저녁에도 그렇게 그 자리에 앉아 있었거든요."

"알겠습니다. 콩티뉴에(계속하십시오.)."

"먼저 천막 안으로 들어갔어요. 제라르 박사님만 빼고 나머지 사람들이 모두 와 있더군요. 그래서 씻으러 갔다가 다시 천막으로 돌아왔어요. 하인들이 저녁 식사를 내왔고 그중 한 명이 보인턴 노부인을 부르러 갔어요. 하인이 뛰어와서 노부인이 아프다고 하더군요. 서둘러 그곳에 가 보았어요. 아까 봤을 때처럼 미동도 없이 앉아 있었는데 손을 대어 보자마자 죽은 걸 알겠더군요."

"자연사였다는 사실에 대해서 조금도 의심하지 않았다는 말이군요?"

"전혀요. 구체적으로 어떤 병이라는 말은 못 들었지만 심장병을 앓고 있다는 말은 들었거든요."

"그러니까 노부인이 의자에 앉은 채 그냥 죽어 버린 거라고만 생각했나요?"

"예."

"도와달라는 소리 같은 것도 지르지 않고서 말입니까?"

"예, 가끔 그런 일도 일어나니까요. 자다가 죽어 버렸을 수도 있고요. 졸다가 그렇게 되었을 가능성이 높아요. 어떻든 간에 캠프는 거의 오후 내내 잠들어 있었어요. 소리를 정말 크게 지르지 않았다면 아무도 듣지 못했을 거예요."

"사망한 뒤 얼마나 시간이 지났는지에 대한 진단은 내렸습니까?"

"그 문제에 대해서는 그다지 깊이 생각하지 않았어요. 사망한 뒤 시간이 꽤 지나 있었던 건 확실해요."

"시간이 꽤 지났다면 어느 정도의 시간을 말하는 건가요?"

"글쎄, 한 시간은 넘었어요. 그보다 더 길었을 거예요. 바위에 남아 있던 열기 때문에 몸이 빠르게 식지 않았던 것 같으니까요."

"한 시간이 넘었다고요? 마드무아젤, 레이먼드 보인턴이 그 30분 전쯤에 노부인에게 말을 걸었다는 사실을 알고 있나요? 그는 그때까지만 해도 노부인이 건강하게 살아 있었다고 하던데요."

이제 새라는 더 이상 그와 눈을 마주치지 않았다. 하지만 고개를 저었다.

"아마 착각했을 거예요. 그보다 더 이른 시각이었겠지요."

"아닙니다. 마드무아젤. 그렇지 않아요."

새라는 푸아로를 뻔히 쳐다보았다. 푸아로는 또 한 번 그녀의 입가에서 단호함을 읽어 냈다.

"제가 아직 미숙한 데다 시체를 본 경험이 많지 않은 건 사실이에요. 하지만 한 가지는 확실히 말씀드릴 수 있어요. 시체를 살펴보았을 때 보인턴 노부인이 죽은 지는 적어도 한 시간 이상은 지나 있었다는 사실 말이에요."

에르퀼 푸아로가 대뜸 말했다.

"그것은 마드무아젤, 당신의 생각일 테지요. 그런데도 그 말을 고수할 생각이로군요. 그렇다면 레이먼드가 사실상 죽어 있는 어머니를 두고 살아 있었다고 말한 까닭은 무엇일까요?"

"전혀 모르겠어요. 어쩌면 그들 모두가 시간에 대해 좀 헷갈려 하는지도 모르지요! 그 가족은 몹시 불안한 사람들이었으니까요."

"그렇다면 마드무아젤, 그 사람들과 함께 이야기를 나눈 것은 몇 번이나 되나요?"

새라는 미간을 찌푸린 채 잠시 말이 없었다.

"그건 정확하게 말씀드릴 수 있어요. 예루살렘으로 오는 침대차에서 레이먼드 보인턴에게 말을 걸었어요. 그리고 캐럴 보인턴과 두 번 대화를 나누었는데, 한 번은 오마르 모스크에서였고 또 한 번은 늦은 밤 호텔의 제 방에서였어요. 다음 날 아침 레녹스 보인턴 부인과 대화를 나누었고요. 그게 다예요. 보인턴 노부인의 죽음이 있던 그날, 우리가 함께 산책을 나갔던 오후까지는요."

"보인턴 노부인과는 아무런 대화도 나누지 않았나요?"

새라가 심경이 불편한 듯 얼굴을 붉혔다.

"몇 마디 나누었어요. 노부인이 예루살렘을 떠나던 날에요."

새라는 잠시 말을 멈추었다가 불쑥 입을 열었다.

"사실대로 말씀드리면 스스로 웃음거리가 된 셈이에요."

"그래요?"

그의 물음이 너무 분명해서 새라는 내키지 않았지만 마지못해 대화 내용을 털어놓았다.

푸아로는 흥미롭다는 표정으로 새라에게 꼬치꼬치 캐물었다.

"보인턴 노부인의 심리 상태, 그것이 이번 사건에서 매우 중요하거든요. 게다가 당신은 아웃사이더, 즉 선입견을 갖지 않은 관찰자이니까요. 그래서 당신이 노부인에 대해 어떤 말을 하는지가 아주 중요합니다."

새라는 대답하지 않았다. 그날 노부인과 나누었던 대화를 생각하면 여전히 얼굴이 화끈거렸고 마음이 불편했다.

"고마워요, 마드무아젤. 이제 다른 증인들과 이야기를 나눠 보아야겠군요."

새라가 일어났다.

"실례가 될지 모르겠지만 푸아로 씨, 제가 제안을 하나 해도 괜찮을까요?"

"물론입니다. 물론이에요."

"이 전부를 부검이 끝나고 푸아로 씨의 의심이 정당한지 그렇지 않은지 밝혀진 다음으로 미루면 안 될까요? 제 생각에는 이건 앞뒤 순서가 바뀐 일인 것 같은데요."

푸아로는 손을 휘휘 내저으며 선언하듯 말했다.

"이것이 에르퀼 푸아로의 방식이에요."

새라는 입술을 꽉 깨문 채 방을 나갔다.

5장

웨스트홀름 부인이 대서양을 횡단하고 부두로 들어오는 대형 선박처럼 자신감 넘치는 태도로 방 안에 들어왔다.

애머벨 피어스 양은 대형 선박의 항적을 뒤쫓아 들어오는 소형 선박처럼 웨스트홀름 부인을 뒤따라 들어와서는 약간 뒤편에 놓인 조금 조야하게 만들어진 의자에 앉았다.

웨스트홀름 부인이 대뜸 우렁찬 목소리로 말했다.

"기꺼이 협조하겠어요, 푸아로 씨. 내 힘이 닿는 한 어떤 수단을 써서라도 도와드리지요. 이런 일이 생기면 누구나 공적인 의무를 다해야 한다고 늘 생각하고 있답니다."

웨스트홀름 부인이 공적인 의무에 대해 신나게 이야기를 늘어 놓는 중에 푸아로는 기회를 엿보아 재빨리 질문을 던졌다.

"사건이 일어난 그날에 대한 기억은 생생해요. 피어스 양과 나는 도움이 되는 일이라면 뭐든 하겠어요."

"오, 당연히 그래야지요."

피어스 양이 거의 도취된 듯한 표정으로 얕은 숨을 내쉬며 말했다.

"너무 비극적이지 않나요? 그렇게 죽어 버리다니…… 그것도 눈 깜짝할 사이에 말이에요!"

"사건이 일어난 그날 무슨 일이 일어났는지 정확히 말씀해 주시겠습니까?"

웨스트홀름 부인이 대답했다.

"물론이에요. 점심을 먹고 나서 우리는 잠깐 동안 낮잠을 자기로 했어요. 아침의 유적지 답사가 좀 피곤했거든요. 정말로 지쳤다는 말은 아니에요. 나는 그런 적이 거의 없답니다. 사실은 피곤이란 게 뭔지 알 틈도 없어요. 우리 같은 사람은 실제 기분과는 상관없이 피곤을 느끼더라도 대중 앞에 나서야 할 때가 많으니까 말이에요."

또 한 번 푸아로가 기회를 노려 질문을 던졌다.

"좀 전에 말했듯이 나는 낮잠을 자고 싶었어요. 피어스 양도 나와 같은 생각이었지요."

피어스 양이 한숨을 내쉬며 말했다.

"아, 그랬어요. 아침 답사 때문에 몹시 피곤했어요. 정말 위험한 등반이었거든요. 재미있긴 했지만 정말 녹초가 되었어요. 전 웨스트홀름 부인만큼 건강하지 못해서요."

웨스트홀름 부인이 말했다.

"피곤도 다른 모든 것과 마찬가지로 정복할 수 있는 거예요. 나는 몸이 필요로 한다고 해서 거기에 굴복해서는 안 된다는 신념을 갖고 있어요."

또 말이 길어질 듯하자 푸아로가 웨스트홀름 부인의 말을 끊고 이렇게 물었다.

"그러면 점심을 먹은 다음 두 분은 각각 텐트로 돌아갔습니까?"

"예."

"보인턴 노부인이 그때 동굴 입구에 앉아 있었나요?"

"노부인의 며느리가 산책을 나가기 전에 노부인을 그곳에 앉혀 주었어요."

"두 분 다 노부인을 보았습니까?"

피어스 양이 대답했다.

"아, 그럼요. 노부인은 반대편에 앉아 있었어요. 물론 거리가 조금 떨어진 곳의 위쪽이었지만요."

웨스트홀름 부인이 그 말을 보충해서 설명했다.

"동굴의 입구는 암벽선반 쪽으로 뚫려 있어요. 암벽선반 아래쪽으로 텐트가 몇 개 있고요. 그리고 작은 개울이 하나 있는데, 개울 건너편에 커다란 천막과 텐트가 몇 개 더 있어요. 피어스 양과 나는 천막 근처에 있는 텐트를 썼어요. 피어스 양은 천막 오른쪽 텐트를 썼고 나는 왼쪽 텐트를 썼지요. 우리 텐트의 입구는 암벽선반을 마주하고 있었지만 물론 어느 정도 거리가 있었어요."

"200미터 좀 못 되게 떨어져 있었을 거예요."

푸아로가 말했다.

"그 정도 되겠네요."

"통역 마무드의 도움을 받아서 도면을 만든 게 있습니다."

푸아로가 이렇게 말하자 그렇다면 그 도면이 틀렸을지도 모른다고 웨스트홀름 부인이 대뜸 말했다.

"그 남자는 정확한 데라고는 전혀 없는 사람이에요. 그 사람이 하는 말과 베데커 여행안내서를 비교해 봤는데 그 사람이 준 정보가 명백하게 틀렸던 적이 한두 번이 아니었다니까요."

푸아로가 말했다.

"이 도면에 의하면 보인턴 노부인이 쓰던 동굴 옆에 레녹스와 그의 아내가 쓰던 동굴이 있군요. 레이먼드, 캐럴, 지네브라 보인턴이 바로 그 아래의 약간 오른쪽에 세워져 있는 텐트를 썼고요. 그 지점은 사실상 천막의 거의 맞은편이 되는군요. 지네브라 보인턴의 텐트 오른쪽에 제라르 박사의 텐트가 있었고 그 옆에 새라 킹의 텐트가 있었어요. 개울 건너 천막 바로 왼쪽에는 웨스트홀름 부인과 코프 씨의 텐트가 있었고요. 피어스 양의 텐트는 아까 말씀하신대로 천막 오른쪽에 있었어요. 맞습니까?"

웨스트홀름 부인이 자기가 아는 한에서는 그렇다며 마지못해 인정했다.

"확인해 주셔서 고맙습니다. 아주 분명해졌군요. 계속해 주세요. 웨스트홀름 부인."

웨스트홀름 부인이 우아하게 미소를 지은 뒤 이야기를 계속했다.

"3시 45분에 피어스 양이 깨어 있는지 또 산책을 할 의향이 있는지 알아보러 피어스 양의 텐트로 갔어요. 텐트 입구 쪽에 앉아 책을 읽고 있더군요. 30분 뒤에 태양의 열기가 한풀 꺾이면 출발하기로 합의를 보았어요. 그래서 내 텐트로 돌아가 25분 정도 책을 읽었지요. 그런 다음 다시 피어스 양의 텐트로 갔어요. 이미 준비를 끝내고 기다리고 있더군요. 그래서 함께 출발했어요. 캠프 사람들은 전부 잠들어 있는 것 같았어요. 한 사람도 얼씬하지 않더군요. 보인턴 노부인이 혼자 앉아 있는 모습이 보이기에 출발하기 전에 뭔가 필요한 게 있는지 물어보자고 피어스 양에게 제안했어요."

"예, 그러셨지요. 정말 사려 깊은 행동이셨어요."

피어스 양이 웨스트홀름 부인을 쳐다보며 작은 목소리로 말했다.

"그게 내 의무라고 생각했으니까요."

웨스트홀름 부인이 굉장히 자족적인 표정을 지으며 말했다.

"그런데도 그토록 무례하게 굴다니!"

피어스 양이 소리쳤다.

푸아로가 궁금하다는 표정을 지었다.

웨스트홀름 부인이 설명했다.

"우리가 지나가려고 했던 길은 암벽선반 바로 밑이었어요. 나는 위를 쳐다보며 보인턴 노부인에게 지금 우리는 산책하러 가는데 가기 전에 뭔가 해 줄 게 없느냐고 물어봤지요. 푸아로 씨, 그런데 우리가 들은 대답이라곤 고작해야 '흥.' 하는 소리 말고는 아무것도 없었답니다! 흥이라니요! 그 여자는 마치, 그러니까 마치 우리가 지저분한 먼지구덩이라도 되는 것처럼 내려다봤어요!"

"창피한 줄 알아야 해요!"

피어스 양이 얼굴을 붉히며 말했다.

웨스트홀름 부인도 약간 빨게진 얼굴로 말했다.

"어쩔 수 없이 말씀드려야겠네요. 그래서 그때 저도 좀 야박한 소리를 했어요."

"충분히 정당한 이유가 있었던 일이에요. 그런 상황에서라면 지극히 당연한 일이잖아요."

피어스 양이 웨스트홀름 부인을 쳐다보며 말했다.

"무슨 말이었습니까?"

"피어스 양에게 노부인이 술에 취해 저러는 걸 거라고 말했어요! 노부인의 태도는 정말 기묘했어요. 계속 그렇긴 했지만요. 그래서 그게 술 때문인지도 모르겠다고 생각했어요. 알코올 중독의 해악은 우리 모두 너무나 잘 알고 있듯이……."

푸아로가 대화의 흐름을 술에서 원래의 방향으로 솜씨 좋게 되돌렸다.

"그날 노부인의 태도가 특히 이상했다고요? 이를테면 점심을 먹을 때 말씀인가요?"

"아니, 아니요."

곰곰이 생각하며 말한 웨스트홀름 부인이 잘난 체하는 표정으로 덧붙였다.

"아니요. 그때는 상당히 정상적이었던 것 같아요. 소위 그런 유형의 미국인이라면 말이지요."

느닷없이 피어스 양이 말했다.

"노부인이 하인에게 무척 폭력적으로 대했어요."

"어느 하인 말입니까?"

"우리가 출발하기 조금 전이었는데요."

"오! 그래요. 기억나는군요. 노부인이 그 하인에게 유난히 화가 나 있었어요! 물론 영어를 한 마디도 못 알아듣는 하인을 부리는 건 매우 힘든 일이지만 여행할 때는 그런 것은 너그럽게 봐 줘야 하잖아요."

웨스트홀름 부인이 말을 받았다.

"그 하인이 누구였습니까?"

"캠프에서 일하는 베두인 하인 중 한 명이었는데 노부인에게 올라가 있었죠. 아마 막내딸의 텐트에서 뭔가를 갖다 달라고 시킨 모양인데 엉뚱한 것을 갖다 준 것 같았어요. 그게 뭔지는 모르겠지만 아무튼 노부인이 잔뜩 화가 나 있었던 것만은 분명해요. 가엾은 하인은 잽싸게 꽁무니를 빼며 달아났고 노부인은 지팡이를 휘두르면서 고래고래 소리를 지르더군요."

"뭐라고 소리를 질렀습니까?"

"너무 멀리 있어서 들리지는 않았어요. 나는 한 마디도 똑똑히 들을 수 없었는데, 피어스 양, 혹시 들었나요?"

"저도 못 들었어요. 내 생각에도 막내딸의 텐트에서 뭔가 가져 오라고 시킨 것 같았어요. 어쩌면 그 하인이 막내딸의 텐트에 들어간 것 때문에 화를 냈을 수도 있고요. 정확히는 모르겠어요."

"그 사람의 생김새는 어땠습니까?"

그 질문을 받자 피어스 양은 잘 모르겠다는 듯 고개를 저으며 말했다.

"정말 모르겠어요. 너무 멀리 떨어져 있었거든요. 아랍 사람들은 전부 똑같아 보여서 말이지요."

"평균 키보다 조금 큰 편이었어요. 토착민들이 쓰는 평범한 머리 수건을 쓰고 있었고요. 나달나달해지고 군데군데 덧댄 반바지를 입고 있었는데 정말 보기 흉했지요. 각반을 찬 것은 못 봐 줄 정도로 너저분했고요. 아무튼 이 사람들은 규율이 필요하다니까요!"

웨스트홀름 부인이 말했다.

"캠프의 하인들을 모아 놓으면 그 사람의 얼굴을 가려 낼 수 있을까요?"

"그건 장담할 수 없겠네요. 얼굴은 보지 못했거든요. 너무 멀리 떨어져 있었으니까요. 게다가 피어스 양이 말한 것처럼 아랍인들은 전부 똑같이 생겨서 말이지요."

"그 사람이 무슨 일로 보인턴 노부인을 화나게 했는지 정말 궁금하군요."

푸아로가 생각에 잠긴 듯 말했다.

"가끔 하인들은 인내심을 시험한다고 여겨질 만한 행동을 하기도 하니까요. 어떤 날은 하인에게 손짓 발짓으로 내 구두는 내가 닦겠다고 말했는데도 그냥 가져가 버리더군요."

웨스트홀름 부인이 말했다.

"저도 구두는 언제나 직접 닦지요."

푸아로가 잠시 원래 질문에서 빗나간 이야기를 했다.

"저 역시 구두 닦는 도구들을 언제나 가지고 다닌답니다. 구두 닦는 천도 갖고 다니고요."

웨스트홀름 부인이 말했다.

"나도 그래요."

푸아로가 맞장구를 치자 웨스트홀름 부인이 아주 인간적인 목소리로 말했다.

"이 아랍 사람들은 자기네들 소유물의 흙먼지도 털지 않잖아요."

"절대 안 털지요! 하루에 서너 번은 털어주는 게 마땅할 텐데요."

"그렇고말고요."

이런 말이 오가는 가운데 웨스트홀름 부인의 표정이 상당히 호전적으로 변했다.

"정말 그래요. 지저분한 건 참을 수 없다니까요!"

그러더니 감정을 실어 한 마디 덧붙였다.

"상점가에 날아다니는 파리 떼도 정말이지 끔찍해요!"

"자, 자, 그 하인을 찾아 내면 노부인을 화나게 한 일이 뭔지 곧 알아낼 수 있을 겁니다. 이야기를 계속할까요?"

푸아로가 약간 자책하는 목소리로 말했다.

웨스트홀름 부인이 다시 이야기를 시작했다.

"우리는 천천히 걸어갔는데 도중에 제라르 박사를 만났어요. 비틀비틀하면서 걸어오는 게 몹시 아파 보이더군요. 열이 있다는 걸

금세 알아챌 수 있었지요."

"몸을 심하게 떨고 있었어요. 온몸을 바들바들 떨던데요."

피어스 양이 한마디 끼어들었다.

웨스트홀름 부인이 말했다.

"말라리아에 걸린 걸 금세 알 수 있겠더라고요. 같이 돌아가 주겠다고 제안했지요. 그리고 키니네를 좀 갖다 주겠다고 했더니 자기한테도 있다고 하더군요."

피어스 양이 말했다.

"가여운 사람. 의사가 병에 걸린 걸 보면 언제나 끔찍한 기분이 들어요. 왠지 아주 잘못된 일 같거든요."

웨스트홀름 부인이 말을 이었다.

"우리는 계속 걸었어요. 그리고 바위에 앉았지요."

"정말이지 아침 답사 때 산을 오른 뒤라 너무너무 피곤했어요."

피어스 양이 작은 목소리로 말했다.

웨스트홀름 부인이 단호한 목소리로 말했다.

"나는 피곤함을 모르는 사람이에요. 하지만 더 가야 할 이유가 없었어요. 주위 경관이 충분히 멋졌으니까요."

"캠프가 보이지 않는 곳이었습니까?"

"아니요. 캠프가 바라보이는 곳에 앉아 있었어요."

"황량한 장밋빛 바위들 한가운데 세워져 있는 캠프가 얼마나 낭만적이었는데요."

피어스 양이 작은 목소리로 말했다.

웨스트홀름 부인이 한숨을 쉬며 고개를 내저었다.

"캠프를 그보다는 훨씬 잘 운영할 수 있을 텐데요."

웨스트홀름 부인의 흔들목마 같은 콧구멍이 넓혀졌다.

"그 문제를 국회에서 다뤄 봐야겠어요. 우리가 마시는 물이 여과해서 끓인 물인지 아닌지 도무지 알 수 없다니까요. 그게 당연한 것일 텐데 말이에요. 국회에서 그 점을 지적해야겠어요."

푸아로가 헛기침을 해서 대화의 주제를 식수에서 본 궤도로 재빨리 되돌렸다.

"보인턴 가족 중 누군가를 만나지는 않았습니까?"

푸아로가 물었다.

"만났어요. 캠프로 돌아가던 보인턴 가의 장남과 그의 아내를 마주쳤어요."

"두 사람이 함께였습니까?"

"아니요. 보인턴 씨가 먼저 왔어요. 햇볕을 좀 강하게 쬔 게 아닌가 싶더군요. 걷는 모습이 약간 어지러워 보였어요."

갑자기 피어스 양이 말했다.

"목덜미요. 목덜미를 가려야 해요! 전 언제나 두꺼운 실크 손수건을 두르고 다닌답니다."

"레녹스 보인턴은 캠프로 돌아가는 길에 무엇을 했습니까?"

이번에는 웨스트홀름 부인이 입을 열기 전에 피어스 양이 먼저 말을 시작했다.

"곧장 노부인에게 올라갔는데 오래 있지는 않았어요."

"얼마나 오래 있었나요?"

"1~2분 정도요."

"1분 남짓이었던 것 같아요. 그러고는 그의 동굴로 갔고 그 다음에는 천막으로 내려갔어요."

웨스트홀름 부인이 대화의 주도권을 되찾으려는 듯 피어스 양의 말을 부연 설명했다.

"그의 아내는요?"

"15분 뒤에 나타났어요. 잠깐 멈추어 서서 우리와 몇 마디 이야기를 주고받았어요. 아주 공손하더군요."

"그 며느리는 아주 괜찮은 사람이에요. 정말 괜찮은 사람이더라고요."

피어스 양이 말했다.

"나머지 식구들처럼 가망 없어 보이지는 않더군요."

웨스트홀름 부인이 공감했다.

"레녹스 보인턴의 아내가 캠프로 돌아오는 것도 보았나요?"

"보았어요. 올라가서 노부인에게 뭐라 말을 하더군요. 그러더니 자기 동굴로 들어가 의자를 하나 들고 나와서는 노부인의 옆에 앉아 한동안 이야기를 했어요. 아마 10분 정도였을 거예요."

"그런 다음에는요?"

"그러고는 의자를 다시 동굴로 가져다 놓은 뒤 남편이 있는 천막으로 내려갔어요."

"그 다음에는 무슨 일이 일어났습니까?"

"굉장히 특이한 그 미국인이 나타났어요. 이름이 코프였지요, 아마! 계곡을 따라 커브를 돌면 고색창연한 옛 건축물의 멋진 표본이 보일 거라고 말해 주었어요. 놓쳐서는 안 된다고 말하더군요. 그래서 우리는 그곳까지 걸어갔어요. 코프 씨가 페트라와 나바테아인에 대한 아주 흥미로운 이야기를 해 주었죠."

"정말 재미있었어요."

피어스 양이 말했다.

웨스트홀름 부인이 말을 이었다.

"캠프로 다시 돌아간 건 대략 5시 40분쯤이었어요. 날이 점점 쌀쌀해지고 있었지요."

"보인턴 노부인은 두 분이 떠날 때 앉아 있던 그 자리에 여전히 앉아 있었나요?"

"그랬어요."

"말을 걸어 보았나요?"

"아니요. 사실 거의 쳐다보지도 않았어요."

"다음에는 무엇을 하셨지요?"

"텐트로 돌아가서 신발을 갈아 신은 뒤 챙겨온 중국차를 좀 꺼냈어요. 그런 다음 천막으로 갔어요. 통역이 보이기에 내가 가져온 차로 피어스 양과 나에게 차를 좀 만들어 달라고 지시하면서 끓인 물을 사용해 달라고 신신당부를 했지요. 통역이 30분 내로 저녁이 준비될 거라고 하더군요. 하인들이 저녁을 차리느라 바쁘다면서요. 그게 무슨 상관이냐고 말해 주었어요."

"전 언제나 차 한 잔이면 기분이 완전히 달라지곤 해요."

피어스 양이 작은 목소리로 중얼거리듯 말했다.

"천막에 누구 다른 사람은 없었습니까?"

"있었어요. 레녹스 보인턴 부부가 한쪽 구석에 앉아 독서를 하고 있었고요. 캐럴 보인턴도 있었어요."

"코프 씨는요?"

"그 사람은 우리와 같이 차를 마셨어요. 차를 마시는 건 미국인의 습관이 아니라고 말했지만요."

피어스 양이 말했다.

웨스트홀름 부인이 기침을 한 후 말했다.

"실은 코프 씨가 성가시게 굴까 봐 약간 걱정이 되긴 했어요. 귀찮게 달라붙을지도 모르니까요. 여행할 때 사람을 너무 가까이하면 때로 힘들어지잖아요. 주제넘게 간섭하는 경향도 있고요. 미국인들은 유달리 심하더군요."

푸아로가 점잖게 말했다.

"웨스트홀름 부인, 부인은 그런 상황에 아주 유능하게 대처하실 것 같은데요. 여행하다 알게 된 사람이 더 이상 도움이 안 되면 아주 능숙하게 그들을 떼어 내실 것 같습니다만."

"물론 대부분의 상황은 유능하게 처리할 수 있지요."

웨스트홀름 부인이 자족적인 표정으로 말했다.

푸아로의 반짝거리는 눈동자가 웨스트홀름 부인에게 한동안 머물러 있었다. 이윽고 그가 입을 뗐다.

"그날 일어난 일에 대한 이야기를 마무리 지어 주시겠습니까?

"물론이지요. 내가 기억하는 한은 레이먼드 보인턴과 빨간 머리 보인턴 양이 얼마 후에 나타났어요. 새라 킹 양은 제일 나중에 도착했고요. 그때는 식사 준비가 이미 끝나 있었어요. 노부인에게 그 사실을 알리기 위해 통역이 하인 한 명을 급히 보냈어요. 그 하인이 다른 하인 한 명과 좀 흥분한 상태로 돌아와서는 통역에게 아랍어로 뭐라고 말하더군요. 보인턴 노부인이 아프다는 말이 들렸어요. 그러자 킹 양이 따라가겠다고 했어요. 그러고는 통역과 함께 나갔지요. 돌아와서는 보인턴 가족에게 그 소식을 알려 주었고요."

피어스 양이 끼어들었다.

"너무 급작스럽게 말을 꺼냈어요. 그냥 툭 하고 말을 뱉었거든요. 좀더 차근차근 이야기를 꺼내는 편이 좋았을 텐데……."

"보인턴 가족은 그 소식을 어떻게 받아들이던가요?"

이번에는 웨스트홀름 부인과 피어스 양이 약간 당황하는 듯한 표정을 보였다. 이윽고 웨스트홀름 부인이 평소와 달리 자신감이 결여된 목소리로 입을 열었다.

"음, 정말 뭐라 말하기 힘들군요. 그들은, 그 사람들은 아무 말이 없었어요."

"크게 놀란 것 같았어요."

피어스 양이 말했다. 피어스 양의 목소리는 사실의 전달이라기보다 오히려 제안처럼 들렸다.

"그들은 모두 킹 양을 따라 밖으로 나갔어요. 피어스 양과 나는 분별 있게 그 자리에 가만히 앉아 있었고요."

그 순간 피어스 양의 눈동자에 아쉬워 하는 듯한 눈빛이 희미하게 떠올랐다.

"저속한 호기심은 혐오스럽거든요!"

웨스트홀름 부인이 이야기를 계속했다. 피어스 양의 눈동자에 아쉬움의 눈빛이 점점 뚜렷해졌다. 그날 피어스 양은 억지로 저속한 호기심을 참고 있었던 것이 분명했다.

웨스트홀름 부인이 이야기를 마무리 지었다.

"얼마 후에 통역과 킹 양이 돌아왔어요. 나는 우리 넷에게 즉시 저녁 식사를 내오는 게 좋겠다고 했어요. 나중에 보인턴 가족이 다른 사람과 함께 식사를 한다면 당혹해 할 것 같았거든요. 내 제안은 받아들여졌고 저녁 식사가 끝나자 나는 즉시 내 텐트로 돌아갔어요. 킹 양과 피어스 양도 그랬고요. 내 생각에 코프 씨는 그 가족의 친구였으니까 뭔가 도움이 될 생각으로 천막에 남아 있었을 거예요. 그것이 내가 아는 전부예요. 푸아로 씨."

"새라 킹이 그 소식을 전했을 때 보인턴 가족 모두가 그녀를 따라 천막을 나갔습니까?"

"예. 아니, 아니에요. 물어보니까 생각이 나는데 그 빨간 머리 아가씨는 남아 있었던 것 같아요. 피어스 양, 혹시 기억나요?"

"예. 제 생각에도, 아니 확실히 그 아가씨는 남아 있었어요."

"남아서 무엇을 했습니까?"

웨스트홀름 부인이 가만히 그를 쳐다보았다.

"무엇을 했냐고요, 푸아로 씨? 내가 기억하는 한은 아무것도 안 했어요."

"그러니까 바느질을 하고 있었는지 독서를 하고 있었는지 혹은 근심 어린 표정이었는지 무슨 말을 했는지 그런 것 말입니다."

웨스트홀름 부인이 이맛살을 찌푸렸다.

"글쎄, 그 아가씨는 음, 내가 기억하는 한은 그냥 앉아 있는 게 다였어요."

피어스 양이 느닷없이 말했다.

"손가락을 비틀었어요. 그러는 걸 본 기억이 나요. '가여운 것, 손가락을 비트는 걸 보니 어떤 기분인지 알겠구나.' 하고 속으로 생각했거든요. 얼굴에 뭔가 표정이 떠올랐다는 말이 아니라 손을 가만두지 못하고 자꾸 돌리고 비트는 모습에서 말이에요."

피어스 양이 친근한 대화를 나눌 때처럼 이야기를 계속했다.

"한번은 저도 그렇게 1파운드 지폐를 찢은 적이 있었지요. 내가 무얼 하고 있는지도 깨닫지 못한 채요. '첫 기차를 잡아타고 찾아뵈러 갈까, 가지 말까?' 그런 생각에 빠졌던 것 같아요. 대고모님께서 갑자기 병이 드셨거든요. 어느 쪽으로도 결론을 내리지 못하고 고개를 숙이고는 전보 대신 1파운드 지폐를 찢고 있었어요. 1파운드 지폐가 산산조각이 나도록 말이에요!"

피어스 양이 극적인 순간처럼 말을 멈추었다.

자신의 주위를 맴도는 위성 같은 존재에 갑작스레 조명이 비춰진 것 같아 탐탁지 않다는 듯 웨스트홀름 부인이 차갑게 말했다.

"더 궁금한 게 있나요, 푸아로 씨?"

푸아로는 움찔 놀라며 혼자 빠져 있던 생각에서 깨어났다.

"없습니다. 더는 없어요. 아주 분명하고 명확하게 말씀해 주셨습니다."

"나는 기억력이 아주 좋거든요."

웨스트홀름 부인이 흡족한 표정으로 말했다.

"마지막으로 한 가지 더 부탁드리겠습니다. 웨스트홀름 부인. 지금 앉은 자리에 그대로 앉은 채 돌아보지 말아 주세요. 피어스 양이 오늘 무슨 옷을 입고 있는지 저한테 알려 주시겠습니까? 피어스 양이 상관하지 않으신다면 말입니다."

"아, 전혀요! 상관없어요!"

피어스 양이 약간 들뜬 목소리로 말했다.

"푸아로 씨, 무슨 특별한 목적이라도……."

"너그러운 마음으로 제 부탁을 들어주시지요. 마담."

웨스트홀름 부인이 어깨를 으쓱하더니 내키지 않는 표정으로 말했다.

"피어스 양은 흰색과 갈색의 줄무늬 면 소재 드레스를 입었고 붉은색, 푸른색, 베이지색 가죽으로 만들어진 수단제 벨트를 맸어요. 베이지색 실크 스타킹을 신었고 광을 낸 갈색 가죽끈 구두를 신고 있어요. 왼쪽 스타킹에는 올이 풀려 있고요. 홍옥수 구슬로 만든 목걸이를 했는데 옅은 푸른색 구슬이에요. 그리고 나비 모양의 진주 브로치를 하고 있고요. 오른손 셋째 손가락에 풍뎅이 모양의 반지를 끼고 있어요. 머리에는 분홍색과 갈색 펠트 소재의 테라이 모자*를 썼어요."

그러고는 말을 멈추었다. 침묵 속에서 자신감이 느껴졌다. 그러고는 냉정하게 말했다.

"더 남았나요?"

푸아로가 팔을 크게 벌렸다.

"정말로 존경합니다, 마담. 관찰력이 최고 수준이신데요?"

"세세한 부분까지 빠짐없이 기억하는 편이지요."

웨스트홀름 부인은 일어서서 머리를 약간 기울이고는 방에서 나갔다. 피어스 양이 풀이 죽은 표정으로 왼쪽 다리를 내려다보고는 웨스트홀름 부인을 뒤따라 나가려는데 푸아로가 그녀를 붙잡았다.

"잠시만요, 마드무아젤."

"예?"

피어스 양이 걱정 어린 표정으로 고개를 돌렸다.

푸아로가 친밀하게 몸을 앞으로 숙이며 말했다.

"여기 테이블 위에 들꽃이 한 아름 꽂혀 있는 게 보입니까?"

"예."

피어스 양이 들꽃을 바라보며 말했다.

"그러면 혹시 처음 이 방에 들어왔을 때 제가 한두 번 재채기를 한 것을 기억하십니까?"

---

* 아열대 지방에서 빛을 가리기 위해 쓰는 챙이 넓은 모자.

"예?"

"내가 저 꽃들 때문에 재채기를 했는데 혹시 알아채셨나 하고요."

"글쎄, 사실은, 아니요. 모르겠는데요."

"내가 재채기 한 것이 기억나지 않아요?"

"아 예, 기억나요."

"아, 별 거 아닙니다. 이 꽃들 때문에 꽃가루 질환이 생기지나 않을까 걱정이 되어서 말이지요. 별 거 아니에요!"

"꽃가루 알레르기요? 사촌이 그 질환의 희생자였거든요! 사촌 말이 코 안에 붕소용액을 매일 뿌리면……."

푸아로는 간신히 사촌의 코 질환 치료에 대한 이야기를 나중으로 미루고 피어스 양을 떼어 놓을 수 있었다. 그러고는 눈썹을 치켜 올린 채 방 안으로 들어와 문을 닫았다.

"하지만 나는 재채기를 하지 않았는데. 그건 그쯤으로 해 두지. 그렇지만 나는 재채기를 하지 않았어."

6장

레녹스 보인턴은 빠른 걸음으로 단호하게 방으로 들어왔다. 제라르 박사가 그곳에 있었다면 완전히 바뀐 그의 모습에 깜짝 놀랐을 것이다. 무관심한 태도가 사라져 있었다. 아직 불안해 보이기는 했지만 거동이 민첩했다. 그는 방 안을 재빨리 훑어 보았다.

"안녕하십니까, 보인턴 씨?"

푸아로가 일어서서 정중히 인사를 했다.

"이렇게 면담해 주셔서 참 감사합니다."

레녹스 보인턴은 조금 불안해 보였다.

"음, 카버리 대령이 이러는 편이 좋다고 말했는데, 그러니까 충고했는데, 아무튼 의례적인 거라고 말씀하시더군요."

"앉으세요, 보인턴 씨."

레녹스가 웨스트홀름 부인이 조금 전에 앉아 있던 의자에 앉았다. 푸아로가 친근하게 이야기를 계속해 나갔다.

"충격이 크시겠습니다."

"예, 물론입니다. 아니, 어쩌면 아닐지도 몰라요……. 어머니의 심장이 튼튼하지 않다는 것은 잘 알고 있었으니까요."

"그런 상태인데 어머니를 모시고 무리한 여행을 다니다니…… 현명한 일이었을까요?"

레녹스 보인턴이 고개를 들며 말했다. 그 목소리에 슬픔과 엄숙함이 희미하게 배어 있었다.

"어머니께서, 음, 푸아로 씨, 직접 결정을 하셨습니다. 어머니께서 결정을 내리시면 반대해 봐야 소용이 없습니다."

레녹스는 마지막 말을 내뱉으며 급하게 숨을 들이쉬었다. 낯빛이 갑자기 하얗게 변한 것 같았다.

"잘 알고 있습니다. 나이가 들면 때때로 무척 완고해지지요."

레녹스가 조바심을 내며 말했다.

"이렇게 하는 목적이 무엇인가요? 그걸 알고 싶어요. 이런 의례적인 절차가 왜 갑자기 생긴 겁니까?"

"아마 잘 모르시는 것 같은데 보인턴 씨, 설명할 수 없는 이유로 급사한 경우에는 이런 의례적인 절차가 반드시 뒤따릅니다."

레녹스가 날카로운 목소리로 말했다.

"'설명할 수 없는 이유'라니 무슨 뜻입니까?"

푸아로가 어깨를 으쓱했다.

"언제나 생각해 볼 문제는 남는 법이지요. 이를테면 이 죽음이 자연사이냐 자살이냐 뭐 그런 것들이요."

"자살이요?"

레녹스 보인턴이 그를 가만히 쳐다보았다.

푸아로가 아무렇지도 않은 듯 말했다.

"그런 가능성들에 대해서는 물론 보인턴 씨가 제일 잘 아시겠죠. 카버리 대령은 당연히 아무것도 몰라요. 그런데 그는 조사 명령을 내리고 부검을 실시할지 그런 것들에 대한 결정을 내려야 하거든요. 때마침 제가 여기 와 있었던데다 이런 문제에 경험이 많으니까 대령이 저에게 몇 가지 조사를 해서 이 문제를 어떻게 처리해야 할지 충고해 달라고 부탁하더군요. 물론 카버리 대령도 가능하다면 보인턴 씨 가족이 불편한 일을 겪는 건 바라지 않습니다."

레녹스 보인턴이 화가 난 듯 말했다.

"예루살렘에 있는 영사에 전보를 치겠어요."

푸아로가 애매한 표정으로 말했다.

"물론 그럴 권리가 있습니다만……."

잠시 침묵이 흘렀다. 이윽고 푸아로가 팔을 벌리며 말했다.

"내 질문에 대답하는 데 이의가 있다면……."

레녹스 보인턴이 재빨리 말을 막았다.

"없습니다. 다만 이 모두가, 이 모든 것이 불필요하게 느껴져서 말입니다."

"이해합니다. 충분히 이해해요. 하지만 정말 아주 간단한 거예요. 흔히들 말하는 것처럼 관례일 뿐이지요. 자, 그러면 보인턴 씨, 어머니의 죽음이 있던 날 오후 캠프를 떠나서 산책을 나갔다고 하던데, 이야기를 해 주실 수 있겠습니까?"

"맞습니다. 우린 모두 산책을 나갔습니다. 어머니와 막내 여동생만 빼고요."

"어머니는 그때 동굴 입구에 앉아 있었습니까?"

"예, 동굴 바로 바깥에 앉아 계셨어요. 매일 오후 그곳에 앉아 계셨습니다."

"그렇군요. 출발한 게 언제였습니까?"

"3시가 지난 다음이었을 겁니다."

"산책에서 돌아온 건 언제였습니까?"

"몇 시인지는 정확히 모르겠습니다. 4시인지 5시인지, 그쯤이었을 겁니다."

"출발하고 나서 한두 시간이 지난 다음이군요?"

"예, 그쯤 되는 것 같습니다."

"돌아오는 길에 누구 마주친 사람은 없었습니까?"

"뭐라 하셨습니까?"

"누구 마주친 사람은 없었냐고요. 이를테면 바위에 앉아 있는 두 여자라든가……."

"모르겠습니다. 보지 못한 것 같아요."

"아마도 생각에 너무 골몰해 있었나 보군요?"

"예, 그랬습니다."

"캠프에 돌아온 뒤 어머니와 대화를 나누었습니까?"

"예. 예, 그랬습니다."

"몸이 안 좋다고 푸념하시지는 않았나요?"

"아니요. 아닙니다. 몸 상태는 아주 좋아 보였습니다."

"어머니와 나눈 대화 내용을 정확히 말해 줄 수 있겠습니까?"

레녹스가 잠시 침묵했다.

"저보고 빨리 돌아왔다고 하시더군요. 그래서 그렇다고 대답했습니다."

그는 애써 기억을 떠올리려는 듯 다시 말을 멈추었다.

"날이 더웠다고 말씀드렸어요. 어머니는 시간을 물어보시면서 손목시계가 멈추었다고 하시더군요. 제가 시계를 받아서 태엽을 감은 뒤 시간을 맞춰 드렸습니다. 그런 다음 다시 손목에 채워 드렸고요."

푸아로가 부드러운 목소리로 물었다.

"그게 몇 시였습니까?"

"예?"

"손목시계의 시침과 분침을 몇 시로 맞췄느냐고요."

"아, 예. 4시 35분이었습니다."

"그러면 언제 캠프에 돌아왔는지 정확하게 알게 된 셈이로군요."

레녹스의 얼굴이 붉어졌다.

"예, 정말 바보 같군요. 죄송합니다. 푸아로 씨. 정신이 달아나 버린 모양이네요. 근심 때문에……."

푸아로가 재빨리 말을 가로막았다.

"아, 충분히 이해합니다! 마음이 어지러우면 그럴 수도 있지요. 그러면 다음에는 무엇을 했습니까?"

"어머니에게 뭔가 필요한 게 있는지 물어봤습니다. 마실 것, 그러니까 차나 커피 같은 걸 드시지 않겠냐고요. 필요 없다고 하셨습니다. 그래서 천막으로 내려갔어요. 하인들은 한 명도 눈에 띄지 않았지만 소다수가 좀 있기에 그걸 마셨습니다. 목이 몹시 탔거든요. 그곳에 앉아 오래된 《새터데이 이브닝 포스트》를 읽었습니다. 깜박 졸았던 것 같아요."

"아내가 천막에 같이 있었습니까?"

"예, 얼마 후에 들어왔습니다."

"그 뒤 어머니가 살아 있는 모습을 다시는 보지 못한 거로군요."

"그렇습니다."

"어머니가 말을 할 때 흥분 상태였다든가 당황해 하는 것 같지는 않았습니까?"

"전혀요. 평소와 똑같았어요."

"하인 한 명과 문제가 있었다거나 화가 났다거나 그런 말은 없었습니까?"

레녹스가 그를 가만히 쳐다보았다.

"아니요, 전혀 없었습니다."

"더 이상 할 말은 없습니까?"

"그런 것 같군요."

"고맙습니다. 보인턴 씨."

푸아로가 면담이 끝났다는 표시로 고개를 약간 숙였다. 그러나 레녹스는 그다지 떠나고 싶지 않은지 문간에서 머뭇거리며 잠시 서 있었다.

"음, 더 물어 볼 말은 없습니까?"

"없습니다. 아내분에게 이쪽으로 와 달라는 말씀을 전해 주시겠습니까?"

레녹스는 천천히 밖으로 나갔다. 푸아로는 옆에 놓인 노트에 '레녹스 보인턴. 오후 4시 35분'이라고 적었다.

7장

푸아로는 키가 크고 품위 있어 보이는 젊은 여자가 방 안으로 들어오는 것을 흥미로운 시선으로 바라보았다. 그는 일어서서 여자에게 공손히 인사했다.

"레녹스 보인턴 부인? 에르퀼 푸아로가 인사드립니다."

네이딘 보인턴이 자리에 앉았다. 그녀의 사려 깊은 눈동자가 푸아로의 얼굴에 머물었다.

"상심해 있으실 텐데 이런 식으로 만나게 되어 유감입니다. 이해해 주시기 바랍니다, 마담."

네이딘의 눈동자는 흔들림이 없었다. 즉시 대답을 하지도 않았다. 눈빛은 차분하고 엄숙했다. 이윽고 그녀가 한숨을 내쉬며 말했다.

"솔직히 말씀드리는 게 좋을 것 같군요, 푸아로 씨."

"옳은 생각입니다, 마담."

"이런 슬픈 상황에 이렇게 만나게 된 것에 대해 사과하셨죠? 하지만 푸아로 씨, 그 슬픔이 저에게는 없거니와 있는 척하는 것도 쓸데 없는 일로 느껴짐을 말해야겠네요. 시어머니에 대해 저는 아무 애정이 없습니다. 솔직히 죽음을 애도하는 마음도 전혀 없어요."

"솔직하게 말씀해 주셔서 고맙습니다, 마담."

네이딘이 이야기를 계속했다.

"슬픔을 위장할 수는 없어도 다른 감정에 대해서는 말씀드릴 수 있을 것 같네요. 이를테면 가책 같은 거요."

"가책이라고요?"

푸아로의 눈썹이 치켜 올라갔다.

"그래요. 어머니를 죽음으로 몰아붙인 건 저였어요. 그 부분에 대해 스스로를 몹시 나무라고 있어요."

"무슨 말씀을 하시는 겁니까, 마담?"

"그러니까 제가 시어머니의 죽음을 부른 원인이었다는 뜻이에요. 전 솔직하게 행동하는 거라고 생각했지만 그 솔직함이 결국 화를 부르고 말았네요. 의도와 목적으로 보자면 제가 시어머니를 죽인 거나 마찬가지예요."

푸아로가 의자 뒤로 몸을 기댔다.

"조금 자세히 설명해 주시겠습니까, 마담?"

네이딘이 고개를 숙였다.

"예, 그럴 생각이에요. 처음에는, 당연한 일이지만 개인적인 이야기니까 혼자서만 간직할 생각이었어요. 하지만 말해 버리는 편이 더 나을 듯 하네요. 푸아로 씨, 당신은 이런 은밀한 고백을 자주 들으셨겠죠?"

"그건 그렇습니다만."

"그러면 무슨 일이 일어났는지 솔직하게 말씀드리지요. 푸아로 씨, 제 결혼생활은 불행했다고 할 수 있어요. 남편에게 모든 책임이 있는 건 아니에요. 제가 불행했던 건 남편에게 영향력을 행사한 시어머니 때문이었어요. 그리고 그렇게 사는 인생이 점점 견딜 수 없게 느껴졌고요."

네이딘은 잠시 말을 멈추었다가 다시 이었다.

"시어머니의 죽음이 있던 날 오후 저는 결단을 내렸어요. 제게는 아주 친한 친구가 한 명 있는데 그 친구는 예전부터 자기와 함께 운명을 헤쳐 나가자고 여러 차례 제안을 했어요. 저는 그날 오후 그의 제안을 받아들였지요."

"남편을 떠나기로 결정했다는 말입니까?"

"예."

"계속 하십시오, 마담."

네이딘이 목소리를 좀 더 낮추어 말했다.

"일단 마음을 정하자 그 문제를 더 이상 질질 끌고 싶지 않았어요. 그래서 캠프로 돌아왔어요. 시어머니 혼자 앉아 계셨고 주위에는 아무도 없길래 그냥 그 자리에서 제 결심을 이야기해 버릴 작정으로 의자를 들고 왔지요. 그리고는 시어머니 옆에 앉아 결심한 내용을 다짜고짜 말해 버렸어요."

"어머니가 놀랐나요?"

"예, 유감스럽게도 아주 큰 충격을 받으셨어요. 놀라기도 하셨고 노여워도 하셨지요. 매우 노하셨어요. 시어머니는, 시어머니는 그 사실에 대해 엄청나게 분노하셨어요! 저는 그 문제를 더 이상 이야기하고 싶지 않다고 말했어요. 그러고는 일어서서 나가 버렸어요."

네이딘의 목소리가 갑자기 몹시 낮아졌다.

"그 뒤로 다시는, 다시는 살아 있는 시어머니의 모습을 볼 수 없었어요."

푸아로가 천천히 고개를 끄덕였다.

"알겠습니다."

그러고는 이렇게 말했다.

"그러니까 마담께선 시어머니의 죽음이 충격 때문이라고 생각하시는 거군요."

"거의 확실해요. 이곳까지 오느라 이미 상당히 과로하신 뒤였으니까요. 제가 한 얘기와 시어머니의 분노 때문에…… 결국 그렇게 되신 거예요. 그래서 저는 죄책감을 좀 더 많이 느끼고 있어요. 질병에 대한 교육을 받은 사람으로서 다른 누구보다 그런 일이 일어날 가능성에 대해 충분히 깨닫고 있었어야 했는데……."

푸아로는 한동안 말없이 앉아 있다가 이윽고 입을 열었다.

"시어머니를 떠난 다음 정확히 무엇을 했습니까?"

"들고 나왔던 의자를 다시 제가 쓰던 동굴 안에 옮긴 뒤 천막으로 내려갔어요. 남편이 거기 있더군요."

푸아로가 네이딘의 얼굴을 자세히 살펴보며 말했다.

"남편에게 당신의 결정에 대해 이야기했습니까? 아니면 이미 말한 뒤였나요?"

잠시 침묵이, 순간적인 침묵이 흐른 뒤 네이딘이 입을 열었다.

"그때 말했어요."

"남편이 어떻게 받아들이던가요?"

네이딘이 조용한 목소리로 대답했다.

"매우 당혹스러워 했어요."

"다시 생각해 달라는 이야기는 안 하던가요?"

네이딘이 고개를 저었다.

"그 사람은, 남편은 많은 말을 하지 않았어요. 그런 일이 일어날지 모른다고 우리 둘 다 어느 정도는 짐작하고 있었으니까요."

"이런 말을 해도 될지 모르겠습니다만, 혹시 그 친한 친구라는 분이 제퍼슨 코프 씨 아닌가요?"

네이딘이 고개를 숙였다.

"맞아요."

긴 침묵이 흐른 뒤 목소리의 변화 없이 푸아로가 물었다.

"주사기를 갖고 있나요, 마담?"

"예, 아니, 아니요."

푸아로의 눈썹이 치켜 올라갔다.

네이딘이 설명했다.

"여행용 약상자에 오래된 피하주사기가 하나 있지만 예루살렘에 두고 온 큰 가방에 들어 있어요."

"알겠습니다."

잠시 침묵이 흐른 뒤 그녀가 불안한 듯 몸을 떨며 말했다.

"왜 그런 걸 물어보시죠, 푸아로 씨?"

푸아로는 대답하지 않았다. 대신 자기가 궁금한 것을 질문했다.

"내가 알고 있기로 보인턴 노부인은 디기탈리스를 함유한 복합약을 복용하고 있었다는데…… 맞나요?"

"예."

순간 푸아로는 경계하는 그녀의 눈빛을 확실히 느낄 수 있었다.

"그 약은 노부인의 심장병 때문이었습니까?"

"예."

"디기탈리스는 어느 정도 몸속에 누적되는 약이라고 하던데요?"

"그렇다고 알고 있어요. 그 점에 관해 많이 알고 있지는 못하지만……."

"만약 보인턴 노부인이 디기탈리스를 과다복용했다면……."

네이딘이 그의 말을 얼른, 그러나 단호하게 가로막았다.

"그렇진 않아요. 언제나 굉장히 조심하셨어요. 그래서 저도 복용량을 측정할 때 아주 조심했고요."

"그 약병에 과다하게 들어 있었을 수도 있지 않습니까? 그 약병을 조제한 약사의 실수로요."

"그럴 가능성은 희박한 것 같은데요."

네이딘이 얼른 대답했다.

"아, 그런가요. 분석하면 결과가 곧 나오겠죠."

"불행히도 그 약병은 깨졌어요."

순간 푸아로가 흥미롭다는 눈빛으로 그녀를 쳐다보았다.

"그래요? 누가 깨뜨렸습니까?"

"잘 모르겠어요. 하인들 중 한 명이라고 생각해요. 시어머니의 시신을 동굴 안으로 옮길 때 상당히 소란스러웠던 데다 조명도 몹시 흐렸거든요. 테이블이 넘어져 있었어요."

푸아로가 잠시 그녀를 주의 깊게 바라보았다.

"그거 참 재미있는 일이로군요."

네이딘 보인턴이 지친 듯 의자에서 몸을 뒤척였다.

"그러면 어머님이 충격 때문이 아니라 디기탈리스 과다복용으로 돌아가셨다는 말씀인가요? 그럴 가능성은 거의 없어 보이는데요."

푸아로가 몸을 앞으로 숙였다.

"캠프에 머물러 있던 프랑스 인 의사 제라르 박사가 자신의 약상자에 준비해 온 상당량의 디기톡신을 잃어버렸다는 데도 말입니까?"

네이딘의 안색이 몹시 창백해졌다. 테이블에 놓인 그녀의 주먹이 꽉 쥐어졌다. 시선은 아래를 향하고 있었다. 그러고는 꼼짝 않고 가만히 앉아 있었다. 마치 조각된 마리아 석상 같았다.

네이딘이 대답을 하지 않자 푸아로가 다시 물었다.

"마담, 그 점에 대해서는 뭐라 하시겠습니까?"

초침이 재깍거리며 흘러갔지만 네이딘은 아무 말이 없었다. 2분이 족히 지나자 이윽고 고개를 들었다. 푸아로는 그녀의 눈빛에 떠오른 표정에 움찔 놀랐다.

“푸아로 씨, 전 시어머니를 죽이지 않았어요. 그 사실은 알고 계시죠? 제가 시어머니를 떠났을 때는 멀쩡하게 살아 계셨어요. 그 사실을 증명할 수 있는 사람들은 아주 많아요! 그러니까 범행에 대해 무고한 사람으로서 감히 이렇게 여쭤 보고 싶습니다. 왜 이런 일에 개입하시는 거죠? 제 명예를 걸고 정의가, 오로지 정의가 실현된 것이라고 말씀드린다면 이 조사를 그만두시겠어요? 모두가 얼마나 고통을 겪었는데요. 모르실 거예요. 이제야 겨우 평화와 행복의 가능성이 보이는데 그걸 전부 무너뜨리셔야겠어요?”

푸아로가 똑바로 앉았다. 눈동자가 초록빛으로 반짝이고 있었다.

“좀 더 분명히 말해 봅시다. 마담, 저에게 무엇을 부탁하시는 건가요?”

“시어머니의 죽음은 자연사이니까 그것을 그대로 받아들여 달라는 거예요.”

“확실하게 말해 봅시다. 시어머니가 의도적으로 살해되었다고 생각하지만 살해를 용인해 달라는 말씀인가요?”

“연민을 가져 달라는 부탁이에요.”

“그러지요. 연민이라는 것이 전혀 없었던 사람에게 말입니다.”

“이해하지 못하시는군요. 그런 뜻이 아니에요.”

“그렇게 잘 알고 있다면 범행을 직접 저질렀나요, 마담?”

네이딘이 고개를 저었다. 죄의식 같은 것은 엿보이지 않았다.

“아니요.”

그녀의 음성은 차분했다.

"제가 시어머니를 떠났을 때는 분명히 살아 계셨어요."

"그러면 시어머니의 죽음에 대해 알고 있거나 짐작 가는 바가 있나요?"

네이딘이 격한 목소리로 말했다.

"푸아로 씨, 제가 듣기론 오리엔트 특급열차 사건에서 공식 평결을 받아들이셨다고 들었는데요?"

푸아로가 호기심 어린 눈으로 그녀를 쳐다보았다.

"누가 그런 이야기를 해 주었습니까?"

"그게 사실인가요?"

푸아로가 천천히 말했다.

"그 경우는 달라요."

"아니요. 전혀 다르지 않아요! 그때 살해를 당한 사람은 악마였어요. 이 여자처럼요……."

네이딘의 목소리가 갑자기 작아졌다.

"희생자의 도덕성은 그것과는 아무 상관이 없습니다! 하지만 사사로운 판단을 내려서 다른 사람의 생명을 빼앗아 간 사람은 이 사회에 두기에 안전하지 않은 사람이에요. 그 사실만큼은 분명히 말씀드릴 수 있습니다! 나, 에르퀼 푸아로의 이름을 걸고 말입니다!"

"정말 무정하시군요."

"마담, 어떤 면에서 저는 완강합니다. 살인은 용인할 수 없어요! 그것이 에르퀼 푸아로가 할 수 있는 마지막 말입니다."

네이딘이 자리에서 일어섰다. 그러고는 불꽃이 이글거리는 검은 눈동자로 푸아로를 쳐다보며 이렇게 말했다.

"그렇다면 계속하세요! 무고한 사람들의 인생을 몰락시키고 비참함에 빠뜨리세요! 전 더 이상 드릴 말씀이 없어요."

"하지만 내 생각에는 마담, 할 말이 많으실 것 같은데요."

"아니요. 더는 없습니다."

"하지만 더 남았습니다. 마담이 노부인을 떠난 뒤 무슨 일이 있었습니까? 남편과 함께 천막에 있는 동안에요."

네이딘이 어깨를 으쓱했다.

"그걸 제가 어떻게 알겠어요?"

"알고 있거나 짐작 가는 게 있겠지요."

그녀가 푸아로의 눈동자를 똑바로 쳐다보았다.

"아무것도 몰라요, 푸아로 씨."

네이딘은 돌아서서 방을 나갔다.

8장

'네이딘 보인턴. 4시 40분'이라고 노트에 기록한 다음 푸아로는 문을 열고 노인을 불렀다. 카버리 대령이 필요할 때 언제라도 부르라고 붙여 준 영어를 상당히 잘하는 영리한 노인이었다. 푸아로는 노인에게 캐럴 보인턴을 불러 달라고 부탁했다.

푸아로는 캐럴이 들어오는 모습을 유심히 쳐다보았다. 갈색 머리카락에 목이 길고 머리는 균형감 있어 보였지만 아름다운 손은 불안함을 강하게 드러내고 있었다.

"앉으세요. 마드무아젤."

캐럴이 잠자코 자리에 앉았다. 창백하고 무표정한 얼굴이었다. 푸아로가 형식적인 위로의 말을 건네자 캐럴은 표정의 변화 없이 그 말을 묵묵히 들었다.

"그러면 마드무아젤, 사건이 일어난 그날 오후 무엇을 했는지 들려 주겠어요?"

그녀의 대답은 미리 연습해 둔 것이 아닌가 하는 의심이 들 정도로 즉각 튀어나왔다.

"점심을 먹고 나서 모두 산책을 했어요. 저는 캠프에 돌아와서……."

푸아로가 말을 가로막았다.

"잠시만요. 그때까지 모두 함께 있었나요?"

"아니요. 저는 레이먼드 오빠와 새라 킹과 대부분의 시간을 함께 보냈어요. 그러다가 혼자 산책을 계속했고요."

"고마워요. 그리고 캠프에 돌아왔다는 이야기를 하고 있었지요? 대략 언제였는지 알고 있나요?"

"5시 10분경이었을 거예요."

푸아로가 '캐럴 보인턴. 5시 10분'이라고 기록했다.

"그리고 그 다음에는요?"

"어머니는 우리가 출발했을 때 앉아 있던 그 자리에 변함없이 앉아 계셨어요. 저는 올라가서 어머니에게 다녀왔다는 인사를 한 뒤 텐트로 돌아갔어요."

"무슨 말이 오갔는지 기억할 수 있어요?"

"날이 무척 더웠다, 내려가서 누워 있겠다고 했어요. 어머니는 그 자리에 계속 있겠다고 말씀하셨고요. 그게 전부예요."

"어머니의 모습에서 뭔가 평소와 다른 점은 보이지 않았나요?"

"아니요. 적어도 그건……."

캐럴은 미심쩍은 표정으로 잠시 말을 멈추고는 푸아로를 쳐다보았다.

"내가 그 대답을 해 줄 수는 없지요, 마드무아젤."

푸아로가 조용히 말했다.

"잠시 생각을 하느라 그랬어요. 시간은 별로 염두에 두지 않았으니까요. 하지만 돌이켜 생각해 보니……"

"예?"

캐럴이 천천히 말했다.

"얼굴색이 좀 이상했던 건 사실이에요. 무척 붉었어요. 평소보다 훨씬 더요."

"어쩌면 충격 같은 걸 받았을 수도 있겠군요?"

"충격이요?"

캐럴이 그를 가만히 쳐다보았다.

"예, 그랬을 수도 있지요. 이를테면 아랍 하인 한 명과 문제가 있었다거나."

"오! 예, 그랬을 수도 있겠네요."

캐럴의 얼굴이 밝아졌다.

"그런 일이 일어났다는 말은 안 하시던가요?"

"아니요, 없었어요. 그런 말씀은 전혀 없으셨어요."

푸아로가 말을 이었다.

"그러면 그 다음에는 무엇을 했나요, 마드무아젤?"

"텐트로 돌아가 30분 정도 누워 있었어요. 그러고는 천막으로 내려갔어요. 오빠와 새언니가 그곳에서 책을 읽고 있었어요."

"그곳에서 캐럴 양은 무엇을 했어요?"

"아! 전 바느질을 좀 했어요. 그 다음에는 잡지를 읽었고요."

"천막으로 가는 도중에 어머니에게 다시 들렀어요?"

"아니요. 곧장 갔어요. 어머니 쪽은 쳐다보지도 않았어요."

"그 다음은요?"

"천막에 있었어요. 새라 킹이 와서 어머니가 죽었다고 말할 때까지요."

"그것이 알고 있는 전부로군요. 마드무아젤."

"예."

푸아로가 몸을 앞으로 기울였다. 그의 목소리는 여전히 경쾌하고 친근했다.

"그때 기분이 어땠나요, 마드무아젤?"

"기분이 어땠냐고요?"

"예. 어머니가, 아니 의붓어머니가, 의붓어머니가 맞지요? 의붓어머니가 사망한 것을 알았을 때 기분이 어땠느냐는 말이에요."

캐럴이 그를 쳐다보았다.

"무슨 뜻인지 잘 모르겠어요."

"무슨 뜻인지 잘 알고 있을 텐데요."

캐럴은 시선을 내리깔며 자신 없는 목소리로 말했다.

"엄청난 충격이었어요."

"그랬나요?"

피가 몰린 것처럼 캐럴의 얼굴이 붉어졌다. 그러고는 무기력하게 그를 쳐다보았다. 눈동자에 두려움이 서려 있었다.

"그렇게 큰 충격이었나요, 마드무아젤? 예루살렘에서 어느 날 밤 오빠 레이먼드와 나눈 대화 내용을 떠올리더라도 말이에요?"

푸아로의 추측이 옳았다. 캐럴의 뺨에서 핏기가 걷히면서 하얗게 질렸다.

"그 사실을 알고 있으세요?"

캐럴이 힘없는 목소리로 물었다.

"예, 알고 있어요."

"하지만 어떻게, 어떻게요?"

"우연히 대화를 조금 엿듣게 됐어요."

"오!"

캐럴 보인턴이 얼굴을 손으로 감쌌다. 그러고는 테이블이 들썩거릴 정도로 흐느껴 울기 시작했다.

에르퀼 푸아로는 잠시 기다렸다가 조용한 목소리로 입을 열었다.

"캐럴 양은 의붓어머니를 죽이려고 함께 계획을 짜고 있었지요?"

그 순간 캐럴이 서럽게 울음을 터뜨렸다.

"그날 저녁에 우린, 우리는 미쳐 있었어요!"

"어쩌면 그랬겠지요."

"우리가 어떤 상태로 살고 있었는지 절대 모르실 거예요!"

캐럴이 자세를 바로 잡고 머리를 뒤로 쓸어 넘겼다.

"어쩌면 근사하게 들릴지도 몰라요. 미국에 있을 때는 그렇게 나

뻐지 않았거든요. 하지만 여행을 하다 보니 절실하게 느껴졌어요."

"무엇이 그렇게 절실하게 느껴졌나요?"

푸아로의 목소리가 다정한 연민의 목소리로 변했다.

"우리가 다른 사람들과는 아주 다른 존재라는 사실이요! 그 점이 너무나 뼈저리게 느껴졌어요. 그리고 지니 문제도 있었고요."

"지네브라요?"

"예, 동생이요. 아직 만나 보지 못하셨을 거예요. 동생은 뭐랄까, 아주 이상해지고 있었어요. 어머니가 상태를 더욱 심각하게 만드셨고요. 하지만 깨닫지 못하시는 것 같았어요. 우리는, 그러니까 오빠와 저는 지네브라가 점점 미쳐간다는 사실이 두려웠어요! 새언니도 그렇게 생각하는 것 같았고요. 그래서 더욱 두려웠어요. 새언니는 간호학에 대해 알고 있는 사람이니까요."

"그렇군요. 그래서요?"

"예루살렘에서 머물던 그날 저녁에 쌓여 있던 감정들이 북받쳐 올랐어요! 오빠는 거의 이성을 잃을 정도였고요. 오빠와 나는 점점 격분해서 오, 정말이지 우리의 계획이 옳은 일로 여겨졌어요! 어머니, 어머니는 제정신이 아니었으니까요. 푸아로 씨는 어떤 생각을 할지 모르지만 누군가를 죽이는 일도 때로는 아주 정당한 일이고 어쩌면 숭엄한 일로 여겨질 수 있어요!"

푸아로가 천천히 고개를 끄덕였다.

"그래요. 많은 사람들이 그런 생각을 하는 것 같더군요. 역사가 그 사실을 증명해 주고 있고요."

"오빠와 저는 그날 밤 그런 기분에 휩싸여 있었어요."

캐럴이 테이블을 손가락으로 두들겼다.

"하지만 우리는 그러지 않았어요. 절대 그러지 않았어요! 날이 밝아오자 그 모든 것이 멜로드라마에서처럼 어리석은 일로 여겨졌어요. 오, 그래요. 게다가 부도덕한 일로 생각되었고요! 정말이지, 정말이지 푸아로 씨, 어머니는 심장발작이 일어나서 자연사 하신 게 틀림없어요. 오빠와 저는 그 일과는 아무 상관없어요."

푸아로가 나직한 목소리로 말했다.

"마드무아젤, 죽음 뒤의 구원을 바라는 자로서 보인턴 노부인의 죽음이 당신의 행동에 의한 결과가 아니라는 것을 맹세할 수 있습니까?"

캐럴이 고개를 들었다. 그녀의 목소리는 깊고 차분했다.

"맹세해요. 구원을 바라는 자로서 저는 어머니를 해치지 않았다고요……."

푸아로가 의자에 등을 기댔다.

"그러니까 그런 거로군요."

침묵이 흘렀다. 푸아로가 생각에 잠긴 듯 멋지게 자란 콧수염을 쓰다듬었다. 이윽고 그가 입을 열었다.

"계획이 정확히 어떤 것이었나요?"

"계획이요?"

"예, 오빠와 당신이 짠 계획이요."

푸아로는 캐럴의 대답이 나오기까지 마음속으로 초를 재기 시작했다. 1초, 2초, 3초.

마침내 캐럴이 대답했다.

"계획은 없었어요. 그 단계까지는 생각하지 않았어요."

에르퀼 푸아로가 일어섰다.

"다 끝났어요, 마드무아젤. 오빠에게 이곳으로 오라고 말해 주겠어요?"

캐럴이 일어선 뒤 잠시 주춤거리며 서 있었다.

"푸아로 씨, 저를, 저를 믿으세요?"

"내가 언제 안 믿는다고 했던가요?"

"아니요, 하지만……."

캐럴이 말을 멈추었다.

"오빠에게 이리로 와 달라고 전해 주겠어요?"

"그럴게요."

캐럴이 천천히 문 쪽으로 걸어갔다. 문에 다다르자 잠시 멈추더니 격한 몸짓으로 돌아섰다.

"저는 진실을 말했어요. 진실을요!"

에르퀼 푸아로는 대답하지 않았다.

캐럴 보인턴은 천천히 방을 나갔다.

9장

레이먼드가 방으로 들어오자 푸아로는 남매간의 닮은 점을 곧바로 알아볼 수 있었다.

레이먼드의 얼굴은 완고하고 단호해 보였다. 불안해하거나 두려워하는 기색이 전혀 없었다. 그는 의자에 앉더니 푸아로를 강렬한 눈빛으로 쏘아보았다.

"무슨 일이시죠?"

푸아로가 부드러운 목소리로 말했다.

"동생과 이야기를 나누었습니까?"

레이먼드가 고개를 끄덕였다.

"예, 저보고 이리로 오라고 전해 줄 때요. 물론 당신의 의심의 아주 정당하다는 것은 알고 있습니다. 그날 밤 우리의 대화를 엿들었다면 의붓어머니의 죽음에 대해 의심이 들면서 곧 그 의심이 틀림

없다는 생각이 들겠지요! 그러나 분명히 말씀드리지만 그날 밤 우리가 나눈 대화는 한밤의 광기에 불과했어요! 우리는 당시 견디기 힘든 긴장감에 빠져 있었으니까요. 의붓어머니를 죽이는 그 환상적인 계획은, 흠, 그걸 어떻게 표현할 수 있을까요. 아무튼 우리의 분노를 어느 정도 가라앉혀 주었어요."

에르퀼 푸아로가 천천히 고개를 숙였다.

"그럴 법한 이야기로군요."

"물론 아침에는 그 모든 일이 다소 어리석게 여겨졌어요! 장담합니다. 푸아로 씨. 그 생각을 다시는 떠올리지 않았어요!"

푸아로는 대답하지 않았다.

레이먼드가 얼른 말을 이었다.

"아, 그래요. 제 말만 듣고 그걸 믿어 주실 거라 기대하는 건 무리겠죠. 하지만 이 점을 고려해 주세요. 6시 조금 전에 저는 어머니와 이야기를 나누었어요. 그때만 해도 멀쩡하게 살아 계셨어요. 그 다음 저는 텐트로 돌아가서 씻은 뒤 천막에 가서 다른 식구들과 합류했어요. 그때부터 캐럴과 저는 그 자리를 떠나지 않았고요. 모두가 우리를 봤을 거예요. 푸아로 씨, 어머니의 죽음은 자연사라는 것을, 심장발작 때문이라는 사실을 알아주셔야 해요. 다른 이유는 있을 수 없어요! 들락날락 하는 하인들도 많았고요. 다른 생각을 한다는 건 이치에 맞지 않아요."

푸아로가 조용한 목소리로 말했다.

"보인턴 씨, 새라 킹이 6시 30분에 시체를 살펴보면서 최소한 한 시간, 어쩌면 두 시간 전에 사망했을 거라는 의견을 내놓은 건 알고 있나요?"

레이먼드가 그를 빤히 쳐다보았다. 얼굴에는 얼떨떨한 표정이 떠올라 있었고 할 말을 잃은 것 같았다.

"새라가 그렇게 말했나요?"

레이먼드의 호흡이 거칠어졌다.

푸아로가 고개를 끄덕였다.

"거기에 대해 다른 할 말이 있습니까?"

"그건 있을 수 없는 일이에요."

"하지만 그것이 새라 킹의 진술이에요. 그런데 당신은 새라 킹이 검시를 하기 40분 전에 어머니가 멀쩡하게 살아 있었다고 말을 하고 있군요."

"하지만 살아 계셨어요!"

"신중하게 생각하세요, 보인턴 씨."

"새라가 착각을 했을 거예요! 고려하지 않은 요소가 있었을지도 모르고요. 바위의 열기라든가 뭐 그런 것 말이에요. 푸아로 씨, 분명히 말씀드리지만 6시 직전에 어머니는 살아 계셨고 저와 이야기를 나누었습니다."

푸아로의 표정에는 변화가 없었다.

레이먼드는 진지한 표정으로 몸을 앞으로 숙였다.

"푸아로 씨, 이 일이 어떻게 보일지 알고 있지만 상황을 공정하게 보세요. 지금은 편견에 빠져 있으니까요. 직업상 편견이에요. 범죄

환경 속에 살다 보니 돌연사만 하면 범죄와 연관성이 있을 거라 여기는 겁니다! 당신의 균형 감각에 문제가 있다는 것을 모르겠습니까? 사람들은 매일 죽어갑니다. 특히 심장이 약한 사람들은 더욱 그래요. 그런 죽음에 불순한 의도는 전혀 없어요."

푸아로가 한숨을 내쉬었다.

"그러니까 지금 내 전문 분야에 대해 날 가르치고 있는 건가요?"

"아닙니다. 그런 건 아닙니다. 하지만 편견을 갖고 있다고 생각합니다. 운 나쁘게 우리의 대화 내용이 들켜 버린 바람에요. 캐럴과 저의 히스테릭한 대화를 빼고는 어머니의 죽음에 대해 의심을 불러일으킬 만한 것이 없지 않습니까?"

푸아로가 고개를 내저었다.

"잘못 알고 있군요. 뭔가 더 있습니다. 제라르 박사의 약상자에서 독약이 없어졌어요."

"독약이라고요?"

레이먼드가 그를 빤히 쳐다보았다.

"독약이라니요?"

그러더니 의자를 뒤로 약간 물렸다. 완전히 경직된 표정이었다.

"의심하는 게 그래서입니까?"

푸아로가 1~2분을 기다린 뒤 이윽고 입을 뗐다. 그러고는 무심한 표정으로 나지막이 말했다.

"당신의 계획은 다른 거였겠지요? 그렇지요?"

"아, 그랬죠."

레이먼드가 기계적으로 대답했다.

"그 때문에…… 그 사실 때문에 갑자기 이렇게 된 거로군요…… 생각이 말끔하게 정리가 안 돼요."

"당신의 계획은 뭐였습니까?"

"우리의 계획요? 그건……."

레이먼드가 갑자기 말을 멈추었다. 그의 눈빛이 날카로워지더니 갑자기 경계의 눈빛으로 바뀌었다.

"더 이상 이야기를 할 수 없을 것 같군요."

"좋을 대로 하십시오."

푸아로는 청년이 방을 나가는 모습을 지켜보았다.

그는 노트를 앞에 놓고 깔끔한 글씨로 마지막 항목을 채워 넣었다. '레이먼드 보인턴. 5시 55분?'

그런 다음 큰 종이에 이렇게 써 내렸갔다. 그 일이 끝나자 고개를 한 쪽으로 기울인 채 생각에 잠겼다. 그 내용은 다음과 같았다.

· 보인턴 가족과 제퍼슨 코프가 캠프를 떠남.

· (대략) 3시 5분.

· 제라르 박사와 새라 킹이 캠프를 떠남. (대략) 3시 15분.

· 웨스트홀름 부인과 피어스 양이 캠프를 떠남. 4시 15분.

· 제라르 박사가 캠프로 돌아옴. (대략) 4시 20분.

· 레녹스 보인턴이 캠프로 돌아옴. 4시 35분.

· 네이딘 보인턴이 캠프로 돌아와서 보인턴 노부인과 이야기를 나

눕. 4시 40분.

· 네이딘 보인턴이 시어머니를 떠나 천막으로 감. (대략) 4시 50분.

· 캐럴 보인턴이 캠프로 돌아옴. 5시 10분.

· 웨스트홀름 부인, 피어스 양, 제퍼슨 코프가 캠프로 돌아옴. 5시 40분.

· 레이먼드 보인턴이 캠프로 돌아옴. (대략) 5시 55분.

· 새라 킹이 캠프로 돌아옴. 6시 0분.

· 시체가 발견됨. 6시 30분.

10장

“아직 잘 모르겠는걸.”

에르퀼 푸아로가 말했다. 그는 종이를 접고 문으로 가서 통역 마무드를 데려오라고 지시했다. 땅딸막한 통역은 다변가였다. 이야기가 넘쳐 흐르는 강물처럼 술술 쏟아져 나왔다.

“언제나, 언제나 내 탓이 되고 말아요. 무슨 일이 생기더라도 마찬가지에요. 언제나 내 잘못입니다. 언제나 말이지요. 엘런 헌트 부인이 ‘희생 제물의 언덕’을 내려오다 발목을 삐었을 때도 내 탓이었어요. 나이가 적어도 예순, 아니 일흔이었는데도 굳이 하이힐을 신고 가겠다고 억지를 부리더니 내 탓이라는 겁니다. 내 인생은 온통 비참한 일뿐이로군요. 아! 유대인들이 우리에게 자행한 참담한 고통과 그 부당한 행위들은…….”

푸아로는 마침내 넘쳐 흐르는 강물을 저지하고 질문을 하는 데

성공했다.

"5시 30분이라고 했나요? 아니요. 그때 하인들은 단 한 명도 얼씬하지 않았을 겁니다. 점심 식사가 늦어졌거든요. 2시였으니까, 그 다음에 그릇들을 치웠고, 점심을 먹은 뒤에는 모두 낮잠을 자러 갔어요. 그래요. 미국인들은 차를 마시지 않으니까. 3시 30분경에는 모두 잠을 자고 있었을 거예요. 사실 나는 능력을 중시하는 편이라서 내가 모시는 신사 숙녀분들이 편안한지 어떤지 알아보려고 5시면 언제나, 언제나 밖으로 나와 본답니다. 그 시간이 영국 여성분들이 차를 마시고 싶어하는 시간이란 걸 알거든요. 하지만 아무도 없었어요. 모두 산책을 나갔더군요. 나로서는 좋은 일이었어요. 보통 때보다 훨씬 좋았지요. 다시 자러 갈 수 있었으니까요. 5시 45분쯤부터 말썽이 일어나기 시작했어요. 덩치 큰 영국 부인이, 정말이지 체격 좋은 부인이 돌아와서는 하인들이 저녁을 준비하고 있는데도 차를 준비하라는 겁니다. 꽤나 소란스럽게 굴었어요. 꼭 끓인 물을 써야 한다면서요. 날더러 직접 지켜봐야 한다고도 하더군요. 아, 선생님! 인생이란, 인생이란 말이지요! 나는 언제나 최선을 다한답니다. 그런데도 비난을 받는 건 왜 언제나 나일까요."

푸아로가 그날 노부인과 하인 사이에 일어났다는 사건에 대해 물어 보았다.

"작은 문제지만 걸리는 점이 또 하나 있어요. 죽은 노부인이 하인 한 명에게 화를 냈다는군요. 어느 하인인지, 무엇 때문에 화가 났는지 혹시 알고 있습니까?"

마무드가 손을 위로 쳐들며 휘휘 내저었다.

"제가 아느냐고요? 당연히 모르지요. 노부인은 저한테 아무런 불만도 토로하지 않았어요."

"알아낼 수 있겠습니까?"

"아니요, 선생님! 그건 불가능할 겁니다! 그 사실을 인정하는 하인은 한 명도 없을 거예요. 노부인이 화를 냈다고 했나요? 그렇다면 하인들은 그 사실에 대해 당연히 입을 다물 겁니다. 압둘은 모하메드라 할 거고 모하메드는 아지즈가 했다 할 거고 아지즈는 아이사가 했다 할 거고 뭐 그런 식이에요. 그들은 전부 멍청한 베두인족이니까요. 아무것도 모르는 사람들이에요."

마무드는 숨을 들이쉰 뒤 말을 계속했다.

"저야 선교 사업 덕분에 교육의 혜택을 받은 사람이지요. 셸리도 키츠도 읊을 수 있습니다. '나한테비둘기있었다 사랑스런비둘기주겼다.'"

푸아로는 순간 주춤했다. 영어가 모국어는 아니었지만 마무드의 발음이 참기 힘들 만큼 이상하다는 것쯤은 알 수 있었다.

"훌륭해요! 훌륭해! 내 친구 모두에게 반드시 추천해 주겠어요."

푸아로가 얼른 마무드의 말을 막았다.

푸아로는 잠시도 쉬지 않고 지껄여 대는 통역을 간신히 돌려 보냈다. 그러고는 아까 써 둔 종이를 들고 카버리 대령의 집무실로 갔다.

카버리 대령이 넥타이를 돌려 좀 더 삐뚤게 만든 뒤에 이렇게 물었다.

"뭔가 알아냈습니까?"

푸아로가 말했다.

"일단 내 지론을 들어 보겠습니까?"

"그러지요."

살아오면서 이런저런 주장들을 하도 많이 들어온 터였기에 카버리 대령은 한숨을 내쉬었다.

"범죄학은 세상에서 가장 쉬운 학문이라는 게 내 지론입니다! 범죄자에게 말을 시키면 조만간 모든 것을 털어놓게 된다는 뜻이지요."

"그 이야기를 전에도 들었던 것 같군요. 그렇다면 누군가 모든 걸 털어놓았습니까?"

"모두가요."

푸아로가 그날 아침의 면담 내용을 간단히 요약해 주었다.

"흠, 그렇군요. 한두 가지 방향점은 발견한 것 같네요. 안타까운 일은 그 모두가 반대 방향을 가리키고 있다는 것이고…… 사건은 풀었는지 그것이 궁금한데요."

"아니요."

카버리가 다시 한숨을 쉬었다.

"그럴 줄 알았습니다."

"하지만 밤이 되기 전에는 진실을 알게 될 겁니다!"

"예, 그렇게 약속했지요. 그렇지만 과연 알아낼 수 있을지 적잖이 걱정이 되는군요. 확신합니까?"

"장담합니다."

"그런 확신을 갖는다는 건 분명 좋은 일이지요."

대령의 눈동자가 희미하게 반짝였지만 푸아로는 알아채지 못했다. 푸아로가 종이를 내밀었다.

"깔끔하군요."

대령이 만족스러운 목소리로 말했다. 그러고는 몸을 앞으로 숙였다. 잠시 후 그가 입을 열었다.

"내 생각을 말해도 될까요?"

"기꺼이 듣겠습니다."

"레이먼드 보인턴 청년은 제외시키겠어요."

"아! 그렇게 생각하세요?"

"예, 그 청년이 무슨 생각을 했는지는 불 보듯 뻔합니다. 그 청년이 이번 사건과 무관하다는 것은 처음부터 알 수 있어요. 탐정소설에서처럼 가장 유력한 용의자니까요. 노부인을 없애 버리겠다고 말하는 걸 당신이 실제로 들었기 때문에 오히려 그가 결백하다는 사실이 입증된 셈이지요."

"탐정소설을 읽으시는군요?"

"수천 권은 읽었을 거예요."

대령의 음성은 동경에 사로잡힌 어린 학생처럼 들렸다.

"당신은 소설 속의 탐정들이 하는 것처럼 하지는 못한 것 같은데요? 중요한 사실들을 정리하는 것 말입니다. 표면적으로는 아무 의미 없어 보이지만 실제로는 전율이 일 정도로 중요한 그런 사실들

말이에요."

"아, 그런 종류의 탐정소설을 좋아하시는군요. 물론 대령님을 위해서라면 기꺼이 그렇게 해 드려야지요."

푸아로가 부드러운 목소리로 말했다. 그래서 종이 한 장을 꺼내서 몇 가지 사실들을 일목요연하게 써 내려갔다.

〈주목할 만한 사실들〉

1. 보인턴 노부인은 디기탈리스가 함유된 복합약을 복용하고 있었다.
2. 제라르 박사는 피하주사기를 잃어버렸다.
3. 보인턴 노부인은 식구들이 다른 사람들과 어울리지 못하도록 막으면서 희열을 느꼈다.
4. 보인턴 노부인은 사건이 일어난 그날 오후, 식구들에게 자신을 남겨 둔 채 산책을 나가라고 했다.
5. 보인턴 노부인은 심리적 사디스트이다.
6. 천막에서 보인턴 노부인이 앉아 있던 곳까지는 (대략) 200미터가 좀 못 된다.
7. 레녹스 보인턴은 처음에는 캠프에 돌아온 시각을 모른다고 했다가 나중에 어머니의 손목시계를 맞춰 준 사실을 인정했다.
8. 제라르 박사와 지네브라 보인턴은 서로 이웃한 텐트를 사용하고 있었다.
9. 6시 30분 저녁 준비가 끝났을 때 그 사실을 알리기 위해 보인턴

노부인에게 하인을 보냈다.

대령은 아주 흡족한 표정으로 그 사실들을 읽어 내려갔다.

"훌륭해요! 바로 이런 거예요! 문제를 아주 어렵게 만들었군요. 얼핏 보기에는 무관해 보이지만 이건 정곡을 찌른 전문가의 솜씨라고 인정할 수밖에 없겠는데요? 그런데 한두 가지 중요한 사실이 빠져 있는 것 같아요. 하지만 그건 범인의 속마음을 알아보기 위해서겠지요?"

푸아로의 눈동자가 순간 반짝거렸지만 대답을 하지는 않았다.

"이를테면 두 번째 항목 말이지요."

대령이 푸아로의 속마음을 떠보듯 말했다.

"'제라르 박사가 피하주사기를 잃어버렸다.' 맞는 말이지요. 그런데 디기탈리스 농축액인가 하는 것도 없어지지 않았습니까?"

"피하주사기가 없어진 것이 중요하다는 점에서 보면 디기탈리스 농축액이 없어진 것은 중요한 문제가 아닐 수 있지요."

"놀랍군요."

카버리 대령은 만면에 미소를 지었다.

"전혀 모르겠어요. 나 같으면 디기탈리스가 주사기보다 훨씬 중요하다고 말했을 거예요! 자꾸 등장하는 하인 문제, 그러니까 저녁 식사가 준비되었다고 알리러 간 하인과 노부인이 이른 오후에 지팡이를 휘둘렀다는 그 하인은 어떻게 됐습니까? 결국 불쌍한 사막 멍청이들 중 하나가 그 여자를 죽였다고 말하지는 않겠지요? 왜냐하면…….”

카버리 대령이 단호한 어조로 덧붙였다.

“그렇게 하면 그건 속이는 게 될 테니까요.”

푸아로는 웃기만 할 뿐 아무 대답도 하지 않았다.

그러고는 집무실을 빠져나오며 혼잣말을 했다.

“놀라울 따름이야! 영국인들은 도무지 자라지를 않는다니까!”

11장

새라 킹은 언덕 마루에 멍하니 앉아 들꽃을 뜯고 있었다. 제라르 박사는 근처의 허물어진 돌벽에 앉아 있었다.

새라가 쌀쌀맞은 목소리로 불쑥 말했다.

"왜 이런 일을 벌이셨어요? 박사님만 나서지 않았다면……."

제라르가 천천히 말했다.

"내가 침묵을 지켜야 했다고 생각해요?"

"예."

"내가 알려 준 사실을 알고서도 말이에요?"

"박사님은 모르셨어요."

제라르가 한숨을 쉬었다.

"난 알고 있었어요. 하지만 그 누구라 해도 절대적으로 확신할 수 없다는 점은 인정하지요."

"아니요. 확신할 수 있어요."

새라가 타협할 수 없다는 듯 말했다.

제라르는 어깨를 으쓱했다.

"어쩌면 새라 씨는 그럴 수도 있겠네요."

"박사님은 열이 있으셨어요. 고열이었죠. 정신이 또렷하지 않았을 테고…… 주사기는 아마 거기 계속 놓여 있었을 거예요. 디기톡신에 대해서는 착각을 하셨을 거고, 하인 한 명이 그 상자를 어질러 놓았을지도 모르잖아요."

제라르가 냉소적으로 말했다.

"새라 씨는 걱정할 필요가 없잖아요! 그 증거는 결정적이지 않은 겁니다. 당신 친구들인 보인턴 가족은 그 일과 무관할 거예요."

새라가 격한 목소리로 말했다.

"저도 그런 일이 일어나기를 바라지는 않아요."

제라르가 고개를 저었다.

"논리적이지 않군요."

"예루살렘에서 남의 일에 개입하지 않는 것에 대해 장광설을 늘어 놓은 건 박사님 아니셨나요? 그런데 지금을 보세요!"

"나는 개입한 게 아니에요. 단지 내가 알고 있는 것을 말했을 뿐이지!"

"그래서 제 말은 박사님이 아무것도 모른다는 거예요. 맙소사, 또 그 얘기로군요. 계속해서 같은 말만 반복하고 있잖아요."

제라르가 부드러운 목소리로 말했다.

"미안하군요, 새라 씨."

새라가 낮은 목소리로 말했다.

"보세요, 결국 그들은 달아나지 못했어요. 단 한 명도! 노부인의 망령이 여전히 살아 있다고요! 무덤에서조차 팔을 내밀어 그들을 붙잡고 있는 셈이죠. 그 여자에게는 어딘지 섬뜩한 데가 있었는데 죽은 뒤에도 변함없이 섬뜩해요! 그 여자가 이 모든 걸 즐기고 있다는 느낌이 들어요!"

새라가 주먹을 불끈 쥐었다. 새라의 목소리가 다시 평상시의 목소리로 바뀌었다.

"저기 키 작은 남자가 언덕을 올라오고 있군요."

제라르 박사가 고개를 돌려 쳐다보았다.

"아! 우리를 찾는 모양인데요?"

"외모만큼 실제로도 바보 같을까요?"

새라가 물었다.

제라르가 묵직한 목소리로 말했다.

"그 사람은 바보가 아니에요."

"과연 그럴지 모르겠네요."

새라는 못마땅한 눈빛으로 에르퀼 푸아로가 언덕을 올라오는 모습을 쳐다보았다.

푸아로가 마침내 언덕 마루에 다다르자 큰 소리로 휴우 하고 한숨을 내쉰 후 이마를 닦았다. 그런 다음 유감스럽다는 표정으로 자신이 신고 있는 에나멜 구두를 바라보았다.

"아아! 온통 바위투성이군요. 불쌍한 내 구두."

"웨스트홀름 부인에게서 구두 닦는 도구를 빌릴 수 있을 거예요."

새라가 퉁명스럽게 말했다.

"구두 닦는 천도요. 그 부인은 하녀가 쓰는 그런 도구들을 갖고 다니더군요."

"그것으로도 흠집이 없어지지는 않을 거예요, 마드무아젤."

푸아로가 안타깝다는 표정으로 고개를 저었다.

"그럴 수도 있겠네요. 그런데 이런 땅에서 왜 그런 구두를 신고 다니는지 도무지 모르겠군요."

푸아로가 한쪽으로 머리를 약간 기울였다.

"나는 수아네(말쑥한)한 차림을 좋아하지요."

"저라면 사막에서 그런 노력은 관두겠어요."

"여자들은 사막에서만큼은 꾸미는 데 신경을 쓰지 않아요."

제라르가 꿈속처럼 몽롱한 목소리로 말했다.

"하지만 여기 새라 씨는 언제나 단정하고 멋진 차림이에요. 웨스트홀름 부인은 큼직하고 두꺼운 코트와 스커트, 그리고 형편없고 어울리지도 않는 승마용 반바지 차림에 부츠를 신고 다니더군요. 켈 오레르 드 팜므(정말 끔찍한 모습이에요)! 그리고 그 가엾은 피어스 양은 또 어떻고요. 옷은 시든 양배추 이파리처럼 흐늘흐늘하고 구슬 목걸이는 쟁강쟁강 소리가 나요! 젊은 보인턴 양도 예쁘기는 하지만 시크(멋진)한 것과는 거리가 멀고요! 감각적인 옷차림이라고 보기는 힘들지요."

새라가 못 참겠다는 듯 말했다.

"글쎄요. 푸아로 씨가 옷에 대해 이야기하려고 여기까지 올라온 건 아닐 텐데요!"

"맞습니다. 제라르 박사님과 상의할 일이 좀 있어서 왔어요. 박사님의 견해가 저한테는 중요하거든요. 물론 새라 씨의 의견도 마찬가지고요. 마드무아젤은 젊고 또 심리학 분야의 최신 정보를 갖고 있을 테니까요. 두 분이 보인턴 노부인에 대해 알고 있는 모든 것을 말해 준다면 좋겠군요."

"지금쯤이면 가슴으로 느껴지지 않나요?"

새라가 말했다.

"노부인의 심리 상태가 이 사건에 아주 중요할 거라는 심증은, 아니 심증 이상의 확신이 듭니다. 제라르 박사님, 박사님에게 노부인 같은 환자는 많이 접해 본 유형이겠죠?"

"내 관점에서 보더라도 노부인은 확실히 흥미로운 사례입니다."

"더 말씀해 주시겠어요?"

제라르 박사는 자신의 의견을 기꺼이 들려주었다. 그 가족에 대한 자신의 관심, 제퍼슨 코프와 나눈 대화, 코프가 상황을 완전히 엉뚱하게 파악하고 있었던 점 등을 이야기했다.

"그렇다면 코프 씨는 감상주의자로군요."

푸아로가 말했다.

"근본적으로는 그렇다고 할 수 있지요! 그 사람이 가진 이상은 사실 천성적으로 깊이 뿌리박힌 게으름에 바탕을 두고 있어요. 인간성을 최고로 보고 세상을 살기 좋은 곳으로 여기는 것은 분명 세상을 살아가는 가장 손쉬운 방법입니다. 결과적으로 제퍼슨 코프 씨는 사람들의 실제 모습에 대해 최소한의 개념도 이해하지 못하게 된 거예요."

"때로는 그런 태도가 위험할 수도 있겠네요."

푸아로가 말했다.

제라르가 말을 계속했다.

"내가 '보인턴 일가의 상황'이라고 일컫는 그 상황을 그는 잘못된 헌신의 경우라고 계속해서 말하더군요. 잠재된 증오, 반역, 굴종과 비참함에 대해 갖고 있는 생각이 아주 미미했어요."

"어리석군요."

푸아로가 말했다.

"그래도, 아무리 무디고 고집이 센 감상적 낙천주의자라도 완전한 장님은 아닌가 봅니다. 페트라로 가는 도중 제퍼슨 코프의 눈이 점점 뜨인 것 같았어요."

제라르는 보인턴 노부인이 죽은 날 아침에 미국인 코프와 나눈 대화를 들려 주었다.

"그거 흥미로운 이야기로군요. 하녀 이야기 말입니다. 죽은 노부인의 방식이 어떤 건지 환히 알 것 같네요."

푸아로가 생각에 잠긴 듯 말했다.

"그날은 전반적으로 아주 이상한 아침이었어요! 페트라에는 아직 안 가 보셨지요, 푸아로 씨? 만약 가게 되면 '희생 제물의 언덕'에는 꼭 올라가 보셔야 합니다. 그곳에는, 뭐라 말할까, 분위기가 있어요!"

제라르는 그 풍광에 대해 상세히 묘사한 뒤 이렇게 덧붙였다.

"여기 마드무아젤은 젊은 판사처럼 앉아서 여러 사람을 구원하는 한 사람의 희생양에 대하여 말하고 있었지요. 기억나요, 새라 씨?"

새라가 발끈했다.

"그만요! 그날 이야기는 그만 좀 하세요."

"아니, 아니요. 지나간 이야기를 좀 더 해 봅시다. 박사님이 들려주시는 보인턴 노부인의 심리가 무척 흥미롭군요. 하지만 이해가 잘 안 되는 부분이 있는데요. 가족을 자신에게 완전히 복종하도록 만들어 놓고 왜 이런 해외여행을 감행했느냐 하는 겁니다. 외부와 접촉할 위험과 자신의 권위가 약해질 위험이 분명 있었을 텐데 말이지요."

제라르가 이렇게 말하자 제라르가 흥분한 표정으로 몸을 숙였다.

"하지만 몽 비외(오랜 친구), 그건 이런 겁니다! 노부인들은 지구상 어디나 똑같아요. 싫증이 나는 겁니다! 그들의 특기가 인내라 해도 인내에 너무 익숙해지면 싫증이 나는 법입니다. 그러면 분명 새로운 인내가 필요하죠. 인간을 지배하고 고문하는 것이 취미인 노부인도 좀 어처구니없게 들릴 수 있지만 그 점은 마찬가지입니다. 노부인을 동퇴즈(조련사)로 생각해 본다면 호랑이를 길들이는 것에 비유할 수 있을 거예요. 자식들이 사춘기를 지날 때까지는 상당한 희열과 흥분을 느꼈을 겁니다. 레녹스와 네이딘의 결혼은 흥미진진한 모험이었겠지요. 하지만 갑자기 그 모든 게 시들해진 겁니다. 레녹스는 지나치게 울적함에 빠져 버린 나머지 상처를 주는 것도, 고통을 가하는 것도 실질적으로 불가능해졌어요. 레이먼드와 캐럴은 반항의 기미가 전혀 보이지 않습니다. 지네브라는 아! 포브르(불쌍한) 지네브라, 그 아가씨는 노부인의 눈으로 보자면 그중에서도 가장 재미없는 사냥감이에요. 그 아가씨는 스스로 탈출구를 찾았으니까요! 현실에서 공상의 세계로 탈출한 거예요. 어머니가 못되게 굴면 굴수록 핍박받는 여주인공이 되는 은밀한 전율에 빠져든 겁니다! 보인턴 노부인의 관점에서 보자면 전부 지긋지긋한 거예요. 그래서 알렉산더 대왕처럼 새롭게 정복할 신세계가 필요했던 거고 해외여행을 계획한 겁니다. 길들여 놓은 야수들이 반항할 위험은 있지만 새로운 고통을 줄 기회도 생기거든요. 터무니없는 말로 들릴지 모르겠지만 이건 사실입니다! 새로운 긴장과 전율이 필요한 거였습니다."

푸아로가 깊은 숨을 들이쉬었다.

"완벽하군요. 알겠어요. 무슨 뜻인지 정확히 알겠습니다. 그렇게 되었던 거군요. 전부 훌륭하게 들어맞습니다. 라 마망 보인턴은 위험한 생활을 선택했다가 그 죗값을 치르게 된 거로군요."

새라가 몸을 앞으로 기울였다. 핏기 없고 지적인 그 얼굴에 심각한 표정이 떠올라 있었다.

"그러니까 노부인이 희생자들을 극단까지 몰고 간 바람에 그들이 마침내 반항을 일으켰고 그중 하나가 그렇게 했을 거라는 말인가요?"

푸아로가 고개를 끄덕였다.

"그들 중 누가요?"

새라가 숨 가쁜 목소리로 말했다.

푸아로가 그녀를, 들꽃을 힘껏 움켜쥐고 있는 그녀의 손을, 핏기 없이 경직된 그녀의 얼굴을 쳐다보았다.

제라르는 대답하지 않았다. 사실 그 순간 제라르가 그의 어깨를 툭 치면서 "저길 보세요." 하고 말해 준 덕분에 다행히 대답을 피할 수 있었다.

어린 아가씨가 언덕을 여기저기 헤매고 있었다. 몸짓은 기묘하고 리드미컬했으며 현실과는 상당히 거리가 먼 느낌이었다. 금빛이 도는 붉은 머리가 햇빛을 받아 반짝였고 은밀하고도 묘한 미소가 아름다운 입 꼬리에 떠올라 있었다. 푸아로가 숨을 들이쉬었다.

"정말 아름답군요…… 신비한 감동을 일으키는 아름다움이에요……. 마치 오필리아 같아요. 인간을 얽매는 슬픔이나 기쁨으로부터 벗어나 행복을 느끼며 다른 세상을 헤매 다니는 어린 여신 말이지요."

"예, 그래요. 맞는 말씀입니다. 꿈꾸는 얼굴이에요. 그렇지요? 나도 그런 꿈을 꾸었어요. 고열에 시달리다 눈을 떴더니 그 얼굴이 보였습니다. 사랑스럽고 비현실적인 미소를 띤 얼굴…… 기분 좋은 꿈이었어요. 깨어난 게 유감스럽더군요."

제라르가 평소의 표정으로 되돌아오며 말했다.

"그건 지네브라 보인턴의 얼굴이었습니다."

12장

어린 아가씨가 곧 그들 가까이 다가왔다.

제라르가 소개를 해 주었다.

"지네브라 양, 이쪽은 에르퀼 푸아로 탐정이에요."

"아."

지네브라가 그를 애매하게 바라보았다. 불안하게 손가락 깍지를 꼈다 풀었다 하고 있었다. 마법에 걸린 님프는 마법의 나라로 돌아갔는지. 지금은 약간 불안하고 긴장된 표정이 엿보이는 평범하고 어수룩한 아가씨였다.

푸아로가 말했다.

"이곳에서 만나게 되다니 운이 좋네요, 마드무아젤. 호텔에서 만나려고 했었거든요."

"그랬어요?"

지네브라가 공허한 미소를 지었다. 손가락으로 드레스의 허리끈을 잡아당기기 시작했다. 푸아로가 부드러운 목소리로 말했다.

"나와 잠깐 산책하지 않겠어요?"

지네브라가 그의 즉흥적인 제안에 순순히 따라나섰다.

그러더니 뜻밖에도 쫓기는 듯한 묘한 목소리로 이렇게 말했다.

"탐정이라고 했나요?"

"그렇습니다. 마드무아젤."

"유명한 탐정인가요?"

"세계에서 가장 유명한 탐정이지요."

푸아로가 더도 덜도 아닌 꼭 그만큼의 진실을 말하는 투로 대답했다.

지네브라 보인턴이 부드럽게 한숨을 내쉬었다.

"나를 보호하려고 왔나요?"

푸아로가 생각에 잠기며 콧수염을 어루만졌다.

"지금 위험에 빠져 있나요, 마드무아젤?"

"예, 맞아요."

지네브라는 의심의 눈초리로 재빨리 주위를 둘러보았다.

"예루살렘에서 제라르 박사님에게는 말했는데요. 아주 현명한 분이에요. 그때는 아무 내색도 안 하시더니 이곳까지 나를 따라와 주었어요. 붉은 바윗덩어리로 뒤덮인 이 끔찍한 곳까지요."

그러고는 몸서리를 쳤다.

"그들이 나를 그곳에서 죽이려고 했어요. 난 계속 경계하지 않으면 안 돼요."

푸아로가 다정하게 달래주듯 고개를 끄덕였다.

지네브라가 말했다.

"제라르 박사님은 친절하고 좋은 분이세요. 나를 사랑하고 계신답니다!"

"그래요?"

"오, 그럼요. 꿈속에서 내 이름을 불러주었는걸요……."

지네브라의 목소리가 몹시 부드러워졌다가 이내 다시 떨리기 시작했다. 그 목소리에 비현실적인 아름다움이 감돌았다.

"나는 그분이 침대에 누워 이리저리 뒤척이는 것을 보았어요. 그러면서 내 이름을 불러주었어요……. 나는 살며시 빠져나왔어요."

그녀가 잠시 말을 멈추었다.

"혹시 박사님이 당신을 이곳으로 보냈나요? 나한테는 적이 굉장히 많아요. 전부 내 주위를 에워싸고 있어요. 가끔은 위장을 하고 나타날 때도 있어요."

"예, 그렇군요."

푸아로가 상냥하게 말했다.

"하지만 가족이 지켜 줄 테니까 이곳에서는 안전할 거예요."

지네브라가 도도한 표정을 지으며 자세를 똑바로 했다.

"그들은 내 가족이 아니에요! 나와 그들은 아무 상관이 없어요. 내가 진짜 누군지는 말해 줄 수 없어요. 엄청난 비밀이거든요. 알게 되면 깜짝 놀랄 거예요."

푸아로가 다정하게 말했다.

"어머니의 죽음이 큰 충격이었나요, 마드무아젤?"

지네브라가 쿵하고 발을 굴렀다.

"분명하게 말하지만 그 여자는 내 어머니가 아니에요! 적들이 그 여자에게 돈을 줘서 어머니인 척하게 한 다음 내가 달아나지 못하도록 감시한 거라고요!"

"그럼 어머니인 척하는 그 여자가 죽은 날 오후에는 어디에 있었나요?"

"텐트에 있었어요……. 텐트 안이 너무 더웠지만 빠져나올 엄두가 안 났어요……. 그들이 나를 잡아갈지도 모르니까요……."

지네브라가 살짝 몸서리를 쳤다.

"그들 중 하나가 텐트 안을 들여다봤어요. 변장을 하고 있었지만 누군지 알아볼 수는 있었어요. 난 잠들어 있는 척했지요. 셰이크*가 그자를 보낸 거예요. 나를 납치해 오라고요."

푸아로는 잠시 말없이 걷다가 이렇게 말했다.

"동화 같은 이야기로군요. 혼자서 지어낸 옛날이야기 말이에요."

지네브라가 걸음을 멈춘 뒤 그를 쏘아보았다.

"그 이야기는 사실이에요. 전부 사실이란 말이에요."

그러고는 화를 못 참겠는지 또 한 번 발을 구르며 말했다.

"그래요, 모두 꾸며낸 이야기예요."

---

* 아랍족의 족장.

지네브라는 화난 표정으로 그를 버려 둔 채 비탈을 달려 내려갔다. 푸아로는 그녀의 뒷모습을 바라보며 잠시 서 있었다. 이내 등 뒤에서 목소리가 들렸다.

"저 아가씨에게 뭐라고 했습니까?"

푸아로는 숨을 약간 헐떡이며 옆에 서 있는 제라르를 쳐다보았다. 새라가 그들을 향해 여유 있는 걸음으로 다가오고 있었다.

푸아로가 제라르의 질문에 대답했다.

"동화 같은 이야기를 혼자 꾸며낸 거라고 했습니다."

제라르가 생각에 잠기며 고개를 끄덕였다.

"화를 냈나요? 그건 좋은 징조예요. 적어도 완전히 경계를 넘어서지는 않았단 뜻이니까요. 아직은 그것이 사실이 아니라는 것을 알고 있다는 뜻입니다. 치료할 수 있을 거예요."

"아, 박사님이 치료하기로 했습니까?"

"예, 젊은 보인턴 부부와 그 문제를 상의했습니다. 지네브라는 파리에 있는 내 병원에 입원할 거예요. 그 후에는 연기 수업을 받게 될 겁니다."

"연기라고요?"

"예, 크게 성공할 가능성이 있어요. 지네브라는 그런 것이 필요합니다. 또 반드시 성공해야 해요! 근본적으로 지네브라는 어머니와 성격이 많이 닮았거든요."

"아니에요!"

새라가 발끈했다.

"터무니없는 소리로 들릴지 모르지만 일부 본성은 똑같아요. 두 사람 다 중심이 되고 싶어하는 강한 욕망을 타고 났어요. 두 사람 다 강한 인상을 남기고 싶어합니다! 하지만 이 가엾은 아가씨는 번번이 위협과 억눌림을 당했지요. 강렬한 야망과 인생에 대한 사랑, 발랄하고 로맨틱한 기질을 표출할 출구가 어디에도 없었던 거예요."

제라르가 웃으며 덧붙였다.

"누 잘롱 샹제 투 사!(우리가 모든 것을 바꿀 거예요!)"

그러고는 몸을 살짝 숙이며 작은 목소리로 말했다.

"먼저 가 봐야겠네요."

제라르는 지네브라를 좇아 황급히 언덕을 내려갔다.

새라가 말했다.

"제라르 박사님은 자신의 일에는 놀라우리만치 열심이시네요."

"정말 열심이군요."

푸아로가 말했다.

새라가 이맛살을 찌푸리며 말했다.

"그래도 박사님이 지네브라를 그 끔찍한 노인네와 비교하는 건 참을 수 없어요. 보인턴 노부인에게 미안하다는 생각이 든 적이 한 번 있긴 하지만요."

"언제였습니까, 마드무아젤?"

"예루살렘에서 있었던 일을 말씀드렸잖아요. 그때였어요. 갑자기 모든 것이 잘못 됐다는 생각이 들었어요. 순간적이지만 모든 것을 뒤집어 놓고 싶었어요. 간혹 그런 때가 있잖아요? 그런 기분에 빠진 나머지 그만 흥분해서 노부인에게 다가가 바보같이 굴어버렸어요. 오, 안 돼요. 그러면 안 되었는데…….”

새라는 보인턴 노부인과의 대화를 생각할 때마다 늘 얼굴이 붉어지곤 했는데 지금도 그 생각을 하자 예민해져서 얼굴이 벌겋게 달아올랐다.

“대단한 사명이라도 떠맡은 것처럼 자신만만해 있었어요. 하지만 나중에 웨스트홀름 부인이 야릇한 시선으로 바라보면서 제가 보인턴 노부인에게 말하는 것을 봤다고 말하자 그 부인이 제 말을 엿들었을 거라는 생각이 들면서…… 스스로 무척 바보같이 느껴졌어요.”

푸아로가 말했다.

“보인턴 노부인이 당신에게 정확히 무슨 말을 했습니까? 그 말을 정확히 기억할 수 있나요?”

“그럼요. 상당히 강한 인상을 남겼으니까요. 이런 내용이었어요. ‘난 절대 잊지 않아. 똑똑히 기억해 둬. 난 지금껏 아무것도 잊은 적이 없어. 어떤 행동도, 어떤 이름도, 어떤 얼굴도…….’”

새라가 오싹 몸을 떨었다.

“정말 악의가 흘러 넘쳤어요. 심지어 저를 쳐다보지도 않았어요. 지금도 그 기분이 느껴지네요. 그 말이 들리는 것 같아요.”

푸아로가 부드럽게 말했다.

“그 말이 그렇게 강한 인상을 남겼나요?”

“예, 전 쉽게 두려워하는 성격이 아닌데도 간혹 노부인이 심술궂고 악의에 찬 얼굴로 득의만만하게 그 말을 하던 장면이 생생하게 떠오르곤 해요. 어휴!"

새라가 순간 몸서리를 쳤다. 그러더니 갑자기 그를 돌아보며 말했다.

"푸아로 씨, 여쭤 봐도 될지 모르겠지만 이미 이 사건에 대한 결론을 내리셨나요? 결정적인 단서를 찾아내셨나요?"

"그렇습니다."

"어떤 건가요?"

푸아로는 새라의 떨리는 입술을 쳐다보았다.

"레이먼드 보인턴이 예루살렘에서 그날 밤 누구에게 말을 걸었는지 알아냈습니다. 동생인 캐럴 보인턴이었지요."

"캐럴요. 물론 그랬겠지요!"

새라가 다시 말을 이었다.

"레이먼드에게 그 말을 했나요? 직접 물어……."

그러나 소용없었다. 말을 계속할 수가 없었다. 푸아로가 그녀를 진지하고 측은한 눈길로 쳐다보았다. 그런 다음 조용히 말했다.

"그 일이 당신에게는 아주 큰 의미가 있나보군요, 마드무아젤?"

"그건 전부를 뜻해요!"

그러고는 어깨를 펴며 이렇게 말했다.

"하지만 알아야겠어요."

푸아로는 잠시 침묵했다. 그러고는 조용한 목소리로 말했다.

"레이먼드는 단지 신경이 예민해져 있어서 욱하고 그런 생각이

든 것이지 그 이상은 아니라고 했어요. 동생과 함께 흥분해 있었던 것뿐이라고요. 낮이 되자 그 생각은 두 사람 모두에게 허황되게 느껴졌다고 하더군요."

"그랬군요……."

"새라 씨, 당신이 두려워하는 게 뭔지 말해 주지 않겠어요?"

푸아로가 다정하게 말했다.

절망에 빠진 새라의 하얀 얼굴이 그를 쳐다보았다.

"그날 오후에 우리는 함께 있었어요. 그러다 레이먼드가 먼저 떠나면서 지금 이 순간 용기가 났을 때 하고 싶은 일이 있다고 하더군요. 전 그냥 그가 어머니에게 가서 말하려나 보다 하고 생각했어요. 하지만 어쩌면 그가 의미한 것이……."

새라의 목소리가 잦아들었다. 그러고는 얼어붙은 듯 가만히 서서 냉정을 되찾기 위해 노력했다.

13장

네이딘 보인턴이 호텔을 나왔다. 불안한 듯 머뭇거리고 서 있는데 기다리고 있던 누군가가 앞으로 뛰쳐나왔다. 제퍼슨 코프였다.

그는 즉시 네이딘의 옆으로 다가서며 말했다.

"이쪽으로 걸어갈까요? 이리로 가는 길이 제일 좋더군요."

네이딘이 잠자코 따라갔다.

길을 따라 걷다가 이윽고 코프가 이야기를 꺼냈다. 그는 단조로운 목소리로 일상적인 잡담을 이것저것 늘어 놓고 있었다. 네이딘이 그의 말을 듣고 있지 않다는 사실을 그가 알아챘는지 못 챘는지는 확실치 않다. 꽃이 잔뜩 피어 있는 바위투성이 언덕으로 들어서자 네이딘이 그의 말을 가로막았다.

"제퍼슨, 미안해요. 할 이야기가 있어요."

네이딘의 얼굴이 점점 창백해졌다.

"그래요, 이야기해요. 하고 싶은 이야기는 뭐든지. 하지만 스스로를 괴롭히지는 말아요."

"당신은 내가 생각했던 것보다 훨씬 현명하신 분이에요. 내가 무슨 말을 하려는지 이미 알고 있죠? 그렇지 않아요?"

"상황에 따라 형편이 달라질 수 있다는 것쯤은 알고 있죠. 지금과 같은 상황이라면 결정을 재고해 보고 싶을 거라는 거…… 나도 심각하게 받아들이고 있어요."

코프가 한숨을 내쉬며 말했다.

"네이딘, 망설이지 말고 당신 마음 가는 대로 해요."

네이딘이 애정이 담뿍 담긴 목소리로 말했다.

"당신은 너무 착해요. 인내심도 너무 강하고요! 제퍼슨, 당신한테 너무 가혹하게 굴었던 것 같아요. 난 정말 당신한테 끔찍이도 나쁘게 굴었어요."

"자, 봐요, 네이딘. 이 문제를 똑바로 보자고요. 당신에 관한 한 난 내 한계가 어디까지인지 언제나 잘 알고 있어요. 당신을 알게 된 이후로 난 변함없이 당신에게 깊은 애정과 존경을 품고 있죠. 내가 원하는 건 당신의 행복이에요. 항상 당신의 행복만을 바랐어요. 당신이 불행하다는 사실 때문에 미칠 것처럼 가슴 아프던 때도 있었어요. 내가 레녹스를 비난했던 것도 사실이에요. 그가 겉으로 그러는 것만큼 당신의 행복을 소중히 여기지 않는다면 당신을 곁에 둘 자격이 없다고 생각하고 있었으니까요."

코프가 숨을 들이쉰 후 말을 이었다.

"당신과 함께 페트라에 다녀온 이후 어쩌면 레녹스가 내가 생각했던 것만큼 비난받을 정도는 아니라는 사실을 인정하게 됐어요. 당신에게 이기적이었던 것이 아니라 어머니에게 너무 이기적이지 않았던 거였으니까요. 돌아가신 노부인에 대해 뭐라 말하고 싶지는 않지만 당신의 시어머니는 유달리 괴팍한 분이었던 것 같아요."

"그래요. 그렇게 말할 수도 있겠군요."

"아무튼 당신은 그날 레녹스를 떠나기로 결심했다고 분명히 말해 주었어요. 난 당신의 결정에 박수를 보냈죠. 그간 당신의 생활은 제대로 된 것이라 하기 어려웠으니까요. 당신은 언제나 나에게 아주 솔직했어요. 하지만 그 이상은 아니었죠. 그런 건 다 괜찮아요. 내가 원했던 건 오로지 당신을 보호해 주고 당신의 가치에 맞게 당신을 대할 기회였으니까요. 아마 그날 오후가 내 인생의 가장 행복한 오후가 될 거예요."

"미안해요. 정말 미안해요."

네이딘이 소리쳤다.

"아니요, 괜찮아요. 사실 그 순간에도 현실이 아닐 거라는 느낌이 줄곧 들었거든요. 다음 날 아침이면 당신의 마음이 바뀔 확률이 높다고 생각하고 있었죠. 게다가 지금은 상황이 달라졌잖아요. 당신과 레녹스는 이제 새로운 인생을 꾸려나갈 수 있어요."

네이딘이 조용한 목소리로 말했다.

"그래요. 난 레녹스를 떠날 수 없어요. 나를 용서해 줘요."

"용서할 건 아무것도 없어요."

코프가 선언하듯 말했다.

"당신과 나는 옛날처럼 오랜 친구로 돌아갈 거예요. 어제 오후에 있었던 일만 잊으면 돼요."

네이딘이 다정하게 그의 팔을 잡았다.

"제퍼슨, 고마워요. 이제 레녹스를 찾으러 가야겠어요."

네이딘이 돌아서서 그를 떠났다. 코프는 혼자서 길을 걸었다.

레녹스는 그레코로만 양식으로 지은 극장 꼭대기에 앉아 있었다. 워낙 골똘히 생각에 잠겨 있어서 네이딘이 옆에 앉아 가쁜 숨을 몰아쉬며 그를 부를 때까지도 알아채지 못했다.

"레녹스."

"네이딘."

레녹스가 몸을 반쯤 돌리며 그녀를 쳐다보았다.

"지금까지 둘이서 이야기할 시간이 없었네. 하지만 내가 당신을 떠나지 않을 거라는 사실은 알고 있지?"

레녹스의 목소리는 낮게 가라앉아 있었다.

"그때 했던 말 진심이었어, 여보?"

네이딘이 고개를 끄덕였다.

"응, 그때는 그것만이 유일한 방법 같았으니까. 나는 당신이 나를 따라오기를, 그러기를 바랐어. 가엾은 제퍼슨, 내가 그 사람한테 얼마나 나쁘게 굴었는지……."

레녹스의 입에서 순간 짧은 웃음소리가 흘러나왔다.

"아니, 그렇지 않아. 코프 씨처럼 헌신적인 사람이라면 그 누구든 그 고결한 성품에 감복하게 될 거야. 그리고 여보, 당신이 옳았어. 당신이 코프 씨와 함께 떠나겠다고 했을 때 그 말은 나한테 정말 큰 충격이었어! 솔직히 나도 최근에 내가 좀 이상해진 것 같다고 느꼈거든. 당신이 원했을 때 도대체 왜 난 어머니 앞에서 딱 부러지게 말하지 못한 걸까? 당신과 함께 떠난다고 말야."

네이딘이 다정한 목소리로 말했다.

"당신은 그럴 수 없었어, 여보. 당신한테는 무리였어."

레녹스가 생각에 잠기며 말했다.

"어머니는 정말 이상한 사람이었어……. 어쩌면 어머니가 우리 모두에게 반쯤 최면을 걸어 두었던 것 같아."

"맞아."

레녹스가 잠시 생각을 한 후 입을 열었다.

"그날 오후 당신의 이야기를 듣고 나자 머리가 둔탁한 것에 얻어맞아 깨지는 것 같았어! 반쯤 넋이 나간 상태로 돌아가다가 갑자기 내가 얼마나 지독한 바보였는지 깨닫게 됐지. 당신을 잃지 않기 위해 내가 할 수 있는 방법은 하나뿐이었어."

레녹스는 네이딘의 몸이 점점 경직되는 것을 알 수 있었다. 그의 목소리는 점점 음산해졌다.

"나는 가서……."

"말하지 마."

레녹스가 네이딘을 흘끗 쳐다보았다.

"나는 가서 어머니와 말다툼을 했어."

레녹스의 어조는 완전히 바뀌어 있었다. 조심스럽고 밋밋한 목소리였다.

"어머니에게 어머니와 당신 사이에서 선택을 해야 한다는 것과 당신을 선택하겠다는 사실을 말했지."

잠시 침묵이 흘렀다.

레녹스가 묘하게 자신에 찬 목소리로 같은 말을 반복했다.

"그래, 어머니한테 그렇게 말했어."

14장

푸아로는 돌아오는 길에 두 사람과 부딪쳤다. 처음 만난 사람은 제퍼슨 코프였다.

"에르퀼 푸아로 씨? 저는 제퍼슨 코프입니다."

두 사람은 형식적인 악수를 나누었다. 코프는 푸아로의 옆에서 보조를 맞추어 걸으며 이야기를 시작했다.

"제 오랜 친구 보인턴 노부인의 죽음에 대해 의례적인 조사를 하고 계시다는 이야기를 들었어요. 확실히 깜짝 놀랄 만한 사건이지요. 물론 노부인이 그처럼 힘든 여행을 감행해서는 안 되었지만 말입니다. 하지만 고집이 센 분이셨거든요. 가족들 모두 꼼짝도 못했지요. 노부인은 가정의 폭군처럼 군림하면서 모든 것을 너무 오랫동안 자기 방식대로 해 왔어요. 전부 노부인의 말대로 이루어졌죠. 그래요. 그 점은 아주 분명해요."

잠시 침묵이 흘렀다.

"푸아로 씨, 저는 보인턴 가족의 오랜 친구예요. 당연한 이야기겠지만 가족 전부가 이번 사건에 대해 상당히 곤혹스러워 하고 있어요. 신경이 날카로워진데다 극도로 긴장하고 있고요. 그래서 만약 필요한 절차가 있다면, 이를테면 장례식을 치르기 위해 준비할 것이라든가 시신을 예루살렘으로 옮기는 등의 문제로 가족 외에 다른 사람이 처리해도 될 일이 있다면 제가 기꺼이 맡겠습니다. 언제든지 불러 주세요."

"보인턴 가족은 코프 씨의 제안을 감사히 받아들일 겁니다. 그건 그렇고 코프 씨는 젊은 보인턴 부인의 각별한 친구라고 알고 있는데……."

제퍼슨 코프는 살짝 얼굴을 붉혔다.

"음, 푸아로 씨, 그 점에 대해서는 이야기하지 않기로 하지요. 오늘 아침 레녹스 보인턴 부인과 면담을 하셨다고 들었는데요. 그녀가 어떻게 말했는지는 모르지만 이제 모두 끝난 일입니다. 보인턴 부인은 참으로 훌륭한 여인입니다. 자신의 첫 번째 의무가 상심에 빠진 남편을 위로하는 일이라고 생각하고 있어요."

또 한 번 침묵이 흘렀다. 푸아로는 머리를 끄덕이며 알겠다는 뜻을 표시했다.

"카버리 대령이 그날 노부인의 죽음을 명확히 밝혀 공식 입장을 분명히 하고 싶어해요. 그날 오후 일어났던 일에 대해 말해 줄 수 있겠습니까?"

"그럼요. 그래야지요. 그러니까 점심을 먹고 잠시 휴식을 취한 뒤 우리는 주변을 좀 둘러보기로 했어요. 성가신 통역을 떼어 놓으니 어찌나 기쁘던지, 아무튼 그렇게 빠져나갔습니다. 그 남자는 유대인 이야기만 나오면 광적으로 흥분하거든요. 그 점에 대해서는 제정신이 아닌 것 같다니까요. 아무튼 아까 말한 대로 우리는 함께 출발했습니다. 제가 네이딘과 대화를 나눈 것도 그때였어요. 얼마 후에 네이딘은 남편과 단둘이 그 문제를 의논하고 싶다고 하더군요. 저는 혼자서 조금 더 걷다가 천천히 캠프로 돌아갔는데 반쯤 걸어갔을 때 아침 유적지 답사에서 만난 영국 여성 두 분을 만났어요. 그중 한 명은 영국 귀족 부인이라고 하던데 맞나요?"

푸아로가 맞다고 말해 주었다.

"아, 그렇군요. 어쩐지 훌륭해 보였어요. 매우 박식한 데다가 아는 것도 굉장히 많았거든요. 다른 한 사람은 허약한 여동생처럼 보였는데 완전히 녹초가 되어 있더군요. 아침 답사는 나이 지긋한 여성에게는 굉장히 힘든 일이었을 테고 특히 고소 공포증이 있는 사람이라면 더욱 그랬겠지요. 아무튼 그 두 여성을 만나서 나바테아인에 대해 알고 있는 이야기를 좀 들려 주었지요. 우리는 조금 더 돌아다니다가 6시경에 캠프로 돌아왔어요. 웨스트홀름 부인이 차를 마시자고 해서 함께 차를 마셨지요. 차 맛은 약한 편이었는데 향취가 독특하더군요. 곧 하인들이 저녁 식탁을 차렸고 그래서 하인 한 명이 노부인을 데리러 갔다가 노부인이 의자에 앉은 채 죽어 있더라는 사실을 알게 된 거지요."

"캠프로 돌아가면서 노부인을 봤습니까?"

"노부인이 그 자리에 앉아 있는 걸 언뜻 봤어요. 낮이나 저녁이나 늘 그 자리에 앉아 있었으니까요. 하지만 특별히 주의 깊게 보지는 않았어요. 웨스트홀름 부인에게 미국의 불황에 대해 설명하던 중이었거든요. 피어스 양에게도 계속 신경을 써야 했고요. 몹시 피곤해하면서 자꾸만 발목을 삐끗하더라고요."

"고맙습니다. 코프 씨. 혹시 보인턴 씨가 막대한 유산을 물려받게 되는지 그걸 여쭤 본다면 무례한 질문이 될까요?"

"상당히 큰 재산일 겁니다. 엄격하게 말하면 그 유산은 노부인의 재산이 아니지요. 생전에는 노부인의 재산이지만 죽으면 작고한 엘머 보인턴 씨의 자식들에게 나누어지게 됩니다. 그러니까 그들은 이제 모두 아주 풍족한 생활을 하게 될 겁니다."

"돈은 많은 것을 바꾸어 놓지요. 수많은 범죄가 돈 때문에 저질러지곤 하잖아요?"

코프가 약간 놀라는 눈치였다.

"아, 뭐 그렇긴 하지만."

푸아로가 상냥하게 웃은 뒤 말했다.

"하지만 살인의 동기는 굉장히 많지요. 코프 씨, 협조해 주셔서 감사합니다."

"마땅히 해야 할 일인걸요. 새라 씨가 아직 저 위에 있습니까? 올라가서 이야기를 좀 나눠 봐야겠어요."

푸아로는 다시 언덕을 내려갔다.

피어스 양이 흥분해서 언덕을 올라오고 있었다.

그녀는 푸아로를 보자 가쁜 숨을 몰아쉬며 다가왔다.

"오, 푸아로 씨. 이렇게 만나서 참 다행이에요. 그 이상한 아가씨와 이야기를 하는 도중에, 그 막내딸 말이에요, 이상한 말을 들었어요. 적들에 대한 이야기였는데요. 자기를 납치하려 하는 아랍족 족장이 있다며 자기 주위에 염탐꾼들이 깔려 있다는 이야기를 하더군요. 정말 로맨틱한 이야기였어요! 웨스트홀름 부인은 그 말이 전부 허튼소리라고 하면서 예전에 자기도 그런 터무니없는 말을 지껄이는 빨간 머리 부엌데기를 데리고 있었다고 하더군요. 때로는 웨스트홀름 부인이 너무하다 싶을 때도 있어요. 알고 보면 그 말이 전부 사실일지도 모르잖아요. 몇 년 전에 러시아 황제의 딸 하나가 러시아혁명 때 살해당하지 않고 살아남아 비밀리에 미국으로 달아났다는 이야기를 읽은 적이 있는데요. 황녀 타티아나였나 그랬을 거예요. 그게 사실이라면 이 아가씨도 황녀일지 모르잖아요? 어딘지 황족 같은 분위기를 풍기는데다 외모도 그렇고요. 그렇게 생각지 않으세요? 광대뼈도 그렇고 슬라브인 같이 생긴 데가 있어요. 그게 사실이면 얼마나 굉장한 일일까요!"

"물론 세상에는 희한한 일들이 많이 일어나지요."

푸아로가 약간 설교조로 말했다.

"오늘 아침에는 푸아로 씨가 누군지 확실히 몰랐어요."

피어스 양이 손뼉을 치며 말했다.

"유명한 탐정이시더군요. 전 ABC 살인 사건에 대한 기사도 모두 읽었답니다. 정말 전율이 일어날 정도였어요. 사실 그 당시에 저는 돈캐스터에서 가정교사를 하고 있었거든요."

푸아로가 무슨 말인가를 중얼거렸다. 피어스 양은 점점 흥분하면서 이야기를 계속했다.

"그런 까닭에 어쩌면 오늘 아침에는…… 아무튼 제가 틀렸어요. 사람은 언제나 진실을 말해야 하는 거잖아요. 그렇지요? 가장 작은 부분이라도, 얼핏 보기에는 연관성이 없어 보이는 거라도 말이에요. 물론, 왜냐하면, 그러니까 푸아로 씨가 아직 갈피를 못 잡으셨다면, 노부인이 살해당한 건 틀림없잖아요? 이제는 저도 알겠어요! 마무드, 이름이 확실히 기억나지는 않는데, 그 통역 말이에요. 그 사람이 혹시 볼셰비키 스파이는 아닐까요? 아니면 설마 새라 씨가 그런 건 아니겠지요? 간혹 좋은 집안에서 잘 자란 아가씨들이 그 무시무시한 공산당에 가입하기도 하잖아요! 그래서 이 이야기를 할지 말지 망설였던 거예요. 왜냐하면 이 문제를 생각하면 좀 이상하다 싶은 데가 있어서 말이지요."

"지당한 말씀입니다. 그러면 그 이야기를 들려 주시겠습니까?"

"그러니까 사실은 그렇게 대단한 문제는 아니에요. 노부인이 죽은 다음 날 아침 저는 좀 일찍 일어나서 텐트 바깥을 내다보며 해돋이가 자아내는 풍경을 감상하고 있었어요. 사실 해는 한 시간 전에 떴으니까 실제로 해돋이는 아니었답니다. 하지만 이른 아침이었어요."

"예, 그랬군요. 그러니까 그때 뭔가 본 거로군요?"

"좀 이상한 거였어요. 사실 그때는 별스럽지 않게 여겼지만요. 보인턴 아가씨가 텐트에서 나와 뭔가를 개울에 던져 넣은 게 다였거든요. 물론 그 사실 자체는 별 게 아니지만, 햇빛을 받자 반짝였어요! 그것이 허공을 날아가면서 반짝거렸다고요."

"어느 아가씨였지요?"

"캐럴이라는 이름의 아가씨였던 것 같아요. 아주 예쁘장한 아가씨, 오빠와 많이 닮은 아가씨요. 정말 두 사람은 쌍둥이같아요. 아니면 막내딸일지도 모르겠네요. 햇빛에 눈이 부셔 정확히 볼 수는 없었거든요. 하지만 머리가 붉은 것 같지는 않았는데, 그냥 금발 같았어요. 전 구릿빛이 나는 금발을 정말 좋아한답니다! 빨간 머리는 당근 같아서 별로예요."

피어스 양이 킥킥거리며 웃었다.

"그러니까 보인턴 아가씨 중 한 사람이 밝게 반짝이는 물체를 던졌다는 말이지요?"

"예, 그리고 물론 말씀드렸다시피 당시에는 그 일을 별스럽게 생각하지 않았어요. 하지만 나중에 개울가를 걷다가 새라 씨가 그곳에 있는 것을 봤어요. 그리고 여러 가지 버려진 것들 사이에서, 깡통도 한두 개쯤 있었던 것 같은데, 아무튼 밝게 빛나는 작은 금속 상자를 발견했어요. 완전한 정사각형은 아니고 좀 기다란 직사각형이었어요. 제가 무슨 말을 하는지 이해하시겠어요?"

"아 예, 아주 잘 이해하고 있습니다. 얼마나 길었나요?"

"정말 똑똑하시군요. 그래서 혼자 생각을 했지요. '저게 아까 보인턴 아가씨가 집어던진 걸 거야. 정말 작고 예쁜 상자잖아.' 그래서 호기심에 집어들고 열어 보았지요. 주사기가 들어 있더군요. 티푸스 예방주사를 맞을 때 제 팔에 찔러 넣었던 것과 똑같은 주사기였어요. 그래서 깨지지도 않았는데 이런 걸 내던지다니 참 이상하다고 생각했지요. 그렇게 궁금히 여기고 있는데 새라 씨가 뒤에서 말을 걸었어요. 전 다가오는 소리도 못 들었어요. 새라 씨가 이렇게 말하더군요. '오, 고마워요. 그건 제 주사기예요. 그걸 찾고 있었어요.' 그래서 돌려 주었더니 받아들고 캠프로 가더군요."

피어스 양은 잠시 말을 멈추었다가 다시 서둘러 말을 끝냈다.

"물론 그 일이 미심쩍어 할 일은 아니라고 생각하지만 캐럴 보인턴이 새라 씨의 주사기를 집어던진 일만큼은 좀 이상하지 않나요? 제 말뜻을 짐작하신다면 아무튼 좀 기묘했어요. 물론 그 일은 충분히 해명될 수 있는 것이겠지요."

피어스 양이 말을 멈춘 뒤 뭔가 기대하는 듯한 눈빛으로 푸아로를 바라보았다.

푸아로의 표정은 무거워 보였다.

"고맙습니다. 마드무아젤. 저한테 들려 주신 이야기가 그 자체로는 중요하지 않을지 모르지만 이 점만은 분명히 말씀드리죠! 그 이야기가 이 사건을 완결시켜 줄 겁니다! 이제 모든 것이 분명하게 정리가 되는군요."

"오, 정말인가요?"

피어스 양은 얼굴을 붉히며 아이처럼 기뻐했다.

푸아로가 그녀를 호텔까지 데려다 주었다.

푸아로는 그의 방으로 돌아가서 종이에 한 줄을 덧붙여 썼다.

'10. 난 절대 잊지 않아. 똑똑히 기억해 둬. 난 지금껏 아무것도 잊은 적이 없어. 어떤 행동도, 어떤 이름도, 어떤 얼굴도……'

"메 위(그렇고 말고.). 이제 전부 명확해졌어!"

15장

"이제 다 됐군."

에르퀼 푸아로가 말했다.

그는 가볍게 한숨을 내쉰 뒤 한두 걸음 뒤로 물러서서 호텔의 빈 객실에 자신이 직접 바꾸어 놓은 실내 배치를 바라보며 생각에 잠겼다.

카버리 대령은 벽 쪽으로 밀어 놓은 침대에 품위 없이 기대어 앉아 파이프를 뻑뻑 빨아대며 미소를 짓고 있었다.

"당신은 정말 희한한 사람이로군요, 푸아로 씨? 사건을 극화시키는 걸 좋아하는가 봅니다."

"어쩌면 그럴지도 모릅니다."

작은 키의 탐정이 인정했다.

"하지만 제멋대로 한 건 절대 아닙니다. 희극을 상연하려면 먼저 무대를 만들어야 하지 않겠어요?"

"이게 희극인가요?"

"비극이라 해도 마찬가지예요. 데코르(무대 배경)가 제대로 돼 있어야 하지요."

카버리 대령이 재미있다는 표정으로 그를 바라보았다.

"아무튼 당신한테 달렸습니다! 당신이 어떻게 할 생각인지는 잘 모르겠지만요. 하지만 뭔가 알아낸 것 같기는 하네요."

"당신이 나에게 부탁한 것, 진실을 이제 알려 드릴 수 있게 되었지요."

"재판을 할 수 있을 것 같습니까?"

"아, 그건 약속한 바 없습니다."

"맞아요. 그러지 않은 게 더 기쁘군요. 형편에 따라 달라지겠지만."

"내 증명은 주로 심리적인 겁니다."

카버리 대령이 한숨을 쉬었다.

"그럴 거라고 생각은 했습니다."

"그렇지만 확신이 들 겁니다."

푸아로가 다시 힘주어 말했다.

"그럼요, 확신하게 될 겁니다. 언제나 생각하는 거지만 진실은 오묘하고도 아름다워요."

"때로는 뭣처럼 불쾌하기도 하지요."

"아니, 아닙니다. 그건 개인적인 견해지요."

푸아로는 진지했다.

"객관적이고 초연한 태도를 취해 보세요. 그러면 사건의 절대적인 논리가 몹시 매력적이고 질서정연한 것처럼 느껴질 겁니다."

"그렇게 바라보도록 노력하지요."

푸아로는 시계를 흘끗 보았다. 크고 기괴하게 생긴 회중시계였다.

"할아버지가 차시던 시계예요."

푸아로가 그 시계를 보며 말했다.

"그럴 줄 알았어요."

"이제 슬슬 시작할 때가 되었군요. 몽 콜로넬(대령)은 여기 테이블 뒤에 마련된 공식석상에 앉아 주세요."

대령이 불만스럽게 대답했다.

"아, 알았어요. 설마 군복까지 입어야 하는 건 아니겠지요?"

"아니, 아니에요. 괜찮으시다면 넥타이를 좀 고쳐 매 드리지요."

푸아로가 이렇게 말하며 행동으로 옮겼다. 카버리 대령이 빙그레 웃으며 푸아로가 가리킨 의자에 앉았지만 잠시 후 그의 무의식적인 손놀림에 의해 넥타이는 다시 귀 밑으로 돌아가 있었다.

"이쪽에 라 파미유 보인턴을 앉히겠습니다."

푸아로가 의자의 위치를 약간 바꾸며 말했다.

"그리고 이쪽에는 이 사건에 분명한 이해관계를 가지고 있는 세 명의 외부인을 앉히겠습니다. 제라르 박사의 증언에 이 사건의 기소 여부가 달려 있어요. 새라 킹은 이 사건에 두 가지 이해관계가 있습니다. 하나는 개인적인 것이고 또 하나는 검시관으로서의 것이고요. 그리고 제퍼슨 코프 씨가 있는데 보인턴 가족의 가까운 친구였으니 당연히 이해당사자로 말할 수 있을 겁니다."

푸아로가 말을 중단했다.

"아하, 그들이 오는군요."

그가 문을 열어 사람들을 맞았다.

레녹스 보인턴과 그의 아내가 제일 먼저 들어왔다. 레이먼드와 캐럴이 두 사람을 뒤따랐다. 지네브라는 입가에 희미하고 꿈꾸는 듯한 미소를 띤 채 혼자 걸어 들어왔다. 제라르 박사와 새라 킹이 그들을 뒤따랐다. 제퍼슨 코프는 몇 분 뒤 미안하다는 말을 하면서 들어왔다.

코프까지 자리를 잡고 앉자 푸아로가 앞으로 나섰다.

"여러분, 이것은 전적으로 비공식 모임입니다. 우연히 제가 암만에 머물고 있었기 때문에 맡게 된 일입니다. 카버리 대령님이 제게 이 사건을 의논해왔어요."

누군가 푸아로의 말을 가로막았다. 그의 말을 가로막은 사람은 그들 중 가장 나설 것 같지 않은 레녹스 보인턴이었다. 그가 느닷없이 호전적인 태도로 말했다.

"왜요? 도대체 왜 당신을 이 일에 개입시켰습니까?"

푸아로가 차분하게 손을 내저었다.

"나는 이런 돌연사가 생길 경우에 자주 요청을 받는 편입니다."

레녹스 보인턴이 말했다.

"심장발작으로 사람이 죽을 때마다 의사들이 당신을 데려오라고 합니까?"

푸아로가 부드러운 목소리로 말했다.

"심장발작은 아주 모호하고 비과학적인 용어입니다."

카버리 대령이 헛기침을 했다. 공식적인 기침이었다. 이어서 그가 공식적인 목소리로 말을 시작했다.

"이 점을 분명하게 밝히는 것이 좋겠군요. 사망의 경위를 보고받았습니다. 아주 자연스러운 사망이었지요. 유난히 더운 날씨였던데다 건강이 안 좋은 노부인에게는 매우 힘든 여행이었지요. 여기까지는 아주 명확합니다. 그런데 제라르 박사가 나를 찾아와 한 가지 사실을 알려 주더군요."

그러고는 그렇지 않느냐는 듯 푸아로를 쳐다보았다. 푸아로가 고개를 끄덕였다.

"제라르 박사는 세계적인 명성을 지닌 저명한 의사로, 박사가 하는 말은 신빙성이 높습니다. 그런데 박사가 보인턴 노부인이 사망한 다음 날 아침 약상자를 열어 보았는데 심장에 영향을 미치는 강력한 약품이 상당량 없어졌다고 하더군요. 그 전 날 오후, 그러니까 노부인이 사망한 날 오후에는 피하주사기가 없어졌었다고 했고요. 그 주사기는 밤 사이에 돌려졌다고 합니다. 마지막으로 죽은 노부인의 손목에 주삿바늘 자국과 일치하는 구멍이 뚫려 있었다고 했습니다."

대령이 잠시 말을 멈추었다.

"사정이 이러했으므로 나는 이 문제를 조사하는 것이 공직에 있는 사람으로서 마땅히 해야 할 의무라고 생각했습니다. 마침 에르퀼 푸아로 씨가 손님으로 묵고 있어서 굉장히 전문적인 조사를 수행할 수 있었습니다. 나는 그에게 이 사건을 조사할 전권을 주었고, 우리는 지금 푸아로 씨가 이 문제에 대해 어떤 결론을 내렸는지 들으려고 이 자리에 모인 겁니다."

순간 방 안에 정적이 흘렀다. 너무나 고요해서 소위 바늘 떨어지는 소리도 들릴 것 같았다. 실제로 옆방에서 누군가가 뭔가를 떨어뜨리는 소리가 났다. 그 소리가 고요한 방 안에 마치 폭탄 터지는 소리처럼 들렸다.

푸아로는 오른쪽에 앉은 세 사람에게 흘끗 눈길을 던진 뒤 왼쪽에 모여 있는 다섯 사람에게 시선을 옮겼다. 그들의 눈빛은 겁에 질려 있었다.

푸아로가 조용한 목소리로 말했다.

"카버리 대령이 이 일을 의뢰해 왔을 때 나는 전문가로서의 의견을 말해 주었습니다. 증거를 찾지 못할 수도 있다. 소위 법정에서 받아들여질 증거는 찾지 못할 수도 있다. 하지만 관련자들을 조사하는 것만으로도 진실은 명백히 밝혀낼 수 있다. 그렇게요. 나는 그 점을 명확히 전달했습니다. 여러분, 먼저 이 점을 말씀드리지요. 범죄를 조사할 때는 범행을 저지른 자들에게 이야기를 시키는 것만으로도 충분히 진실을 알아낼 수 있습니다. 결국 필요한 정보를 알려 주는 건 언제나 그들이니까요!"

그가 말을 멈추었다.

"이 경우에도 여러분이 나에게 거짓말을 하고자 했더라도 결국은 무의식적으로 진실을 말해 주었습니다."

푸아로는 희미한 한숨 소리와 그의 오른쪽에서 의자 움직이는 소리를 들었지만 돌아보지는 않았다. 그는 계속해서 보인턴 가족을 쳐다보고 있었다.

"우선 보인턴 노부인이 자연사했을 가능성을 살펴보았는데 결론은 그렇지 않다고 내렸습니다. 없어진 약과 주사기, 그리고 무엇보다 죽은 노부인의 가족들이 보이는 태도가 그러한 가정이 옳지 않다는 사실을 확인시켜 주었지요.

보인턴 노부인은 무참히 살해되었을 뿐 아니라 가족 모두가 그 사실을 알고 있었습니다! 그들은 집단적으로 범행을 저지른 무리처럼 행동했습니다.

하지만 범죄에도 급이 있지요. 살인이, 그래요, 그건 물론 살인이었어요. 그 살인이 노부인 가족 모두의 사전 계획하에 저질러진 것인지 규명하겠다는 시각에서 증거를 면밀히 살펴보았습니다.

어마어마하게 강한 동기가 있더군요. 노부인의 사망으로 경제적인 면에서나 자유라는 관점에서나 모두에게 이득이 되었습니다. 경제적으로는 즉시 독립할 수 있는 데다 상당한 부를 누릴 수 있었고, 자유라는 측면에서는 거의 참을 수 없던 노부인의 횡포에서 벗어날 수 있었습니다.

계속해서 말씀드리지요. 나는 끼워 맞추는 식의 논리로는 문제가 해결될 수 없다고 즉시 결론을 내렸습니다. 보인턴 가족이 하는 이야기들은 깔끔하게 끼워 맞춰지지가 않았고 타당한 알리바이도 성립되지 않더군요. 한 명 어쩌면 두 명의 식구들이 공모를 했고 다른 식구들은 그 사실을 사후에 감싸주는 것 같았습니다. 그래서 다음으로는 구체적으로 누구를 지목해야 할지 생각했습니다. 그 시점에서 나 혼자서만 알고 있던 증거 때문에 다소 편파적인 생각을 갖게 되었지요."

푸아로는 예루살렘에서 있었던 일을 들려 주었다.

"당연히 레이먼드 보인턴이 이 사건의 핵심 주동자로 가장 강하게 부각되었습니다. 가족 구성원을 살펴본 뒤 나는 레이먼드 보인턴이 그날 밤 그 생각을 털어놓았을 가능성이 가장 높은 대상으로 동생 캐럴을 지목했습니다. 그들은 외모나 기질 면에서 아주 많이 닮아 있는데다 서로에 대한 연민으로 강하게 결속되어 있으니까요. 또한 두 사람 다 그런 행위를 고안해 내는 데 필요한 예민하면서도 반항적인 기질을 갖고 있었습니다. 그런 그들의 동기에는 어느 정도 희생적인 면도 있었어요. 온 가족에게, 특히 막내 동생에게 자유를 주자는 것이었으니까요. 아무튼 그 동기가 계획을 더욱 그럴듯하게 만들었습니다."

푸아로가 잠시 말을 멈추었다.

레이먼드 보인턴이 입을 반쯤 벌렸다가 다시 다물었다. 그의 눈은 흔들림 없이 푸아로를 바라보고 있었으며 눈동자에는 소리 없는 분노가 서려 있었다.

"레이먼드 보인턴에게 불리한 증언으로 들어가기 전에 먼저 주목할 만한 사실들을 순서대로 읽어 드리겠습니다. 오늘 오후 카버리 대령에게 보여주기 위해 만든 것입니다.

〈주목할 만한 사실들〉

1. 보인턴 노부인은 디기탈리스가 함유된 복합약을 복용 중이었다.
2. 제라르 박사는 피하주사기를 잃어버렸다.
3. 보인턴 노부인은 식구들이 다른 사람들과 어울리지 못하도록 막으면서 희열을 느꼈다.
4. 보인턴 노부인은 사건이 일어난 그날 오후, 식구들에게 자신을 남겨 둔 채 산책을 나가라고 했다.
5. 보인턴 노부인은 심리적 사디스트이다.
6. 천막에서 보인턴 노부인이 앉아 있던 곳까지는 (대략) 200미터가 좀 못 된다.
7. 레녹스 보인턴은 처음에는 캠프에 돌아온 시각을 모른다고 했다가 나중에 어머니의 손목시계를 맞춰 준 사실을 인정했다.
8. 제라르 박사와 지네브라 보인턴은 서로 이웃한 텐트를 사용하고 있었다.
9. 6시 30분 저녁 준비가 끝났을 때 그 사실을 알리기 위해 보인턴 노부인에게 하인을 보냈다.
10. 보인턴 노부인은 예루살렘에서 다음과 같은 말을 했다. '난 절대 잊지 않아. 똑똑히 기억해 둬. 난 지금껏 아무것도 잊은 적이 없어. 어떤 행동도, 어떤 이름도, 어떤 얼굴도.'

각각 다른 번호를 붙였지만 경우에 따라서 이 항목들은 쌍으로 묶일 수도 있습니다. 가령 처음 두 항목을 볼까요. '보인턴 노부인은 디기탈리스가 함유된 복합약을 복용하고 있었다. 제라르 박사는 피하주사기를 잃어버렸다.' 이 사건에서 처음으로 강한 느낌을 받은 건 이 두 항목이었습니다. 가장 이상해 보이는 데다 상당히 모순적이었거든요. 무슨 말인지 모르겠나요? 뭐 상관없습니다. 곧 그 점으로 되돌아갈 테니 말입니다. 일단은 이 두 항목이 만족스럽게 설명되어져야 한다는 것에 주목했다는 정도로 해 두지요.

이제부터 레이먼드 보인턴의 유죄 가능성에 대해 결론을 내리도록 하겠습니다. 먼저 알려진 사실들입니다. 보인턴 노부인의 생명을 빼앗는 문제를 놓고 은밀히 나눈 이야기가 우연히 새어 나갔습니다. 극도의 신경불안에다 흥분한 상태였습니다. 감정적 위기의 순간을 맞게 된 거지요. 마드무아젤, 용서하세요."

푸아로는 새라에게 미안하다는 듯 고개를 숙였다.

"사랑에 빠진 겁니다. 그런 감정적 격발은 몇 가지 방향으로 표출될 수 있습니다. 의붓어머니까지 포함하여 세상 전부에 대해 다정하고 따뜻한 마음을 가질 수도 있어요. 아니면 마침내 용기를 내서 의붓어머니를 거역하고 그 영향력을 물리치려 했을 수도 있습니다. 조금 더 격해지면 범행을 이론에서 실제로 옮기고자 하는 충동을 느꼈을 거예요. 그것이 심리라는 것이지요! 그러면 지금부터 사실들을 검토해 봅시다.

레이먼드 보인턴은 식구들과 함께 3시 15분경에 캠프를 떠났습니다. 그 시각에 노부인은 멀쩡히 살아 있었습니다. 곧 레이먼드 보인턴과 새라 킹이 테타테트(머리와 머리를 맞대고) 대화를 나누게 됩니다. 그러다 그가 새라 킹을 떠납니다. 본인의 말에 의하면 캠프로 돌아온 시각이 5시 55분경이었다고 하더군요. 레이먼드는 어머니에게 올라가서 몇 마디 말을 나눈 뒤 자신의 텐트로 갔다가 곧 천막으로 내려갑니다. 그의 진술에 따르면 5시 55분에 보인턴 노부인은 멀쩡히 살아 있었습니다.

하지만 레이먼드의 진술에는 정확히 모순되는 사실이 있었습니다. 6시 30분에 하인이 보인턴 노부인의 죽음을 발견했고, 의학사 학위가 있는 새라 킹이 검시를 했는데, 새라 킹은 사망이 발생한 시각에 대해 특별히 관심을 기울이지는 않았지만 적어도 그 시간으로부터 한 시간 전에 혹은 그보다 훨씬 더 전에 노부인이 죽었다고 확실하게 말했습니다.

우리에게는 지금 두 가지의 모순된 진술이 주어졌습니다. 새라 킹이 실수를 했을 가능성을 배제한다면……."

새라가 푸아로의 말을 가로막았다.

"난 실수하지 않아요. 만약 실수했다면 나중에라도 솔직히 인정하지요."

새라의 어조는 단호하고 명확했다.

푸아로가 공손하게 허리를 숙였다.

"그렇다면 가능성은 두 가지뿐입니다. 새라 킹이 거짓말을 했거나 레이먼드 보인턴이 거짓말을 한 것이지요! 레이먼드 보인턴이 거짓말을 했다면 그 이유에 대해 살펴봅시다. 새라 킹이 착각을 한 게 아니고 일부러 거짓말을 한 것이 아니라는 것을 전제로 해서 말이지요. 그 경우라면 사건은 어떤 순서로 진행되었을까요? 레이먼드 보인턴이 캠프로 돌아와서 어머니가 동굴 입구에 앉아 있는 것을 보고 동굴로 올라갔는데 어머니가 이미 죽어 있었을 겁니다. 그렇다면 그는 무엇을 할까요? 도움을 요청할까요? 캠프에 그 일을 즉시 알릴까요? 아니요, 그는 잠시 서 있다가 자신의 텐트로 돌아갑니다. 그리고 조금 뒤 천막으로 돌아가 가족들과 합류하지만 아무 말도 하지 않습니다. 이런 행동은 좀 이상하지 않나요?"

레이먼드가 긴장된 목소리로 날카롭게 말했다.

"물론 그건 바보 같은 짓이에요. 그러니까 내가 말한 것처럼 어머니가 멀쩡히 살아 있었다는 말이 맞을 수밖에 없어요. 새라가 당황한 나머지 실수를 한 거예요!"

푸아로가 침착하게 다시 말을 이었다.

"그러면 그런 행동에 타당한 이유가 있을 수 있는지 생각해 봅시다. 표면적으로 보자면 레이먼드 보인턴에게 유죄의 가능성은 없습니다. 그날 오후 의붓어머니를 보러 갔다고 알려진 시각에 어머니는 이미 죽은 뒤 상당한 시간이 지나 있었으니까요. 따라서 레이먼드 보인턴이 결백하다고 가정한다면 그의 행동은 어떻게 설명할 수 있을까요?

레이먼드가 결백하다고 전제하면 설명할 수 있습니다! 예루살렘에서 내가 우연히 엿들은 대화의 일부 '너도 알잖아? 그 여자는 죽어야 해.'라는 말을 생각해 봅시다. 산책에서 돌아와 어머니가 죽어 있는 것을 발견하자 레이먼드는 범행을 결심했던 그 순간의 기억이 떠올랐을 겁니다. 그 계획이 실행되었는데 자신이 아니라면 공모자에 의해 실행된 것이겠지요. 투 생플러망(아주 쉽게) 레이먼드는 동생 캐럴 보인턴이 범행을 저질렀다고 생각합니다."

"사실이 아니에요."

레이먼드의 목소리가 낮게 떨리고 있었다.

푸아로가 말을 이었다.

"이제 캐럴 보인턴이 살인을 저질렀을 가능성을 짚어 봅시다. 캐럴에게 불리한 증거로는 어떤 것이 있을까요? 캐럴에게도 마찬가지로 극도의 신경불안 증세가 있습니다. 더욱이 그런 불안 증세 하에서는 그와 같은 행동을 영웅적인 행위로 여길 수 있지요. 그날 밤 예루살렘에서 레이먼드가 결심을 털어 놓은 대상은 캐럴 보인턴이었어요. 캐럴 보인턴은 5시 10분에 캠프에 돌아왔습니다. 본인의 말에 따르면 올라가서 어머니와 이야기를 나누었다는군요. 하지만 본 사람은 아무도 없습니다. 캠프에는 인적이 없었고 하인들은 전부 잠들어 있었어요. 웨스트홀름 부인과 피어스 양, 코프 씨는 캠프가 보이지 않는 곳에서 동굴들을 둘러보고 있었습니다. 캐럴 보인턴의 행동을 본 목격자는 아무도 없는 셈이죠. 시간도 아주 잘 들어맞아요. 그러니 캐럴 보인턴이 범행을 저질렀을 가능성은 충분합니다."

푸아로가 잠시 말을 멈추었다. 캐럴이 고개를 들고 있었다. 그녀의 슬픈 눈동자가 가만히 그를 쳐다보았다.

“또 한 가지 사실이 있습니다. 사건 다음 날 이른 아침 캐럴 보인턴이 뭔가를 개울가에 던져 넣는 것을 본 사람이 있습니다. 그것이 피하주사기라고 믿을 만한 근거도 있고요.”

“코멍(어떻게)?”

제라르가 놀라서 고개를 들었다.

“하지만 내 주사기는 돌아왔는데요. 그럼요, 지금은 내가 갖고 있어요.”

푸아로가 고개를 힘 있게 끄덕였다.

“예, 그래요. 두 번째 주사기, 그건 아주 묘하고 매우 흥미로운 것이지요. 나는 그 주사기가 새라 씨의 것이라고 알고 있는데요. 맞습니까?”

새라의 표정이 순간적으로 굳었다.

“새라 킹의 주사기가 아니에요. 그건 내 것이에요.”

캐럴이 얼른 대답했다.

“그러면 당신이 그 주사기를 던진 것이 맞습니까, 마드무아젤?”

캐럴이 잠시 망설였다.

“예, 그래요. 던지면 안 되나요?”

“캐럴!”

네이딘이었다. 그녀는 몸을 앞으로 숙인 채 놀란 눈을 하며 괴로워했다.

“캐럴…… 아, 이해할 수 없어…….”

캐럴이 네이딘을 돌아보았다. 캐럴의 시선에는 뭔가 적의 같은 것이 감돌고 있었다.

"이해할 건 아무것도 없어요! 낡은 주사기를 던진 것뿐이에요. 독약엔 손도 대지 않았어요."

새라가 끼어들었다.

"피어스 양이 말한 것은 사실이에요. 푸아로 씨. 그건 내 주사기였어요."

푸아로가 살짝 웃었다.

"매우 혼란스럽군요. 주사기 문제 말입니다. 하지만 그 문제도 곧 해결될 수 있을 거라 생각합니다. 우리는 지금 두 가지 경우를 생각해 봤습니다. 레이먼드 보인턴이 결백한 경우와 동생 캐럴이 유죄인 경우 말이지요. 하지만 나는 용의주도하고 공평한 사람입니다. 언제나 양쪽 가능성을 다 살펴보지요. 캐럴 보인턴이 결백하다면 어떤 일이 일어날지 살펴보도록 합시다.

캠프로 돌아간 캐럴 보인턴이 의붓어머니를 보러 동굴로 올라갑니다. 그런데 어머니가 죽어 있어요! 제일 먼저 무슨 생각이 떠오를까요? 오빠 레이먼드 보인턴이 어머니를 죽였다는 생각이 들고 무엇을 어떻게 해야 할지 당황했을 겁니다. 그래서 아무 말도 하지 않았지요. 그리고 한 시간쯤 뒤에 레이먼드 보인턴이 돌아오는데 어머니에게 말을 건 것 같긴 하지만 뭔가 잘못됐다는 언급은 전혀 안 해요. 그러면 그 의심은 확신이 되지 않을까요? 어쩌면 레이먼드의 텐트에 가서 피하주사기를 발견했을지도 모릅니다. 그렇게 되면 추측은 사실이 돼 버립니다! 그래서 그것을 얼른 가져다가 감춥니다.

다음 날 이른 아침에 그것을 되도록 멀리 던져 버리고요.

캐럴 보인턴이 결백하다는 사실을 말해 주는 것은 또 한 가지가 있습니다. 내가 캐럴 보인턴에게 오빠와 함께 그 계획을 실행에 옮길 생각이 정말 없었냐고 물었더니 그렇다고 분명히 말하더군요. 맹세를 해 달라고 하자 아주 엄숙한 표정으로 망설임 없이 자신은 죄가 없다고 맹세했어요. 알겠습니까? 캐럴 보인턴은 그런 식으로 말했어요. '우리'는 죄가 없다고 맹세한 게 아니라 '자신'은 죄가 없다고 맹세한 겁니다. 오빠는 언급하지 않았어요. 물론 내가 대명사 같은 것에 신경을 쓰고 있다고는 생각하지 못했겠죠.

에 비엥(좋아요.). 캐럴 보인턴이 결백한 경우에 대해서는 이쯤에서 접기로 하지요. 그러면 다시 한 걸음 뒤로 가서 레이먼드의 결백이 아니라 유죄 가능성을 생각해 봅시다. 캐럴이 진실을 말하고 있으며 보인턴 노부인이 5시 10분에 살아 있었다는 것을 전제로 해서요. 레이먼드가 유죄가 되려면 어떤 상황이어야 할까요? 그가 동굴에 올라가서 어머니와 이야기를 나누었다는 5시 50분에 어머니를 살해했다고 가정해 봅시다. 캠프 주위에는 하인들이 돌아다니고 있었지만 날은 어두워지고 있었어요. 그러니 어떻게든 계획을 행동에 옮길 수는 있었을 거예요. 하지만 그러면 새라 씨가 거짓말을 한 것이 됩니다. 새라 킹이 레이먼드보다 5분 늦게 캠프로 돌아왔다는 점을 떠올려 봅시다. 그 정도 거리에서라면 레이먼드가 어머니를 보러 동굴에 올라가는 것을 보았을 수도 있어요. 나중에 노부인의 죽음이 알려지자 새라 킹은 레이먼드가 노부인을 죽였다는 생각에 그를 구해 주기 위해 거짓말을 합니다. 제라르 박사가 열병으로 누워 있으니 거짓말을 해도 드러나지 않을 거라 생각하면서요."

"거짓말한 적 없어요."

새라가 분명하게 말했다.

"하지만 또 다른 가능성이 있습니다. 새라 킹은 아까 말한 대로 레이먼드보다 5분 늦게 캠프에 도착했어요. 레이먼드 보인턴이 보았을 때 어머니가 살아 있었다면 그 치명적인 주사기를 찔러 넣은 사람은 새라 킹일지도 모릅니다. 새라 킹은 노부인이 근본적으로 사악한 존재라고 믿고 있었으니까 자신을 단지 집행자라고 생각했을 수도 있어요. 그렇다면 사망 시간에 대해 거짓말을 한 것도 아주 잘 설명이 되지요."

새라의 얼굴에서 점점 핏기가 걷혔다. 그러고는 낮고 차분한 목소리로 입을 열었다.

"내가 한 사람의 죽음이 많은 사람들을 구원할 수 있다는 말을 한 것은 사실이에요. 그 생각이 떠오른 것은 '희생 제물의 언덕'에서였어요. 하지만 난 그 진절머리 나는 노인네를 죽이지 않았다고 맹세할 수 있어요. 그런 짓을 저지를 생각은 아예 떠오르지도 않았어요!"

"하지만 상황을 따져 보면 둘 중 한 사람은 틀림없이 거짓말을 하고 있는 거예요."

푸아로가 부드러운 목소리로 말했다.

레이먼드 보인턴이 움찔거렸다. 그러더니 더는 참을 수 없다는 듯 소리쳤다.

"그래요. 당신이 이겼어요, 푸아로 씨! 내가 거짓말을 했어요. 내가 올라갔을 때 어머니는 이미 죽어 있었어요. 정말 소스라치게 놀랐어요. 어머니와 담판을 지을 작정이었거든요. 어머니에게 지금부터 나는 자유인이라고 말할 참이었어요. 마음을 단단히 먹고 올라갔어요. 그런데 어머니가 죽어 있더군요. 손은 싸늘히 축 늘어져 있었고요. 그래서 당신이 말한 것처럼 생각했어요. 어쩌면 캐럴이 그랬을지도 모르겠다고요. 손목에 자국이 남아 있었으니까요."

푸아로가 얼른 말을 받았다.

"그 부분을 충분히 듣지 못했어요. 당신이 계획했던 것은 어떤 방법이었지요? 당신이 꾸며낸 방법도 피하주사기와 관련이 있었을 것 같은데요. 그 정도까지는 짐작이 갑니다만, 당신의 말을 믿어 주길 바란다면 나머지도 이야기해 주시지요."

레이먼드가 얼른 대답했다.

"책에서 읽은 방법인데…… 영국 탐정 소설에서요. 주사약이 들지 않은 빈 주사기를 찔러 넣으면 목적을 달성할 수 있다고 했어요. 완벽하고 과학적인 방법 같아 보였죠. 그래서 우리도 그렇게 하면 될 거라고 생각했습니다."

"아, 알겠습니다. 그래서 주사기를 구입했습니까?"

"아니요. 네이딘의 것을 슬쩍 빼냈어요."

푸아로가 네이딘 쪽으로 재빨리 시선을 돌렸다.

"그 주사기는 예루살렘에 두고 온 짐 속에 있다고 하지 않았던가요?"

젊은 부인의 안색이 약간 변했다.

"어떻게 된 일인지 확실치가 않아서요."

네이딘이 작은 목소리로 말했다.

"당신은 정말 영리하군요, 마담."

16장

잠시 침묵이 흘렀다. 이윽고 푸아로가 헛기침으로 목소리를 가다듬으며 다시 말을 시작했다.

"이제 이른바 '두 번째 주사기'에 대한 미스터리는 풀렸군요. 원래 레녹스 보인턴 부인의 것이었던 주사기를 레이먼드 보인턴이 예루살렘을 떠나기 전에 빼냈고 노부인의 시체가 발견되자 캐럴이 레이먼드의 텐트에서 가져 나와 그 다음 날 멀리 던졌는데 그것이 피어스 양의 눈에 띈 거죠. 그리고 새라 킹이 자신의 것이라고 주장한 겁니다. 지금은 새라 씨가 갖고 있을 거라 추정되는데요."

"맞아요. 저한테 있어요."

새라가 말했다.

"방금 전만 해도 그것이 당신 것이라 주장했으니 당신은 당신 입으로 하지 않는다고 한 것을 한 셈입니다. 거짓말을 한 셈이지요."

새라가 침착하게 말했다.

"그 거짓말은 종류가 달라요. 그건, 그것은 직업적인 거짓말이 아니에요."

제라르가 수긍한다는 듯 고개를 끄덕였다.

"그렇군요. 그럴 수도 있겠어요. 이제 완전히 이해했습니다. 마드무아젤."

"고마워요."

푸아로가 다시 목소리를 가다듬었다.

"이제 시간을 좀 살펴볼까요?

· 보인턴 가족과 제퍼슨 코프가 캠프를 떠남. (대략) 3시 5분.

· 제라르 박사와 새라 킹이 캠프를 떠남. (대략) 3시 15분.

· 웨스트홀름 부인과 피어스 양이 캠프를 떠남. 4시 15분.

· 제라르 박사가 캠프로 돌아옴. (대략) 4시 20분.

· 레녹스 보인턴이 캠프로 돌아옴. 4시 35분.

· 네이딘 보인턴이 캠프로 돌아와서 보인턴 노부인과 이야기를 나눔. 4시 40분.

· 네이딘 보인턴이 시어머니를 떠나 천막으로 감. (대략) 4시 50분.

· 캐럴 보인턴이 캠프로 돌아옴. 5시 10분.

· 웨스트홀름 부인, 피어스 양, 제퍼슨 코프가 캠프로 돌아옴. 5시 40분.

· 레이먼드 보인턴이 캠프로 돌아옴. (대략) 5시 55분.

· 새라 킹이 캠프로 돌아옴. 6시.

· 시체가 발견됨. 6시 30분.

보면 알겠지만 네이딘 보인턴이 노부인을 떠난 4시 50분과 캐럴이 돌아온 5시 10분 사이에는 20분의 시간이 있습니다. 따라서 캐럴이 진실을 말하고 있다면 보인턴 노부인은 그 20분 안에 살해되었다는 이야기이지요.

그렇다면 누가 노부인을 죽였을가요? 당시 새라 킹과 레이먼드 보인턴은 함께 있었습니다. 제퍼슨 코프는 노부인을 죽일 만한 뚜렷한 동기가 없을 뿐 아니라 알리바이도 있습니다. 웨스트홀름 부인과 피어스 양과 함께 있었다고 하니까요. 레녹스 보인턴은 천막 안에 아내와 함께 있었습니다. 제라르 박사는 텐트에서 열병으로 신음하고 있었고요. 캠프에는 아무도 얼씬하지 않았고 하인들은 잠을 자고 있었습니다. 범행을 저지르기에 딱 좋은 시간이지요! 살인을 저지를 만한 또 다른 사람은 없을까요?"

생각에 잠긴 듯한 푸아로의 시선이 지네브라 보인턴을 향했다.

"한 사람 있습니다. 지네브라 보인턴이 오후 내내 자신의 텐트에 머물고 있었지요. 내가 들은 바에 의하면 그렇습니다. 하지만 텐트에만 계속 머물러 있었던 게 아니라는 증거가 있습니다. 지네브라 보인턴이 굉장히 중요한 말을 했어요. 제라르 박사가 고열에 시달리면서 자신의 이름을 불렀다고 했거든요. 제라르 박사 역시 열병으로 쓰러져 있었는데 꿈속에서 지네브라 보인턴의 얼굴을 보았다고 했어요. 하지만 그건 꿈이 아니었지요! 그 얼굴은 실제로 박사의 침대 옆에 서 있던 지네브라의 얼굴이었습니다. 박사는 열 때문에 헛것을 봤다고 생각한 모양이지만 그건 현실이었습니다. 지네브라가 박사의 텐트에 들어갔었거든요. 주사기를 사용한 후 돌려 주려고 들어간 건 아니었을까요?"

지네브라 보인턴이 금빛이 도는 붉은 머리를 들어올렸다. 그 아름답고 커다란 눈동자가 푸아로를 향했다. 기묘하게도 아무 표정이 없는 눈동자였다. 마치 신비한 성녀처럼 보였다.

"아, 사 농(아, 그건 아니에요)!"

제라르가 소리쳤다.

"심리학적으로 불가능한가요?"

푸아로가 물었다.

제라르가 고개를 끄덕였다.

네이딘 보인턴이 날카로운 목소리로 말했다.

"그건 있을 수도 없는 일이에요"

푸아로의 시선이 재빨리 그녀를 향했다.

"있을 수 없다고요, 마담?"

"예."

네이딘은 잠시 말을 멈추고 입술을 깨물었다. 그런 다음 말을 이어갔다.

"막내 시누이에 대한 그런 터무니없는 모함은 들을 수가 없군요. 우리는, 우리 모두는 그것이 불가능하다는 사실을 알고 있어요."

지네브라가 의자에서 몸을 약간 뒤척였다. 그녀의 입술 윤곽이 서서히 미소를 그려냈다. 어린 소녀의 애처롭고도 순진무구한, 반쯤 넋이 나간 미소였다.

네이딘이 또 한 번 되풀이했다.

"그건 있을 수도 없는 일이에요."

네이딘의 온화한 표정이 점점 단호하게 바뀌어 갔고 푸아로를 바라보는 강렬한 시선은 조금도 움츠러드는 기색이 없었다.

푸아로가 절을 하듯 허리를 약간 숙였다.

"마담은 정말 현명하십니다."

네이딘이 나직한 목소리로 말했다.

"무슨 뜻인가요, 푸아로 씨?"

"그 뜻은 마담, 당신이 정말 '훌륭한 두뇌'를 가지고 있다는 사실을 처음부터 느꼈다는 말입니다."

"지나친 칭찬이군요."

"진심입니다. 당신은 줄곧 이 상황을 침착하게 또 전체적으로 바라보고 있었어요. 표면적으로는 남편의 어머니와 좋은 관계를 유지했고요. 물론 그것이 최선이라고 생각했으니까 그랬겠죠. 하지만 속으로는 시어머니를 평가하고 비난했을 겁니다. 얼마 전부터 당신은 남편이 행복하기 위해서는 집을 떠나는 방법밖에 없다는 사실을 깨달았어요. 생활이 아무리 어렵고 궁핍해지더라도 스스로 길을 개척해 나가야 한다고 생각한 거죠. 당신은 모든 위험부담을 끌어안을 각오를 하고서 남편이 그 행동을 하도록 계속해서 자극했어요. 하지만 실패했지요. 레녹스 보인턴은 더 이상 자유에 대한 의지가 없었어요. 그는 현재에 만족하면서 체념과 우울 속으로 가라앉아 버렸던 겁니다.

마담, 이제 나는 당신이 남편을 사랑한다는 사실에 대해 아무런 의심이 없습니다. 남편을 떠나겠다는 당신의 결심이 다른 남자에 대한 더 큰 사랑에서 비롯한 것이 아니었으니까요. 그건 마지막 희망으로 택한 필사적인 모험이었을 겁니다. 그런 입장에 놓인 여성이 할 수 있는 것은 오로지 세 가지예요. 한 가지는 호소하는 겁니다. 그것은 말씀드린 대로 실패했어요. 두 번째는 떠나 버리겠다고 위협하는 겁니다. 하지만 그런 위협도 레녹스 보인턴의 마음을 움직일 수 없었을 거라 충분히 추측해 볼 수 있습니다. 그런 위협은 그를 더 비참하게 만들 뿐 반항을 해야겠다는 생각을 불러일으키지는 않았을 겁니다. 한 가지 더, 마지막으로 매달릴 지푸라기는 다른 남자와 함께 달아나는 겁니다. 질투와 소유욕은 남자의 마음속에 가장 깊숙이 뿌리 박혀 있는 원초적 본능 중 하나이니까요. 지혜로운 당신은 마음속 깊이 박혀 있는 그 야성의 본능을 건드렸습니다. 레녹스 보인턴이 노력도 해 보지 않고 당신을 다른 남자에게 보낸다면 그는 인간의 힘으로는 구제할 수 없는 단계까지 간 겁니다. 그렇다면 다른 곳에서 혼자서라도 새 인생을 시작하는 편이 훨씬 나았겠죠.

하지만 그 마지막 수단까지 실패했다고 가정해 봅시다. 남편은 당신의 결정에 몹시 당혹스러워했지만 그럼에도 당신이 바라는 것처럼, 그러니까 소유 본능에 사로잡힌 원시인처럼 행동하지 않았어요. 그렇다면 급속도로 무너지고 있는 남편의 상태를 구할 방법은 무엇이 있을까요? 딱 한 가지 있습니다. 남편의 의붓어머니가 죽게 된다면 아직 희망은 있었죠. 그렇게 되면 자유인으로 새 인생을 시작하여 독립적이고 남자다운 모습으로 일어설 수 있었을 겁니다."

푸아로는 잠시 말을 멈추었다가 다시 부드러운 목소리로 말했다.

"만약 당신의 시어머니가 죽는다면……."

네이딘의 시선은 여전히 푸아로에게 붙박여 있었다. 흔들림 없는 부드러운 목소리로 그녀가 입을 열었다.

"내가 그 사건이 일어나도록 조장했다는 건가요? 하지만 그건 불가능해요. 푸아로 씨, 난 시어머니에게 떠나겠다는 결심을 알리자마자 천막으로 가서 남편과 함께 있었어요. 시어머니의 사망 소식을 알 때까지 나는 천막을 떠나지 않았다고요. 충격을 주었다는 점에서 그리고 그 때문에 자연사했을 가능성이 있다는 점에서 본다면 나는 유죄라고 할 수 있어요. 하지만 당신이 말한 것처럼, 아직까지 당신은 직접적인 증거를 전혀 제시하지 못했고 부검이 실시되기까지는 그럴 수도 없겠지만 어머니가 살해되었다고 하더라도 나로서는 그럴 기회가 전혀 없었어요."

"시어머니의 사망 소식을 알 때까지 천막을 떠나지 않았다. 당신은 지금 이렇게 말했습니다. 그렇습니다. 보인턴 부인, 바로 그 점이 내가 이 사건에서 궁금하게 여기는 부분입니다."

"무슨 말인가요?"

네이딘이 말했다.

"그건 내가 작성한 이 표를 보면 알 수 있어요. 9번 항목을 보면 6시 30분에 저녁 준비가 끝났고 하인 한 명에게 보인턴 노부인을 데려오라는 지시가 내려졌어요."

"무슨 말인지 모르겠군요."

레이먼드가 말했다.

"나도 모르겠는데요."

캐럴이 이어서 말했다.

푸아로가 두 사람을 번갈아 바라보았다.

"모르겠습니까? '하인을 보냈다.' 왜 하인이 간 거죠? 당신들은 노부인을 돌보는 데 가장 열심인 사람들 아니었습니까? 언제나 당신들 중 한 사람이 노부인을 데리고 식사 장소에 나타나지 않았던가요? 노부인은 노쇠한 사람이었어요. 도움 없이는 의자에서 몸을 일으키기도 힘들었습니다. 그래서 언제나 당신들 중 누군가가 곁에서 도와주었지요. 식사 준비가 끝났다면 자연스럽게 당신들 중 누군가가 일어나서 노부인을 데리러 갔어야 합니다. 하지만 아무도 그러겠다고 나서지 않았어요. 모두 마비된 것처럼 서로의 얼굴만 살피며 가만히 앉아 있었지요. 어쩌면 왜 아무도 일어서지 않는지 궁금해 했을지도 모르고요."

네이딘이 날카롭게 말을 받았다.

"전부 터무니없는 소리예요, 푸아로 씨! 그날 저녁 우리는 모두 지쳐 있었다고요. 우리가 갔어야 한다는 말은 인정하지만 그날 저녁은 단지 그러지 않았을 뿐이에요!"

"하필이면 사건이 일어난 그날 저녁에 정확히 말이죠. 마담, 당신은 다른 누구보다 노부인을 더 많이 돌봐왔어요. 그건 기계적으로 떠맡게 된 당신의 의무 중 하나였지요. 하지만 그날 저녁에는 가겠다고 나서지 않았어요. 왜 그랬을까요? 이건 내 스스로에게 던졌던 질문입니다. 왜 그랬을까? 그건 당신도 노부인이 죽어 있었다는 걸 알고 있었기 때문이 아닐까요?

아니, 아니요. 말을 끊지 마십시오, 마담."

네이딘이 반박하려 하자 푸아로가 다급하게 손을 내저었다.

"지금은 이 에르퀼 푸아로의 말을 들어주세요! 당신과 시어머니 사이의 대화를 본 사람들이 있긴 합니다. 하지만 목격자들은 보기만 했지 들을 수는 없었어요! 웨스트홀름 부인과 피어스 양은 멀찌감치 떨어져 있었으니까요. 그들은 당신이 노부인과 대화를 나누는 모습을 분명히 보았다고 했어요. 하지만 그것이 실제로 벌어진 일에 대한 증거가 될 수 있을까요? 이쯤에서 보잘 것 없는 추리를 하나 해 봅시다. 당신은 머리가 좋은 사람이니까요, 마담. 만약 당신이, 남편의 어머니를 제거하려 했다면 '제거'한다는 표현을 써도 될진 모르겠습니다만, 아무튼 침착하고 서두르지 않는 당신 특유의 태도로 미루어 볼 때 만반의 준비를 갖추어 아주 지능적으로 살인을 감행했을 거예요. 제라르 선생이 아침 답사로 텐트를 비운 사이 그곳에 접근할 수 있었을 테니까요. 간호사 교육을 받았으니 어떤 약을 찾아야 할지도 분명히 알고 있었을 거예요. 그래서 당신은 디기톡신을 집어 듭니다. 노부인이 평소 복용하던 약과 같은 종류의 것이에요. 번거롭지만 주사기가 사라졌으니 박사의 주사기까지 집어 듭니다. 주사기가 없어졌다는 것을 박사가 알아채기 전에 원래 자리에 갖다 놓을 생각으로요.

계획을 실행에 옮기기 전에 마지막으로 남편의 마음을 돌려 보려고 했지요. 그래서 제퍼슨 코프와 결혼하겠다는 결심을 남편에게 말합니다. 남편은 몹시 당혹스러워 했지만 당신이 바라는 반응은 보이지 않아요. 그래서 살해 계획을 실행에 옮길 수밖에 없었던 거죠. 캠프로 돌아오는 길에 웨스트홀름 부인과 피어스 양과 마주치자 당신은 자연스럽게 기분 좋은 인사를 나눕니다. 그러고는 노부인이 앉아 있는 곳으로 올라갑니다. 약을 넣은 주사기를 들고서요. 손목을 붙잡고 주사기를 찔러 넣는 것은 아주 쉬운 일입니다. 간호사 교육을 받았으니 그런 일은 능숙할 거예요. 당신이 무엇을 하는지 시어머니가 미처 깨닫지도 못할 때 이미 상황은 끝나 있습니다. 저 아래 골짜기에 있는 사람들은 당신이 노부인에게 몸을 숙이고 대화를 나누는 모습만 보게 되는 거죠. 당신은 의도적으로 의자를 가져와 누가 보더라도 다정한 대화를 나누는 것처럼 얼마간 그곳에 앉아 있습니다. 죽음은 거의 순간적이었을 거예요. 당신이 앉아서 말을 나눈 것은 죽은 노부인이지만 누가 짐작이나 하겠어요? 그런 다음 당신은 의자를 다시 갖다 놓고 남편이 책을 읽고 있는 천막으로 내려갑니다. 그러고는 천막을 떠나지 않으려고 조심합니다. 보인턴 노부인의 사인이 심장발작으로 판명날 것을 확신하면서요.

사실 심장발작 때문이기는 합니다만. 당신의 계획이 어긋난 것은 단 한 가지뿐이에요. 박사가 말라리아에 걸려 벌벌 떨며 텐트에 누워 있는 바람에 주사기를 제때 되돌려 놓지 못한 것이지요. 그리고 당신은 몰랐겠지만 박사는 주사기를 잃어버린 것을 그때 이미 알고 있었습니다. 그것만 아니었다면 완벽한 범행이 되었겠지요."

침묵이 흘렀다. 죽음 같은 침묵이었다. 이윽고 레녹스 보인턴이 벌떡 일어나며 소리를 질렀다.

"아니에요. 그건 말도 안 되는 소리예요. 네이딘은 아무 짓도 안 했습니다. 아무것도 할 수 없었을 거예요. 어머니는, 어머니는 그때 이미 죽어 있었으니까요."

"아하?"

푸아로가 천천히 눈길을 돌렸다.

"그러니까 결국 노부인을 죽인 것은 당신이었군요, 보인턴 씨."

순간 다시 침묵이 흘렀다. 레녹스가 의자에 털썩 주저앉아 떨리는 손으로 얼굴을 감쌌다.

"예, 맞아요. 내가 죽였어요."

"박사의 텐트에서 디기톡신을 훔쳤고요?"

"예."

"언제요?"

"당신이 말했듯이 아, 아침에요."

"주사기도요?"

"주사기요? 그래요."

"왜 죽였습니까?"

"나한테 묻는 겁니까?"

"예, 묻는 겁니다. 보인턴 씨!"

"알다시피 아내가 나를 떠나 코프 씨에게 가겠다고 했으니까요."

"그렇군요. 하지만 그 사실은 오후에 알지 않았습니까?"

레녹스가 그를 쳐다보았다.

"그래요. 우리가 산책을 나갔을 때……."

"그런데 아침에, 당신이 그 사실을 알기도 전에 독약과 주사기를 훔쳤다고요?"

"도대체 왜 나한테 그런 질문들을 해서 괴롭히는 겁니까?"

레녹스는 말을 멈추고 떨리는 손으로 이마를 닦았다.

"도대체 그게 무슨 상관입니까?"

"상관이 있습니다. 레녹스 보인턴 씨, 충고하건대 부디 진실을 말하세요."

"진실이라고요?"

레녹스가 그를 쳐다보았다.

"그래요. 진실 말입니다."

"좋습니다. 하느님께 맹세코 진실을 말하겠어요. 하지만 당신이 나를 믿어 줄지 모르겠군요."

레녹스가 갑자기 말했다. 그러고는 깊은 숨을 들이쉬었다.

"그날 오후 네이딘을 떠나서 혼자 캠프로 돌아올 때 나는 완전히 넋이 나가 있었습니다. 아내가 나를 떠나 다른 남자에게 갈 거라고는 꿈에도 생각하지 못했거든요. 나는, 나는 거의 미쳐 있었습니다! 술에 취해 있거나 나쁜 병에서 살아나려고 몸부림치는 느낌이었어요."

푸아로가 고개를 끄덕였다.

"당신이 웨스트홀름 부인을 지나쳐갈 때 걸음걸이가 어땠는지 들었어요. 당신의 아내가 진실을 말하지 않는다고 느꼈던 건 그녀가 당신을 떠나겠다는 이야기를 캠프로 돌아온 후 꺼냈다고 말했기 때문이죠. 계속 하십시오, 보인턴 씨."

"내가 무엇을 하고 있는지도 알지 못할 정도였는데…… 하지만 캠프 가까이 오자 머리가 맑아지는 것 같았어요. 그 순간 모든 것이 내 탓이라는 생각이 들더군요. 지금까지 난 비참한 벌레에 지나지 않았어요! 벌써 오래 전에 의붓어머니를 거역하고 벗어났어야 했는데 말이지요. 그런데 그 순간 아직은 늦지 않았다는 생각이 들었어요. 어머니가, 그 늙은 악마가 붉은 벼랑을 등지고 음산한 우상처럼 앉아 있더군요. 담판을 지으려고 위로 올라갔어요. 단지 결심을 털어놓고 이제는 떠나 버릴 마음으로요. 그날 저녁 당장에 떠나 버리겠다는 격한 마음을 품고 있었으니까요. 그날 밤 네이딘과 함께 달아나 되도록 멀리 마안*까지 갈 생각이었어요."

"오, 여보. 레녹스."

네이딘은 길고 다정한 한숨을 내쉬었다.

레녹스가 말을 이었다.

* 요르단 남부의 도시명.

"그런데 맙소사, 그때 만약 누군가가 나를 살짝 건드렸다면 곧바로 쓰러져 버렸을 거예요, 어머니가 죽어 있었습니다! 그곳에 죽은 채로 앉아 있었어요. 뭘 어떻게 해야 할지 알 수 없었습니다. 말이 막히고 머리가 어질어질하고, 어머니에게 소리치려고 했던 말들이 전부 가슴속에 갇혀서 납덩이로 변하는 것 같았어요. 설명할 수는 없지만…… 돌덩이, 그런 느낌이었어요. 돌덩이로 변하는 것 같았어요. 나는 기계적으로 어떤 행동을 취했어요. 어머니의 무릎에 놓여 있는 시계를 집어서 손목에 채운 거지요. 힘없이 늘어져 있는 그 오싹한 죽은 손목에요……."

레녹스는 몸서리를 쳤다.

"끔찍했어요. 그러고는 비틀거리며 아래로 내려와 천막 안으로 들어갔습니다. 누군가를 불렀어야 했겠지만 그럴 수 없었어요. 그냥 가만히 앉아서 잡지책만 뒤적이며 기다리다가……."

그가 말을 멈추었다.

"믿지 못하겠지요? 그럴 거예요. 내가 왜 다른 사람을 부르지 않았냐고요? 네이딘에게 왜 말하지 않았냐고요? 나도 모르겠어요."

제라르가 헛기침을 하며 말했다.

"그건 충분히 설명이 됩니다, 보인턴 씨. 당신은 심리적으로 몹시 불안한 상태였어요. 순식간에 몰아친 두 번의 큰 충격 때문에 그런 심리 상태가 된다는 건 충분히 가능한 이야기입니다. 그것을 바이젠홀테르 반응이라고 하는데, 창문에 머리를 세게 부딪친 새의 경우가 좋은 예가 될 수 있겠군요. 창문에 머리를 부딪친 새는 회복이 되고 난 다음에도 한동안은 다른 행동을 삼가게 됩니다. 신경중추에 적응하는 시간을 주기 위해서지요. 영어로는 잘 설명하지 못하겠지만 아무튼 이런 겁니다. '다른 방식으로는 행동할 수 없었을 것이다.' 다른 결단을 내려서 다르게 행동하는 것은 당신에게는 불가능한 일이었을 거예요! 심리적 마비 상태였으니까요."

제라르가 푸아로를 돌아보았다.

"푸아로 씨, 그 사실은 내가 보증합니다."

"오, 나도 그 점을 의심하지는 않아요."

푸아로가 말했다.

"귀담아 들은 사실도 있으니까요. 보인턴 씨가 어머니의 손목에 시계를 채워 주었다는 사실 말이지요. 그건 두 가지 설명이 가능합니다. 실제로 저지른 범행을 감추기 위해서였을 수도 있고, 아내가 발견하면 오해할지도 모른다고 생각했기 때문일 수도 있어요. 보인턴 부인은 남편보다 5분 정도 늦게 돌아왔어요. 따라서 보인턴 부인은 남편의 그런 행동을 보았을지도 모릅니다. 시어머니를 보러 올라갔을 때 시어머니의 죽음과 손목에 난 주삿바늘 자국을 발견하자 보인턴 부인은 자연스레 남편이 범행을 저질렀다고 생각했을 겁니다. 남편을 떠나겠다는 결심을 밝힌 것이 바라던 것과 다른 방향의 반응을 끌어낸 것이지요. 간단히 말해서 네이딘 보인턴은 자신이 남편의 범행을 부추긴 거라고 믿어 버린 겁니다."

푸아로가 네이딘을 쳐다보았다.

"그렇지요, 마담?"

네이딘이 고개를 끄덕인 뒤 이렇게 물었다.

"정말로 나를 의심하셨나요, 푸아로 씨?"

"당신도 가능성은 있다고 생각했지요, 마담."

네이딘이 몸을 앞으로 기울였다.

"그렇다면 지금은요? 실제로는 대체 무슨 일이 일어난 건가요, 푸아로 씨?"

17장

"실제로 무슨 일이 일어났느냐고요?"

푸아로가 네이딘의 말을 되풀이했다.

그는 손을 뒤쪽으로 뻗어 의자를 끌어당겨 그 위에 앉았다. 이제 푸아로의 태도는 친근하고 격의 없이 느껴졌다.

"그것은 질문이겠지요? 디기톡신이 없어졌고 주사기는 사라졌고 노부인의 손목에는 주삿바늘 자국이 남아 있습니다. 며칠 내면 노부인의 사인이 디기탈리스 과다복용인지 아닌지 확실히 알게 되겠지요. 부검 결과가 밝혀질 테니까요. 하지만 그때는 너무 늦을지도 몰라요! 오늘밤 진실을 밝혀 내는 편이 좋을 겁니다. 살인자가 이곳 우리 손 안에 있을 때 말입니다."

순간 네이딘이 고개를 번쩍 들었다.

"그건 아직도 이 방에 있는 우리 중 한 사람이 그랬을 거라는 뜻인지…….”

그녀의 목소리가 잦아들었다.

푸아로는 스스로 다짐하듯 천천히 고개를 끄덕였다.

“진실, 그것이 내가 카버리 대령에게 약속한 것입니다. 지금까지 의심 가는 점을 모두 해결했으니 다시 오늘 아침의 출발점으로 돌아가 봅시다. 사실들을 적어 보고 두 개의 명백한 모순점을 직시한 순간으로 말이지요.”

카버리 대령이 처음으로 입을 열었다.

“그것이 무엇인지 지금 알려 줄 수 있습니까?”

푸아로가 엄숙하게 말했다.

“지금부터 말할 생각입니다. 처음의 두 항목을 다시 한 번 살펴보지요. ‘보인턴 노부인은 디기탈리스가 함유된 복합약을 복용하고 있었다.’, ‘제라르 박사는 피하주사기를 잃어버렸다.’ 이 두 가지 사실을 불변의 사실, 즉 보인턴 가족이 하나같이 죄의식에서 비롯한 반응을 보였다는 명백한 사실에 대입시켜 봅시다. 그렇게 따져 보면 보인턴 가족 중 누군가가 살인을 저질렀을 거라는 사실은 거의 확실해 보입니다! 그러나 이 두 가지 사실은 논리가 성립되지 않습니다. 알다시피 노부인은 디기탈리스가 든 약을 벌써부터 복용하고 있었으니 디기탈리스 농축액을 사용하는 것은, 맞아요, 아주 영리한 생각입니다. 하지만 가족이라면 어떻게 했을까요? 아, 마 푸아!(바로 이거예요!) 가장 손 쉬운 방법이 있어요. 그러니까 독약을 노부인의 약병에 넣기만 하면 되는 거죠! 머리가 조금이라도 있는 사람이라면, 또 그 사람이 약병에 접근할 수만 있다면 틀림없이 그렇게 했을 거예요!

조만간 보인턴 노부인이 약을 먹고 죽습니다. 디기탈리스가 약병에서 발견되더라도 약을 제조한 약사의 실수로 만들어 버리면 돼요. 증거가 될 만한 건 아무것도 없죠!

그런데 주사기는 왜 훔쳤을까요?

두 가지 설명이 가능합니다. 제라르 박사가 주사기를 못 찾은 것일 뿐 누가 훔쳐간 게 아니거나, 아니면 살해자가 약병에 접근할 수 없었기 때문에 주사기를 훔친 것입니다. 이렇게 되면 살해자는 보인턴 가족이 아니라 외부인이라는 말이 됩니다. 앞서의 두 가지 사실이 외부인이 범행을 저질렀을 가능성을 암시하고 있구요.

처음부터 그 점에 주목했지만 보인턴 가족 전체가 강한 죄의식을 드러내고 있어서 혼란스러웠어요. 하지만 이들의 죄의식에도 불구하고 우리는 지금 보인턴 가족의 결백을 증명했습니다.

지금까지 도달한 결론이 그것이니까요. 살인은 외부인의 소행입니다. 다시 말하자면 보인턴 부인의 텐트에 들어갈 수 없거나 약병에 손을 댈 만큼 충분히 가깝지 않은 사람이죠."

그가 잠시 말을 멈추었다.

"이 방에는 엄밀히 말해서 외부인이면서 이 사건과 명백한 연관성이 있는 세 사람이 있습니다.

코프 씨를 먼저 생각해 보지요. 코프 씨는 보인턴 가족과 상당한 기간 동안 친하게 지내 왔습니다. 그의 입장에서 살인의 동기나 기회를 발견할 수 있을까요? 나는 없다고 결론을 내렸어요. 게다가 보인턴 노부인의 죽음은 그에게 오히려 역작용을 일으켰습니다. 품었던 희망마저 결국 좌절되고 말았으니까요. 코프 씨의 동기가 다른 사람에게 좋은 일을 하겠다는 거의 광신적인 욕망이 아닌 다음에야 보인턴 노부인을 죽이겠다는 욕망을 품을 까닭이 없습니다. 물론 우리가 전혀 알지 못하는 그런 동기가 있지 않다면 말입니다. 우리는 코프 씨가 보인턴 가족과 어떤 관계를 가져왔는지 모르니까요."

코프가 무겁게 입을 열었다.

"좀 억지소리 같군요. 나는 범행을 저지를 기회가 전혀 없었어요. 그리고 어떤 경우라 하더라도 생명은 신성하다는 강한 신념을 갖고 있습니다."

"확실히 당신에게는 아무 혐의가 없는 것 같습니다. 소설 같았으면 그 점 때문에 강한 의혹을 받았을 테지만요."

푸아로가 몸을 약간 움직였다.

"이제 새라 씨에 대해 생각해 볼까요? 새라 씨는 어느 정도 동기가 있는데다 필요한 의학 지식도 갖고 있어요. 인격을 갖추었고 결단력도 있습니다. 하지만 3시 30분이 되기 전에 다른 사람들과 함께 캠프를 떠났다가 6시가 될 때까지 돌아오지 않았으니 기회가 있었다고 보기는 어렵습니다.

다음으로 제라르 박사를 짚고 넘어가야겠지요. 이쯤에서 우리는 살인이 일어난 정확한 시각을 고려해 보아야 합니다. 레녹스 보인턴의 최후 진술에 의하면 어머니는 4시 35분에 죽어 있었다고 했어요. 웨스트홀름 부인과 피어스 양의 말에 의하면 그들이 출발하던 4시 15분에는 살아 있었다고 했고요. 그러니까 설명될 수 없는 시간은 정확히 20분입니다. 그 두 숙녀분이 캠프에서 멀어질 때 제라르 박사가 그들을 지나치게 되지요. 박사가 캠프에 도착했을 때 무슨 행동을 했는지 말할 수 있는 사람은 아무도 없습니다. 두 숙녀분은 캠프를 등지고 있었으니까요. 그들은 캠프에서 점점 멀어져가고 있었어요. 따라서 제라르 박사가 범행을 저지르기로 마음 먹었다면 충분히 가능했을 겁니다. 의사이니까 말라리아에 걸린 척 위장하는 것은 문제도 아니었겠지요. 동기가 없다고 할 수도 없습니다. 누군가의 정신세계가 위태롭다고 판단하고 그 사람을 구하고 싶었을지도 몰라요. 그것이 늙고 시든 생명의 희생보다 가치 있는 일이라 여겼을 거고요!"

"당신의 생각은 정말 터무니없군요."

제라르가 말했다.

푸아로는 들은 척하지 않고 말을 계속했다.

"하지만 만약 그렇다면 제라르 박사가 범행의 가능성에 대해 알려 준 이유는 뭐였을까요? 카버리 대령에게 그 말만 하지 않았다면 보인턴 노부인의 죽음은 자연사로 처리되었을 것이 분명한데 말이에요. 살해의 가능성에 대해 처음 지적한 사람은 바로 제라르 박사였습니다. 그 점이 이치에 맞지 않았습니다!"

"그런 것 같군요."

카버리 대령이 무뚝뚝하게 말했다.

"한 가지 가능성이 더 있습니다. 레녹스 보인턴 부인은 방금 어린 시누이의 범행 가능성을 강력하게 부인했습니다. 부인하는 근거는 그 시간에 이미 노부인이 죽어 있었다는 사실이고요. 하지만 이 사실을 떠올려 보세요. 지네브라 보인턴은 오후 내내 캠프에 머물러 있었습니다. 하지만 혼자 남는 시간이 있었습니다. 웨스트홀름 부인과 피어스 양이 캠프를 떠났을 때부터 제라르 박사가 돌아오기 전까지 말이에요 ……."

지네브라가 몸을 움찔했다. 그러더니 몸을 앞으로 숙이고 푸아로의 얼굴을 기묘하고 천진하고 수수께끼 같은 표정으로 빤히 쳐다보았다.

"내가 그랬다고요? 내가 그랬다고 생각하세요?"

그러고는 갑자기 견줄 데 없이 아름다운 동작으로 일어나서는 순식간에 방을 가로질러 제라르 박사 옆에 무릎을 꿇고 앉더니 그에게 매달린 채 열정적으로 그의 얼굴을 쳐다보았다.

"아니에요, 아니에요. 저 말을 하지 못하게 해 주세요! 그들이 또 내 주위에 벽을 쌓고 있어요! 그건 사실이 아니에요! 난 아무 짓도 안 했다고요! 그들은 모두 적이에요. 나를 가두고 아무 말도 못하게 하려는 거예요. 나를 도와 주세요. 나를 도와 주세요!"

"자, 자, 귀여운 아가씨."

박사가 지네브라의 머리를 쓰다듬어 주었다. 그러고는 푸아로에게 말했다.

"푸아로 씨, 당신이 하는 말은 어처구니가 없군요. 말도 안 되는 소리예요."

"피해망상이라고 했나요?"

푸아로가 말했다.

"맞아요. 하지만 그런 방법을 택했을 리가 없어요. 했어도 극적으로 했을 거예요. 그 점을 고려해야 합니다. 단검으로 찌른다거나 뭐 그런 화려하고 극적인 방법 말이에요. 차분하고 냉정하고 이성적인 방법은 절대 아닙니다. 그 점만큼은 분명합니다. 이것은 지능적인 범죄예요. 정신이 온전한 사람의 범죄란 말이지요!"

푸아로가 미소를 지었다. 그러더니 뜻밖에 허리를 숙여 절을 하며 점잖게 말했다.

"쥬 쉬 앙티에르망 드 보트르 아비.(당신의 견해에 전적으로 동감합니다.)"

18장

"자, 갈 길이 좀 더 남았습니다!"

에르퀼 푸아로가 말했다.

"제라르 박사가 방금 심리적인 면을 짚어 주었습니다. 그럼 이제부터는 이 사건의 심리적 측면에 대해 검토해 보기로 하지요. 우리는 지금까지 사실들을 수집해서 시간 순으로 사건을 정리한 다음 증언을 들었습니다. 남은 것은 이제 심리적 측면이에요. 가장 중요한 심리적 증거는 죽은 노부인에 관한 겁니다. 이 사건에서 가장 중요한 것은 바로 보인턴 노부인의 심리라는 말이지요.

3번과 4번 항목을 봅시다. '보인턴 노부인은 식구들이 다른 사람들과 어울리지 못하도록 막으면서 희열을 느꼈다. 보인턴 노부인은 사건이 일어난 그날 오후 식구들에게 자신을 남겨 둔 채 산책을 나가라고 했다.'

이 두 가지 사실은 서로 정확히 모순됩니다. 사건이 일어난 그날 오후 노부인은 왜 갑자기 평소의 방침을 바꿔 산책을 가라 한 걸까요? 갑자기 마음이 따뜻해져서 자비를 베풀고 싶었을까요? 들은 바에 의하면 그것은 도저히 있을 수 없는 일입니다! 하지만 이유가 있었겠지요. 무슨 이유였을까요?

보인턴 노부인의 성격을 자세히 살펴보도록 합시다. 노부인에 대해서는 여러 가지 평가가 있더군요. 늙은 포악한 조련사다. 심리적 사디스트다. 사악함의 화신이다. 미쳤다. ……이것 중 어느 것이 진짜입니까?

내 생각에는 새라 킹이 예루살렘에서 순간적으로 떠올렸다는 '완전한 구제불능'이라는 말이 제일 근접할 것 같군요. 구제불능일 뿐 아니라 무익한 존재였지요!

자, 그렇다면 노부인의 심리 상태에 대해 깊이 생각해 봅시다. 노부인은 거대한 야망과 다른 사람들을 지배하고 그들에게 자신의 존재를 각인시키고자 하는 욕망을 지니고 태어난 사람입니다. 그러나 힘에 대한 강렬한 욕망을 승화시키지도, 그것을 다스릴 방법도 찾지 못했어요. 물론 그 여자는 그 욕망을 즐기며 살아왔습니다! 하지만 결국에는, 잘 들으세요, 결국에는 어떤 존재가 되었습니까? 유력한 존재가 되지 못했습니다! 광범위한 영역에서는 두려움과 미움의 대상이 되지 못했어요! 고작해야 고립된 한 가족의 보잘 것 없는 폭군에 불과했지요! 제라르 박사의 말로는 보인턴 노부인도 다른 노부인들처럼 그런 자신의 취미에 싫증을 느껴서 활동 범위를 넓히고 지배력을 위험에 빠뜨림으로써 희열을 느끼려 했다는군요! 하지만 그 결정이 상황을 완전히 다른 국면으로 몰아간 것이지요! 해외에 나가자 노부인은 자신의 존재가 얼마나 하찮은지 처음으로 깨닫게 된 겁니다!

이제 곧장 10번으로 넘어가 볼까요? 노부인이 새라 킹에게 했다는 말인데요. 새라 킹은 진실을 정확히 지적해서 일러 주었어요. 보인턴 노부인이 얼마나 무익하고 불쌍한 존재인가에 대해 조금도 숨기지 않고 전부 알려 준 겁니다! 그렇다면 여러분, 노부인이 새라 킹에게 했다는 말은 무엇일까요? 노부인은 '악의가 흘러 넘쳤고', 새라 씨를 '쳐다보지도 않고' 말했다고 했어요. 노부인이 했다는 말은 정확히 이것입니다. '난 절대 잊지 않아. 똑똑히 기억해 둬. 난 지금껏 아무것도 잊은 적이 없어. 어떤 행동도, 어떤 이름도, 어떤 얼굴도.'

그 말은 새라 씨에게 강한 인상을 남겼습니다. 노부인의 말은 유난히 강렬했고 그 목소리는 몹시 거칠고 우렁찼지요! 그 인상이 뇌리에 너무 깊이 박혀 새라 씨는 그 엄청난 의미를 제대로 깨닫지 못한 것 같아요! 그것이 어떤 의미인지 여러분은 알겠습니까?"

푸아로가 잠시 뜸을 들였다.

"아닐 수도 있지만…… 그 말이 새라 씨가 한 말에 대한 적당한 대답이 아님은 상식적으로 생각하면 쉽게 알 수 있어요. '난 절대 잊지 않아. 똑똑히 기억해 둬. 난 지금껏 아무것도 잊은 적이 없어. 어떤 행동도, 어떤 이름도, 어떤 얼굴도.' 그 대답은 어울리지 않아요! '네 건방진 태도는 절대 잊지 않을 거야.' 이런 것이면 이해가 되지만 '얼굴'이라고 말한 것은…….

자!"

푸아로가 손뼉을 쳤다.

"이제 알겠나요. 그 말은 얼핏 보기에 새라 씨에게 한 말로 들렸겠지만 사실은 새라 씨에게 한 말이 아니었어요. 그 말은 누군가 새라 씨 뒤에 있던 사람에게 한 말입니다."

푸아로는 말을 멈추고 그들의 표정을 살폈다.

"예, 이제야 알겠네요! 분명 그땐 보인턴 노부인의 인생에 있어서 심리적 위기의 한 순간이었을 겁니다! 지적이고 젊은 여성에게 자신의 본성이 폭로된 것이지요. 곤혹스럽고 화가 났어요. 그런데 그 순간 누군가를 알아본 겁니다. 옛날에 알던 얼굴입니다. 자신의 손안에 희생자가 굴러 온 것이지요!

자, 이제 다시 외부인 문제로 넘어왔군요. 그리고 보인턴 노부인이 죽은 날 뜻밖에 다정스런 태도를 보였던 이유도 비로소 명확해졌습니다. 가족이 멀리 떨어져 있기를 바랐던 것은 야비한 행동을 하기 위해서였어요. 프라이팬에 올려 놓고 괴롭힐 또 다른 먹이가 나타났으니까요! 그 새로운 먹이를 괴롭힐 시간을 갖기 위해 나머지 사람들을 깨끗이 몰아냈던 겁니다……. 새로운 관점에서 오후에 일어난 사건들을 살펴봅시다! 보인턴 가족은 산책을 나갑니다. 보인턴 노부인 혼자 동굴에 앉아 있어요. 이번에는 웨스트홀름 부인과 피어스 양의 진술을 신중하게 검토해 봅시다. 피어스 양은 목격자로서 신뢰가 가지 않아요. 관찰력도 부족하고 다른 사람의 영향을 잘 받습니다. 반면 웨스트홀름 부인은 자기가 알고 있는 사실들에 대해 확신이 있고 관찰력도 매우 뛰어납니다. 하지만 한 가지 사실에 대해 두 사람은 같은 이야기를 합니다! 아랍 하인 한 명이 보인턴 노부인에게 가서 무슨 일인지는 모르겠지만 노부인을 화나게 한 다음 허둥지둥 물러났다는 겁니다. 웨스트홀름 부인은 하인이 지네브라 보인턴의 텐트에 들어갔다고 말했지만 제라르 박사의 텐트가 지네브라의 텐트 바로 옆이었다는 건 여러분도 기억할 거예요. 그러니까 아랍 하인이 들어갔던 것은 제라르 박사의 텐트였을 수도 있어요……."

카버리 대령이 말했다.

"내가 데리고 있는 베두인 하인 중 한 명이 노부인에게 주사기를 찔러 넣어 살해했다는 말인가요? 굉장하군요."

"잠깐만요. 아직 말이 끝나지 않았습니다. 그 아랍 하인이 지네브라 보인턴의 텐트가 아니라 제라르 박사의 텐트에서 나왔다고 해봅시다. 다음으로 어떤 일이 벌어질까요? 웨스트홀름 부인과 피어스 양은 거리가 너무 멀어서 얼굴도 잘 안 보였고 말소리도 안 들렸다고 했어요. 납득이 가는 말이지요. 천막과 암벽선반 사이는 200미터 가까이 되니까요. 그런 것만 빼면 웨스트홀름 부인은 그 사람에 대한 인상착의를 누더기 같은 반바지라든가 지저분하게 말아 올려진 각반이라든가 하는 따위로 자세히 말해 주었습니다."

푸아로가 몸을 앞으로 숙였다.

“그런데 여러분, 참으로 이상하지 않습니까! 얼굴을 알아볼 수도 없고 무슨 말을 하는지 알아듣지도 못했다면서 반바지나 각반은 어떻게 그리 자세히 볼 수 있었을까요! 200미터 가까이 떨어진 거리에서 말입니다!

이제 알아차렸겠지만 그건 실수였어요! 그 점이 이상했어요. 누더기 같은 반바지나 지저분한 각반을 왜 고집스레 알려 주었을까요? 찢어진 반바지가 아니었고 각반을 신지 않아서였을까요? 웨스트홀름 부인과 피어스 양 둘 다 그 남자를 보았지만 그들이 앉아 있었다는 위치로 볼 때 서로를 볼 수는 없었습니다. 그 사실은 웨스트홀름 부인이 피어스 양이 깨어 있는지 확인하러 가서 피어스 양이 텐트 입구에 앉아 있는 것을 보았다고 말한 점에서 알 수 있습니다.”

“맙소사. 그렇다면 당신은…….”

카버리 대령이 갑자기 몸을 꼿꼿이 세우며 앉았다.

“웨스트홀름 부인은 깨어 있었을 유일한 목격자인, 피어스 양이 무엇을 하고 있는지 확인한 다음 자신의 텐트로 돌아가서 승마바지와 부츠, 카키색 코트를 입은 뒤 체크무늬의 구두 닦는 천과 털실로 아랍인들이 쓰는 머리수건을 만들어 쓴 채 대담하게 제라르 박사의 텐트에 들어간 겁니다. 거기에서 약상자를 뒤져 적당한 약을 찾고 주사기를 집어 약을 넣은 뒤 역시 대담하게 희생자가 있는 동굴로 올라간 거죠.

보인턴 노부인은 졸고 있었을 겁니다. 웨스트홀름 부인은 순식간에 일을 끝냅니다. 손목을 붙잡고 주사기를 찔러 넣기만 하면 되니까요. 보인턴 노부인은 비명에 가까운 소리를 지르며 일어서려 하지만 다시 주저앉습니다. '아랍' 하인은 수치스럽고 당혹스러운 증거들을 몽땅 챙겨 서둘러 그 자리를 벗어납니다. 보인턴 노부인은 지팡이를 흔들며 일어서려 하지만 다시 의자에 주저앉지요.

5분 뒤 웨스트홀름 부인이 피어스 양을 다시 찾아가 방금 본 장면에 대해 이야기를 꺼낸 뒤 자신이 꾸며낸 이야기를 각인시킵니다. 그런 다음 산책을 나가면서 암벽선반 밑에 잠시 멈추고 서서는 노부인을 올려다보며 소리를 지릅니다. 노부인한테서는 아무 대답이 없었을 거예요. 이미 죽어 버렸기 때문이지요. 하지만 웨스트홀름 부인은 피어스 양에게 이렇게 말합니다. "우리에게 콧방귀를 끼다니 아주 무례하군요." 피어스 양은 노부인이 실제로 그랬다고 여깁니다. 노부인이 그런 식으로 다른 사람의 말을 무시하는 것을 자주 들었기 때문이지요. 필요하다면 실제로 들었다고 진지하게 맹세라도 할 거예요. 웨스트홀름 부인은 회의를 할 때 피어스 양과 같은 유형의 여자들을 많이 봐 왔기 때문에 자신의 명성과 지배근성으로 그런 사람들에게 영향력을 행사하는 법을 정확하게 알고 있지요. 계획이 흐트러진 부분은 딱 한 가지, 주사기를 돌려놓는 문제였습니다. 제라르 박사가 너무 일찍 돌아와서 계획이 일그러져 버린 거예요. 주사기가 없어진 것을 박사가 눈치 채지 못했거나 착각했다고 생각하기를 바랐어요. 그리고 밤중에 주사기를 다시 돌려놓았지요."

그가 말을 멈추었다.

새라가 말했다.

"하지만 왜죠? 웨스트홀름 부인이 왜 보인턴 노부인을 죽여야 했나요?"

"새라 씨, 예루살렘에서 보인턴 노부인에게 다가가 말을 했을 때 웨스트홀름 부인이 가까이 있었다고 하지 않았나요? 노부인의 말은 웨스트홀름 부인을 향한 것이었습니다. '난 절대 잊지 않아. 똑똑히 기억해 둬. 난 지금껏 아무것도 잊은 적이 없어. 어떤 행동도, 어떤 이름도, 어떤 얼굴도.' 노부인이 교도소의 간수였다는 사실을 감안한다면 이 사건의 진실에 대해 확실히 감이 잡힐 거예요. 웨스트홀름 경은 미국에서 배를 타고 영국으로 돌아가는 도중 아내를 만났다고 했어요. 웨스트홀름 부인은 결혼 전에 범죄자로 수감생활을 하고 있었던 거지요.

웨스트홀름 부인이 당면해 있었던 그 무시무시한 딜레마가 보입니까? 자신의 경력, 야망, 사회적 지위 그 모든 것이 위기에 처한 거예요! 그 부인이 어떤 죄를 지어서 수감생활을 했는지 아직은 모릅니다만 곧 알게 되겠지요. 그것이 공개되면 분명 부인의 정치 활동은 순식간에 무너질 겁니다. 그리고 이 점을 기억해 보세요. 보인턴 노부인은 평범한 약탈자가 아니었다는 사실을 말입니다. 노부인은 돈을 바란 것이 아니었으니 한동안 희생자를 괴롭히며 즐기다가 가장 요란스러운 방법으로 진실을 폭로해서 또 한 번 희열을 느꼈을 겁니다! 노부인이 살아 있었다면 웨스트홀름 부인은 결코 안전하지 않았을 거예요. 웨스트홀름 부인은 페트라에서 만나자는 노부인의 지시를 따랐지만 마음속으로는 노부인을 살해할 방법과 수단을 계속해서 궁리하고 있었던 게 틀림없어요. 솔직히 저는 중요한 인물이라는 신념에 차 있는 여자가 단순한 관광 여행을 선호한다는 사실이 줄곧 미심쩍었습니다. 어쨌든 그녀는 기회를 노려 대담하게 그 계획을 실행에 옮깁니다. 실수는 단 두 가지뿐이었어요. 하나는 말이 좀 많았다는 것, 그러니까 찢어진 반바지 같은 것에 대해 쓸데없이 말을 많이 늘어 놓은 것이었는데 처음부터 그 점이 이상했어요. 다른 하나는 제라르 박사의 텐트에 들어간다는 것이 잘못해서 반쯤 깨어 있던 지네브라의 텐트로 들어간 거지요. 따라서 위장한 아랍족 족장에 관한 지네브라의 이야기는 절반은 사실이고 절반은 허구였던 셈입니다. 지네브라는 다만 본능에 따라 진실을 왜곡시켜 실제 있었던 일을 보다 극적으로 만들어 전달했던 것뿐입니다. 하지만 그 정도로도 사실을 알기에는 충분했습니다."

푸아로가 잠시 말을 멈추었다.

"이제 곧 모든 사실은 알게 될 겁니다. 오늘 웨스트홀름 부인 모르게 지문을 채취했거든요. 그것을 보인턴 노부인이 간수로 일했던 교도소로 보내면, 파일을 대조해 보고 우리에게 진실을 알려 주겠지요."

그가 말을 멈추었다.

순간 정적을 뚫고 날카로운 소리가 들려왔다.

"저건 무슨 소리죠?"

제라르가 말했다.

"총소리처럼 들리는데요."

카버리 대령이 얼른 자리에서 일어나며 말했다.

"옆방입니다. 그런데 누가 그 방을 쓰고 있지요?"

푸아로가 작은 목소리로 말했다.

"알 것 같군요. 웨스트홀름 부인의 방입니다……."

에필로그

《이브닝 샤우트》에 실린 기사의 일부

하원의원 웨스트홀름 부인이 비극적 사고로 사망한 사실을 알리게 되어 유감으로 생각한다. 오지를 즐겨 찾던 웨스트홀름 부인은 여행할 때 언제나 작은 권총을 휴대하고 다녔다. 그러나 총을 청소하던 중 우발적으로 총알이 발사되어 숨지고 말았다. 즉사였다. 웨스트홀름 부인에게 심심한 애도를 표한다.

그로부터 5년 뒤 어느 6월의 따스한 날 새라 보인턴과 그녀의 남편은 런던 극장에 앉아 있었다. 무대에서는 「햄릿」이 상연되고 있었다. 오필리아가 풋라이트*를 받으며 대사를 읊조릴 때 새라가 레이

* 연기자의 발 아래쪽에서 위쪽을 향하여 투사되는 조명.

먼드의 팔을 잡았다.

> 내가 어찌 진정한 사랑을
> 한 눈에 알아볼 수 있을까.
> 그 사람은 순례자의 모자와 지팡이,
> 나그네의 신발을 신고 다닌다네.
>
> 그는 죽어 이 세상에 없다오,
> 그는 죽어 이 세상을 떠났다오.
> 머리맡엔 풀빛 잔디 깔려 있고
> 발치에는 묘석 하나 서 있네.
> 아, 슬프도다!

새라의 목구멍에서 울컥하며 뭔가 북받쳐 올랐다. 넋이 나간 강렬한 아름다움, 사랑스럽고 초연한 웃음은 고뇌와 한탄을 넘어 허공에 떠 있는 신기루를 진실로 받아들이게 할 만큼…….

새라가 혼잣말을 했다.

'정말 아름다워…….'

영혼을 홀리는 듯 낭랑한 그 목소리는 언제나 아름다웠지만 훈련을 받은 뒤에는 완벽히 조율된 악기처럼 들렸다.

막이 끝나고 커튼이 내려지자 새라가 단호한 목소리로 말했다.

"지니는 정말 훌륭한 배우야. 놀라울 정도로 훌륭한 배우야!"

연극이 끝나자 그들은 사보이 호텔의 식당에 둘러앉아 저녁을 먹었다. 지네브라는 딴 세상에 와 있는 듯한 표정으로 미소를 지으며 옆에 앉은 턱수염 기른 남자를 쳐다보았다.

"나 잘하지 않았어요, 테오도르?"

"정말 멋졌어요, 지니."

지네브라의 입가에 행복한 미소가 번졌다.

그녀가 작은 목소리로 말했다.

"당신은 언제나 나를 믿어 주었어요. 내가 훌륭한 연기를 해서 수많은 사람들의 마음을 사로잡을 거라고 늘 말해 주었죠."

그곳에서 멀지 않은 테이블에는 그날 햄릿 역을 맡은 남자가 의기소침한 얼굴로 말을 하고 있었다.

"그 틀에 박힌 연기란! 처음에는 저 여자 같은 스타일을 좋아하는 사람도 있겠지. 하지만 내가 보기에 저건 셰익스피어가 아니야. 내 퇴장을 어떻게 망쳐 놓았는지 봤어?"

네이딘은 지네브라의 맞은편에 앉아 있었다.

"지니가 이렇게 유명해져서 오필리아를 연기하는 것을 보러 런던까지 오다니 정말 멋진 일이에요!"

지네브라가 상냥하게 말했다.

"모두 이렇게 와줘서 정말 기뻐요."

"정기적인 가족 모임인걸요."

네이딘이 웃으면서 주위를 둘러보았다. 그런 다음 레녹스에게 말했다.

"아이들은 오후 공연을 보면 될 거야. 그렇지? 애들도 이제 어느 정도 자라서 지니 고모가 무대에 선 모습을 보고 싶어하잖아!"

건강하고 행복해 보이는 레녹스가 장난기 어린 눈빛으로 유리잔을 들어올렸다.

"신혼인 코프 부부를 위하여!"

제퍼슨 코프와 캐럴이 답례했다.

"부정한 애인!"

캐럴이 웃으며 말했다.

"제퍼슨, 당신은 맞은편에 앉아 있는 당신의 첫사랑을 위해 건배하는 편이 더 좋을 거예요."

레이먼드가 유쾌한 목소리로 말했다.

"제퍼슨의 얼굴이 빨개졌는데? 옛날 일들은 생각하고 싶지 않은가 봐."

코프의 얼굴이 갑자기 흐려졌다.

새라가 코프의 손을 건드리자 구름이 걷혔다. 코프는 새라를 바라보더니 싱긋 웃으며 말했다.

"그저 악몽을 꾸었던 기분이에요!"

키 작은 남자가 테이블 옆에 멈추어 섰다. 말쑥하게 멋을 부리고 콧수염을 자랑스럽게 비틀어 올린 에르퀼 푸아로가 기품 있게 절을 하며 인사했다.

"마드무아젤, 메조마쥬(경의를 표합니다). 정말 훌륭했어요!"

푸아로가 지네브라를 보며 말했다.

보인턴 가족은 그를 따뜻하게 반기며 새라 옆에 자리를 만들어 주었다.

푸아로는 그들을 둘러보며 환한 웃음을 짓고는 그들이 대화를 나누고 있는 틈을 타 몸을 약간 옆으로 숙여 부드러운 목소리로 새라에게 말했다.

"에 비엥(좋습니다). 라 파미유 보인턴은 이제 전부 잘 지내고 있는 것 같군요."

"푸아로 씨 덕분이에요!"

"새라 씨의 남편은 아주 유명해졌던데요. 최근에 출간된 책에 대한 서평을 오늘 읽어 보았는데 평이 아주 좋아요."

"상당히 잘 쓴 것 같아요. 제 생각이기는 하지만요. 캐럴과 제퍼슨 코프 씨가 마침내 결혼에 성공했다는 소식은 들으셨어요? 레녹스와 네이딘은 예쁜 두 아이를 낳았고요. 남편이 무척 귀여워해요. 지니는, 음, 지니는 천재예요."

새라는 테이블 맞은편에 앉은 사랑스러운 얼굴과 금빛이 도는 붉은 머리를 바라보다가 순간 흠칫했다.

잠시 새라의 표정이 무겁게 변했다. 그러고는 천천히 잔을 들어 올렸다.

"축배를 드는 건가요, 마담?"

푸아로가 말했다.

새라가 천천히 대답했다.

"순간 그 여자가 떠올랐어요. 지니를 보면서요. 처음으로 두 사람

사이의 닮은 점을 봤어요. 동일하지만 지니는 빛 속에 있고 노부인은 어둠 속에 있었군요."

반대편에 앉아 있던 지네브라가 뜬금없이 말했다.

"가엾은 어머니…… 참 이상한 분이셨어……. 이제 우리 모두가 행복해지니 왠지 어머니에게 미안한 생각이 들어요. 사는 동안 자신이 원하던 것을 갖지 못했잖아요. 어머니도 힘들었을 거예요."

지네브라는 이내 은은하게 떨리는 목소리로 셰익스피어의 『심벨린』에 나오는 대사를 읊조리기 시작했고, 다른 사람들은 최면에 걸린 듯 음악처럼 흘러나오는 그 목소리에 귀를 기울였다.

더 이상 태양의 열기를 두려워 마라.

맹렬한 겨울의 분노도 두려워 마라.

이 세상의 일을 모두 끝냈으니

이제는 집으로 돌아가 죗값을 치르리니…….

〈끝〉

옮긴이 | 정연희

서울대학교 영어교육학과를 졸업하고 미국 펜실베이니아 대학교에서 교육학 석사를 받았으며 강일중학교와 원촌 중학교에서 영어 교사로 재직한 바 있다. 문학 번역에 대한 끊임없는 열정으로 한국문학번역원에서 번역 강좌를 수강하였다. 현재는 출판사에서 원서 대조 및 교정교열을 하면서 ㈜엔터스코리아의 전속 번역가로 활동 중이다. 주요 역서로 『재키 스타일』, 『오드리 햅번-스타일과 인생』, 『행복 연습』, 『실베스터 스탤론의 몸 만들기』, 『위대한 공식』 등이 있다.

애거서 크리스티 푸아로 셀렉션

죽음과의 약속

1판 1쇄 펴냄 2015년 7월 10일
1판 4쇄 펴냄 2024년 4월 19일

지은이 | 애거서 크리스티
옮긴이 | 정연희
발행인 | 박근섭
편집인 | 김준혁
펴낸곳 | 황금가지

출판등록 | 2009. 10. 8 (제2009-000273호)
주소 | 135-887 서울 강남구 신사동 506 강남출판문화센터 5층
전화 | **영업부** 515-2000 **편집부** 3446-8774 **팩시밀리** 515-2007
홈페이지 | www.goldenbough.co.kr

도서 파본 등의 이유로 반송이 필요할 경우에는 구매처에서 교환하시고
출판사 교환이 필요할 경우에는 아래 주소로 반송 사유를 적어 도서와 함께 보내주세요.
135-887 서울 강남구 신사동 506 강남출판문화센터 6층 민음인 마케팅부

ISBN 978-89-6017-999-8 04840
ISBN 978-89-6017-956-1 04840 (set)
㈜민음인은 민음사 출판 그룹의 자회사입니다.
황금가지는 ㈜민음인의 픽션 전문 출간 브랜드입니다.